막연하게 따스한
마을 경관을 상상했지만,
막상 눈에 들어온 것은……
마치 요새 같은 정문과
감옥 같은 철창살이었다.
"모두 저길 봐.
첫 도시가 보여."
류에
"『노스아르』네요."
레이스
백수, 마왕의 모습으로 이세계에
가끔은 치트인 유유자적 여행
5

백수, 마왕의 모습으로 이세계에

Bored, Sacred and Now a Devil!

〈가끔은 치트인 유유자적 여행〉 5

Contents

오잉크
지금 이 도시에는 큰 각오를
다진 사람이 세 명 있다.
레이스를 반드시 지키겠다고
맹세한 류에.
제 발로 범의 입속에 뛰어든 레이스.
반드시 레이스의 소원을 이루겠다고
약속한 나.
거기에 또 한 사람,
마지막 한 사람이 필요했다.
"당신이 지금 세운 작전을
말해주세요.
제가 완성해 드릴게요."
카이본, 류에, 오잉크는 아캄의 손에서 레이스를 구할 수 있을 것인가—?!

게 줄 선물을 많이 준비해 뒀다!”
요. 제가 실망해서 도망가지 않도록 주의하세요.”
카이 씨, 류에. 저도 힘낼게요…….

아키
"레이스, 기다리고 있겠다. 너
"……기대는 하지 않을지

"……류에 씨.
만약 그때가 오면,
절대로 저항하지
마십시오."

백수, 마왕의 모습으로 이세계에

Bored, Sacrod and Now a Davil!

가끔은 치트인 유유자적 여행 5

아이아츠시 지음

카츠라이 요시아키 일러스트

김장준 옮김

프롤로그

세미피나르 대륙으로 넘어오고 계절도 바뀌어 햇살도 제법 따가워진 늦봄.

온천 지역인 이곳은 지열의 영향 탓인지 이미 기온에서 여름의 도래를 예감케 했다.

옷 안에서 땀이 살을 타고 흐르는 간지러움에 시간이 참 빠르게 흘러간다고 실감했다.

그렇게, 전원도시 아기다르에 체류한 지 벌써 한 달이 지났다.

"두 사람 다 볼일은 다 봤어?"

"조금만 더 봉납하면 끝나. 먹을 게 너무 많아서 시간이 꽤 걸리네."

"설마 길드에 있는 『여신 소(小)신전』이 류에의 가방으로 이어졌을 줄은 몰랐어요."

현재 우리는 길드에서 출입 수속을 밟으며 이 마을에서 얻은 어마어마한 양의 짐을 류에의 집 창고로 전송하는 중이다. 레이스는 오랜 세월 바친 봉납물이 지인의 주머니로 들어가고 있었다는 사실에 놀라움을 금치 못했다.

"환상을 깼다면 미안해, 레이스."

"아, 아니에요. 괜찮아요. 중요한 건 마음과 정성이니까요. 항상 저절로 사라지는 봉납물이 어디로 가는지 궁금했는데, 그게 류에에게 도움이 됐다면 더 기쁜 일이죠."

류에는 오랜 세월 동안 자신의 창고로 들어오는 물건들로 연명해 왔다.

그리고 레이스도 개인적으로 신전에 기도할 일이 있었을 것이다.

……이제 슬슬 레이스에게 들어야 할 때다. 옛날에 무슨 일이 있었는지를.

당초 계획으로는 아기다르에서 이렇게 오래 체류할 생각은 없었다.

이 마을은 부크 씨가 다스리는 영지의 최남단에 위치했다. 이곳을 지나면 한때 레이스를 괴롭혔고 지금도 그녀를 노리는 아캄의 영지가 펼쳐진다.

원래는 이곳에서 잠시 휴양한 후 바로 결전으로 돌입하겠다며 벼르고 있었다. 그러나 무슨 운명의 장난인지, 나는 이 마을에서 새로운 인연을 맺고 말았다.

새롭게 소환된 해방자, 바로 일본에서 온 어린 소년과의 만남이었다.

그리고— 레이스가 아니라 나 자신의 적이 될지도 모르는 존재를 단편적으로 알게 됐다.

누군가가 이 세계의 『칠성』을 해방하기 위해 암약하고 있었다. 그리고 그는 이미 나를 훼방꾼으로 인식했다.

그러나 적어도 그의 의지가 절대적이지 않다는 사실은 증명했다. 그것만으로도 일보 전진이라고 봐도 무방하지 않을까.

마왕을 쓰러뜨려라. 칠성 해방과는 별개로 떨어진 누군가의 지시.

그리고 그 명을 받든 해방자 나오의 마음을 내 쪽으로 돌리는 데 성공했다.

지금은 그것만으로 충분하다. 내 문제는 미뤄도 된다.

레이스는 류에와 함께 소신전 앞에서 물품이 사라지는 모습을 웃으며 바라봤다.

……그 미소가 앞으로도 사라지지 않게 그녀의 근심을 없애야만 한다.

앞으로도 쭉 함께하기 위해서…….

§§§

"그럼 바로 마차를 준비하겠습니다. 잠시만 기다려 주십시오."

"알겠습니다. 그사이에 통신 마도구 사용 허가를 얻을 수 있을까요?"

수속을 마치고 이동용 마물 마차를 구하려는데, 마을 주민에게 일전의 사건, 화산 분화를 막은 감사의 표시로 마차를 한 대 선물 받았다.

원래 아기다르는 목공업이 발달해 외발 수레 생산지로도 유명하다고 한다. ……이건 어떻게 생각해도 이구조 씨가 전파한 문화겠지.

아무튼 그 목공 기술을 살려 귀족용 객차 제작도 하는 모양이었다.

"어디로 연결할까요?"

"엔드레시아 길드 본부요."

출발하기 전에 마지막으로 한 번 더 우리 총수님, 꿀돼지에게 연락하기로 했다.

나는 길드 접수처 안쪽으로 안내 받아 고풍스러운 마도구 수화기를 들었다.

전자음 같은 소리가 귓가에 울리고, 이내 마도구 너머로 조금 탁한 목소리가 들렸다.

『엔드레시아 모험가 길드 라크 총본부입니다. 세미피나르 모험가 길드 아기다르 지부 맞습니까?』

"네, 맞습니다, 제 길드 카드 번호를 불러드리겠습니다."

송화자의 신분을 증명하기 위해 카드에 적힌 번호를 불렀다.

『인증됐습니다. 랭크SS 카이본 님, 무엇을 도와드릴까요?』

"오잉크 총수님께 보고할 게 있습니다. 바꿔주실 수 있나요?"

『죄송하지만…… 총수님께선 현재 출장으로 부재중이십니다.』

직원이 전한 소식에 어떻게 할지 고민했다.

오잉크도 내가 조만간 마을을 떠날 거라는 건 알고 있었을 테니 급하게 알릴 필요는 없지만…… 사실은 한 번 더 아캄의 영지에 관해 묻고 싶었다.

……내가 얼마나 이 힘을 발휘해도 될지 알기 위해서라도.

통신을 마치고 길드를 나오자 이미 마차가 대기해 있었다.

목재를 아름답게 연마해 호박색을 띠는 객차는 그대로 박물관에 전시해 두고 싶어지는 존재감을 발했다. 정말로 만져도 될까 꺼려질 정도였다.

멋진데……. 이렇게 멋진 물건을 그냥 받아도 돼?

관심을 가지고 객차를 관찰하던 레이스가 이것을 준비했을 사람에게 다가가 질문을 시작했다.

"이건…… 정말로 완성도가 뛰어나네요. 사용된 목재와 완충 장치가 뭔지 알 수 있을까요?"

"물론입니다. 목재로는 귀한 고강도 자작나무와 고급 가구에도 사용되는 호두나무를 복합해 쓰고 연금술로 유연성을 부여했지요."

"멋지네요. 그럼 그 목재로 완충 장치를 대신하나요?"

"아뇨, 거기에 더해……."

객차 감정은 레이스에게 맡기면 되겠다.

한때 자기 가게의 가구를 직접 만들어 쓰던 그녀이니 안목은 확실할 것이다.

"카이 군. 마차가 꽤 큰데 어떤 마물이 끄는 걸까?"

"듣고 보니 그러네. 마차 바퀴도 상당히 크고 무거워 보이는데……."

함께 고개를 갸웃거리는 사이, 객차가 마음에 들었는지 레이스가 흐뭇한 표정으로 돌아왔다.

"이 객차는 제가 지금까지 본 것 중에서도 최상급이에요. 이 육중한 바퀴와 완충 장치가 작동하는 모습을 생각하면…… 정말 기대돼요."

"레이스는 이런 걸 좋아해? 나도 마도구를 보는 건 좋아하는데."

"앗, 네……. 이런 복잡한 장치가 움직이는 모습을 옛날부터 좋아해서……."

이런 새로운 일면을 보여주는 그녀가 사랑스러웠다.

마물이 실려 있을 우리로 다가가는 두 사람은 자매라기보다는 『가족』으로서 어깨를 맞대고 대화를 즐겼다.

앞서가던 두 사람은 나를 돌아보고 흥분한 기색으로 손짓했다.

그 모습을 보고 미소를 지으며 그녀들 곁으로 걸어갔다.

미래를 위해서라도…… 조금씩 생각을 바꿔 나가야겠지.

"그럼 마물 마차의 핵심인 마물을 소개해 볼까 합니다! 놀라지 마십시오. 저번 화산 분화 때 도망쳐 나온 것으로 보이는 어떤 희귀 마물의 새끼! 어려서 말도 잘 듣고, 전속 조련사의 말에 따르면 짧은 기간에도 불구하고 명령을 완벽하게 알아듣는—."

마차를 준비한 남성 직원이 무슨 까닭인지 신이 난 말투로 감질나게 서론을 늘어놓았다.

마음은 이해하지만, 얼른 좀 하시구랴.

혹시나 하는 마음에 등에 진 검에 [상세 감정]을 세팅해 가림막 사이로 엿보이는 마물의 다리를 응시했다. 그러자—.

【Name】
【종족】 흑요룡
【레벨】 39

레벨이 39라니, 화산에 사는 보통 마물보다 월등히 높은 수치였다.

그새를 못 참고 마물의 정체를 훔쳐보고 말았지만, 과연 어떤 모습일까?

드디어 장광설이 끝난 것 같았다. 불만스러운 표정을 지었던 류에와 레이스가 기대에 찬 눈망울로 우리로 다가갔다.

그리고 마침내 펄럭 소리를 내며 가림막이 벗겨지고 그것이 모습을 드러냈다.

“놀라지 마시라! 바로 새끼 흑요룡입니다! 보십시오. 어리지만 이 다부진 허리와 다리, 그리고 아름다운 비늘! 마을의 구세주인 여러분께 어울리는 위엄 있는 모습 아닙니까!”

“오오! ……희지도 푸르지도 않고, 카이 군처럼 새까마네.”

“그래도 아름다워요. 드래곤이 견인한다니…….”

투명한 빛을 발해 흑요석이 연상되는 칠흑색 비늘이 전신을 덮었다.

흡사 제비나비 같은 날개는 비단처럼 빛을 복잡하게 반사해 은은한 무지갯빛으로 보일 정도였다.

어디를 봐도 평범한 마물과는 급이 달랐다. 범상치 않은 오라라고 해야 할까? 아직 어리지만, 이미 마물의 지배자 같은 품격마저 느껴졌다.

……그런데 너, 혹시 부모님 안 계시니? 그리고 그 부모님이 원래 화산 주인 아니었어? 내 기억이 맞다면 화산 던전 마지막 방에 끔찍하게 죽은 거대한 익룡 뼈가 있었던 거 같은데…….

“마물 먹이는 기본적으로 마력만 있으면 되지만, 역시나 드래곤은 다르더군요. 보통은 유지하기도 힘들겠으나…… 마을을 구한 여러분이라면 괜찮지 않을까 싶어서요.”

“그렇군요. 그럼 이 녀석을 마차에 연결하면 되는군요?”

“아뇨. 그 전에 이 마물과 계약하셔야 합니다. 일종의 주종관계를 맺는 마법이죠. 이 약품에 계약자가 되실 분의 피를 섞어 드래곤에게 주입한 후 마법을 발동하면 됩니다."

만에 하나라도 주인에게 거스르거나 위해를 가하지 못하게 하기 위함일까?

……이런 걸 류에게 시킬 수는 없지.

계약에 묶이는 괴로움은 류에도 잘 아니까.

"그럼 내가 계약해도 될까?"

"네, 부탁드릴게요. 아마 저는 안 될 테니까요."

"나도 됐어. 새까만 게 딱 카이 군 같기도 하고."

그렇게 결정되어 나는 바로 샬레에 피를 한 방울 떨어뜨리려고 했지만…….

"피가 날 정도의 상처를 입을 수 없는 오류가 발견됐습니다."

"너무 강해도 탈이구나. 코피라도 내는 건 어떨까?"

"그, 그거예요! 카이 씨, 잠깐 저랑 여관으로 가서……."

잠깐만요, 잠깐만. 누님, 여관에서 뭘 하시게요?

어쩔 수 없이 등에 짊어진 검을 손등에 대고 조금씩 힘을 줬다.

그렇게 겨우 찔끔 나온 피 한 방울을 떨어뜨려 직원에게 건넸다.

정말로 죄송합니다. 채혈용 바늘을 부러뜨려서…….

직원이 혈액에 약품을 타서 주사기에 옮겨 담았다. 그리고 그것을 익숙하게 드래곤 목에 찔렀다.

역시 사람 손을 타서 익숙한 걸까? 날뛰지 않고 주사를 놓을 때까지 얌전하던 드래곤은 주사기의 내용물이 체내로 들어간 순간—.

"으악!"

갑자기 머리를 마구 흔들며 우리를 부수려고 격렬하게 몸으로 들이박기 시작했다.

거의 발광하다시피 날뛰며 목이 찢어지게 비명을 질러 댔다.

"이거…… 괜찮은 건가요?"

"모, 모르겠군요. 간혹 계약자의 힘이 너무 강하면 이런 증상이 나온다는 이야기는 들었습니다만……."

"안쓰러워……. 회복 마술을 걸어 볼게."

아직도 날뛰는 드래곤을 향해 류에가 손을 뻗었다.

약한 빛이 몸에 스며들자 드래곤은 서서히 진정되어 갔다.

그러다 이번에는 드래곤의 몸이 눈부신 빛에 휩싸이더니 서서히 커졌다.

챙그랑, 우리가 깨지는 소리와 함께 빛이 잦아들었다.

"서, 성체가 됐어?!"

"와, 커졌어!"

"성장……한 건가요? 그런 것치고는……"

"……노코멘트."

빛이 사라지고 나타난 것은 더 이상 새끼 드래곤이 아니었다. 조금 전까지 『조금 큰 말』 정도밖에 안 되었던 드래곤이 지금은 『목 길이에 걸맞은 몸을 얻은 기린』이 됐다.

그러나 체구의 변화보다도 눈에 띄는 특징이 있었다.

머리에 자란 염소를 닮은 황금색 뿔이었다.

조금 전에는 황금은커녕 뿔조차 없었던 것 같은데…….

그리고 칠흑색 눈동자 위로 떠오르는 핏빛 홍채는 누가 봐도 마안(魔眼) 같았다.

몇 초 전까지만 해도 제법 초롱초롱한 눈망울이 아니었나?

애완동물은 주인을 닮는다고요? 아니, 그것도 정도가 있지.

"우와! 카이 군이 드래곤으로 변한 것 같아!"

"아니, 마왕 룩은 장비일 뿐이고 지금 이 상태가 본모습이라니까?!"

급격히 성장한 우리 집 드래곤님의 스테이터스를 다시 한 번 들여다봤다.

【Name】

【종족】 마왕룡

【레벨】 169

내 피에 방대한 경험치라도 함유되어 있나?

피닉스를 넘어섰잖아……. 거기다 종족까지 변했어!

"……저, 채혈 도구에 우리까지 부숴서 죄송합니다."

아…… 바려이 아주 그냥……. 이제 그냥 네가 마왕이라고 해라.

§§§

아기다르 주민들에게는 우리가 떠난다고 알리지 않았다.

이미 여신이나 다를 바 없이 추앙받는 류에가 떠난다는 사실을 알면 마을 주민들이 모두 나와 배웅할지도 몰랐다. 하지만 류에는 그게 불만스러운 눈치였다.

솔직히 지금부터 갈 장소와 목적을 생각하면 소란스럽게 떠나는 것은 바람직하지 않았다.

물론 류에도 그것을 이해하므로 지금은 얌전히 마차에 올라 가도를 달리는 중이었다.

"와, 멋져! 경치가 휙휙 지나가! 지금까지 탄 마차 중에서 제일 빨라!"

"대단해……. 흔들림이 전혀 없어요……. 최신 완충 기술은 경이롭네요."

객차에서 두 사람의 즐거움과 감격이 섞인 목소리가 들렸다.

그리고 나는 마부석에서 바람을 느끼며 바깥 경치를 바라보는 상황이었다.

……그렇기에 나만 알고 두 사람은 아직 깨닫지 못한 어떤 사실을 고했다.

"둘 다…… 잠깐 창밖으로 머리를 내밀어 봐."

그러자 내가 말한 대로 두 사람이 창을 열어 얼굴을 내밀었다.

하하하, 이것 좀 보시죠. 애가 하늘을 날고 있어요. 객차를 매달고…….

"우와, 우와아아! 날고 있어, 카이 군! 내가 날고 있어!"

"소, 속았어……. 바퀴 회전이…… 댐퍼 구동이……."

"……내가 괜한 말을 했구나. 미안, 레이스."

그야 하늘을 날면 바퀴고 뭐고 소용없지. 그렇지만…… 이대로 사람이 많은 곳까지 날아가면 곤란하다. 통할지는 모르겠지만, 밑져야 본전이니 드래곤에게 말을 걸어 봤다.

"미안한데 땅으로 내려가면 안 될까? 천천히 내려줘."

그러자 드래곤이 알겠다는 듯이 작게 울고 천천히 땅으로 낙하했다.

그리고 약간의 흔들림과 함께 착륙해 그대로 가도를 달렸다.

……우리 집 드래곤님, 똘똘한데? 착하기도 하지.

예상을 조금 벗어난 사태가 있었지만, 가도를 따라 달린 지 세 시간이 지났다.

비행으로 거리를 단축한 우리는 부크 씨가 다스리는 대륙 북부를 벗어나 이 대륙에서 가장 광대한 영지, 바로 아캄이 통치하는 대륙 중앙으로 접어들었다.

그리고 사람이 없는 초원으로 마차를 우회해 그곳에서 잠깐 쉬기로 했다.

“카이 군, 수고했어. 이번에는 내가 몰게.”

“그래. 부탁할게.”

두 사람은 장시간 앉아 있던 탓인지 살짝 비틀거리며 내렸다.

류에의 배려에 감사한 나는 표정이 조금 굳은 레이스와 마주했다.

“레이스, 잠깐 얘기 좀 할까?”

“……네.”

무섭겠지. 이곳은 그녀를 지키던 부크 씨의 영지가 아니니까.

여기는 오랜 세월에 걸쳐 그녀를 괴롭히고, 겨우 붙잡은 평화와 윙레스트에서의 생활을 위협한 자의 본거지였다.

접이식 의자에 앉으며 긴장한 표정을 지은 그녀와 대면했다.

“레이스, 이제 곧 도착이야. 그 전에…… 나는 꼭 물어야 할 게 있어.”

“……네.”

“옛날에 너에게 일어났던 일. 윙레스트에 오기 전 네 과거를 들려 줘.”

다른 사람을 거쳐 듣기는 했다. 하지만 나는 아직 레이스의 입으로 자세한 이야기를 듣지 못했다.

상처를 주지는 않을까. 시기상조가 아닐까. 그런 생각 때문에 망설였다.

그렇지만 나는 그녀의 모든 것을 받아들이고 앞으로 그녀를 괴롭힌 원흉과 싸우기로 했다. 그렇다면 들어야 한다. 그녀를 알기 위해서, 그리고…… 레이스 본인이 각오를 다지기 위해서도 말이다.

초원을 훑는 산들바람이 그녀의 머리카락을 부드럽게 흔들었다.

한순간 가려진 그녀의 눈이 결의를 다지듯 감겼다.

희미하게 떨리는 입술과 꽉 쥔 두 주먹. 그리고—.

"고백할게요. 저의…… 과거의 죄를……."

§§§

그녀가 천천히 풀어놓은 이야기는 지금으로부터 약 20년 전 이 대륙에서 일어난 어떤 전쟁, 그중에서도 『알비스 전투』라고 불리는 전쟁의 최종 국면에 관한 내용이었다.

그리고 그 싸움에서, 전쟁에서 레이스가 어떻게 관련됐는지도…….

"저는 아직 왕정 시대일 때 다른 대륙에서 들어온 길드라는 조직에 관심을 가지고 당시 가장 나이가 많던 딸과 함께 등록했어요."

"그럼 전쟁이 발발하기 전이야?"

"네. 약 30년 전…… 전대 총수님이 있었을 때 이야기예요."

그 무렵 길드 총수라면 엔드레시아의 광산 마을 마인즈밸리 길드 지부장인 크롬웰 씨였을 것이다.

그렇다면 길드가 먼저 이 대륙에 전파되었고, 그 후에 오잉크가 길드를 이어 혁명을 일으킨 것일까……. 행동력이 대단한 꿀돼지다.

"우리는 대륙 중앙에 있는 수도, 알비스에서 낮에는 모험가로 활동하고 밤에는 작은 가게를 운영했어요. 풍족하지는 않았지만 그 나날은 제게…… 둘도 없이…… 소중한……."

레이스의 목소리가 떨리며 말문이 막혔다. 이윽고 오열이 흐르며 눈물이 방울방울 떨어졌다.

무슨 일이, 무슨 일이 일어났단 말인가? 레이스가 저지른 죄란 대체 무엇인가?

상태가 이상하다고 깨달은 류에가 레이스의 손을 잡고 나를 돌아봤다.

"카이 군, 그만하자. 레이스가 괴로워 보여. 우리가 그 아캄을 쓰러뜨리기만 하면 될 일이잖아?"

"아뇨. 이건 고백해야 해요. 앞으로도 두 분과 함께 걷기 위해서……."

레이스는 이야기를 그만두지 않았다. 그리고, 이야기는 개전 후로 이어졌다.

전쟁이 벌어진 계기는 역시나 오잉크였다.

그러나 그 배경에는 『왕가의 압정과 인종 차별』이 있었다.

레이스의 말에 따르면 이 대륙에는 오랫동안 『마족 우월주의』 사상이 뿌리내리고 있었다고 한다.

원래 엔드레시아에서 건너온 마족이 이 대륙에서 나라를 일으켰기에 그 영향력으로 거의 손을 쓸 수 없는 상황이었다.

그러나 물론 대륙 전역이 그렇지는 않았다. 길드는 그런 왕족의 횡포를 바로잡기 위해 이웃나라 엔드레시아 왕가의 힘을 빌려 세미피나르에 진출했다.

그렇다면— 오잉크는 그런 길드를 이어받아 각지 영주의 협력을 얻어 혁명군을 조직했다는 건가?

"제가 살던 알비스는 당시 왕의 동생인 아캄 공작의 영지였어요. 저도 마족이다 보니 본의 아니게 그의 눈길을 끌게 되었죠. 한때는…… 청혼을 받기도 했어요."

"……그리고 그걸 거절했군?"

"네. 전 그때부터 이미 저의 키다리 아저씨를 기다리고 있었으니까요."

그 말을 듣자 조금 쑥스러웠다. 하지만…… 지금 내 앞에 있는 레이스를 보면 이런 생각도 들었다.

한번 거절했다고 레이스를 포기할 수 있을까?

못 한다. 공작이라는 강력한 지위와 막대한 권력을 가진 인물이라면 더더욱…….

그리고 예상대로 아캄의 입김이 닿은 것으로 보이는 인간이 수작을 부리기 시작했다.

그러나 많은 아이들을 거느리고 도시를 나오기도 어려웠고 갈 곳도 없던 그녀들은 언젠가 이 대륙의 체제가 변하면 상황도 바뀌리라는 일말의 희망을 품고 우직하게 견딜 수밖에 없었다.

"그리고…… 전쟁이 막바지에 이르렀을 때였어요. 비밀리에 혁명군과 손을 잡았던 아캄은 관문 역할을 하던 알비스를 개방해 길드와 혁명군을 들여보냈어요. 그 결과 왕도는 기습을 당해 큰 타격을 입었죠. 하지만 그 탓에 알비스 일대가 전란에 휩싸이기도 했어요."

당시에 이미 모험가로 높은 지위에 오르고 실력도 충분했던 레이스 역시 길드의 특명을 받아 혁명군에 가담했다.

그러나 그 전란을 틈타 암약한 자 또한 아캄이었다.

"이건 제 억측이지만, 전황에 따라서는 아캄이 혁명군을 배후에서 급습해 왕가를 구한 영웅 행세를 하려던 게 아닌가 싶어요."

"그렇게 생각한 이유는?"

"당시 아캄은 혁명군이 알비스를 통과한 후 도시를 완전히 폐쇄하고 그들의 퇴로를 차단했어요. 『영주민을 전쟁에서 보호한다』라는 명목으로요."

"그 말만 들으면 좋은 영주 같은데…… 뭔가 근거가 있는 거구나?"

"네. 그때 도시에 살던 마족들은 모두 다른 도시로 피난 가 있었어요. 남은 건 저나 아이들처럼 유복하지 못한 사람과…… 많은 휴먼이었죠. 마치 이때를 위한 구실을 만들려는 것처럼 아캄은 휴먼을 도시로 모으고 있었어요."

휴먼은 원래 노예처럼 취급받으며 왕도 인근에서 살았다.

하지만 아캄은 그들을 보호한다는 명목으로 알비스로 대거 불러들였다.

……어쩌면 그 행동이 있었기에 오잉크가 그와 손을 잡았던 건지도 모르겠다.

『휴먼을 보호하는 좋은 영주라면 협력할 수 있지 않을까?』하고…….

레이스에게 이야기를 재촉하듯 다시 눈짓했다. 그러나 마치 이 뒤에 결정적인 사건이 일어났다고 미리 알려주듯 레이스의 표정은 더욱 딱딱해졌다.

"……저는, 길드 편에 서서 전선으로 나갔어요. 당시 소속했던 알비스 모험가 길드의 최대 전력이 저랑 장녀였으니까요."

"그러고 보니 레이스는 이미 A랭크였지?"

"네. 하지만…… 아이들이 걱정되어서 저는 파트너인 장녀를 가게에 남기고 홀로 소집에 응했어요."

당시에는 길드에 소속한 사람도 적었고 반기를 든 영주들도 그렇게 많은 병력을 보유하지 못했다. 거기에 아캄이 도시까지 폐쇄해 전황이 좋지 않았다고 한다.

하지만 그런 악조건 속에서도 승리할 수 있었던 것은 혁명군에 레이스를 비롯해 특출한 힘을 가진 인물들이 있었기 때문이었다.

물론 게임 시절 우리 팀의 군사(軍師)를 맡았던 오잉크의 활약도 있었을 것이다.

레이스 또한 많은 모험가를 이끄는 대장이 되어 눈부신 활약을 보였다.

적 장군 중 한 명을 저격해 전선에서 이탈시킨 것이다.

그리고 어떻게 된 까닭인지 그 장군이 혁명군에 가담했다.

"대단하네, 레이스."

"그래. 승리에 크게 공헌한 거잖아."

"……하지만 그 일로 인해 저는 전선에서 빠져나갈 수 없게 됐어요. 동료들에게 저는 희망의 상징이 된 거예요. 그런 제가 빠진다면…… 사기에도 큰 영향을 줬겠죠. 아이들을 등지고 계속 싸운 게 정말로 옳았을까…… 지금도 가끔 그런 생각을 해요."

"그렇지만 만약 그랬다가 졌으면 틀림없이 비참한 결과가 기다렸겠지. 아캄이 대의명분을 얻기 위해 끌어들인 휴먼이나 도시에 남은 주민을 생각하면……."

그리고 마침내 전황에 변화가 생겼다. 알비스와 왕도 사이에서 충돌한 혁명군과 왕국군의 싸움에서 승리를 거둔 혁명군은 여세를 몰아 왕도까지 진군했고, 레이스는 그곳에서 전선을 이탈했다.

전쟁에 참여한 지 약 반년만의 귀환이었다.

"제…… 제가 가게에, 우리 집에 도착했을 때는, 이미, 아무것도 안 남아 있었어요."

"그건, 설마……."

"휴먼이 살던 구역은 철거되었고, 그 잔해가 산처럼 쌓여 있었어요. 제가 돌아갈 곳도, 그런 돌무더기가 되어 있었고요."

출병으로 길드와 관련된 인물들이 대부분 도시를 떠난 상태였다.

아캄이 그 타이밍을 노려 행동에 나섰던 것일까?

이제는 보호할 필요가 없는 휴먼들을 잘라 버리기 위해, 레이스가 돌아올 곳을 빼앗아 궁지로 내몰기 위해 최악의 일석이조를 택했던 것일까?

……더는 들을 수 없었다.

그녀가 말하는 『죄』가 무엇인지. 그녀가 왜 신전에 기도를 올렸었는지.

그 퍼즐 조각들이 모두 맞춰지고 말았다.

"전부 포기했어요. 제가 초래한 결과라고, 모든 것을 받아들이려고 했죠. 하지만…… 남아 있던 아이가 있었어요. 저에게는 아직 지켜야 할 아이가 있다는 생각으로 그 아이만을 데리고 간신히 도망쳐 나왔죠. 이게…… 저의 죄예요."

"레이스, 이제 됐어. 이제 다 알았으니까……."

"……그래. 그렇게 지켰던 아이가 스펠이었구나."

류에가 레이스를 안아주며 작은 손으로 등을 어루만졌다.

나는 그녀들 곁으로 다가가 두 사람을 모두 끌어안았다.

너는 그렇게나 무거운 짐을 지고 살아왔구나.

그런 고통 속에서도 너는 다시 아이들을 이끌고 지키며 살아왔구나.

죄책감을 가슴에 품고도 아이들을 지키며, 그리고 언제 자신을 데리러 와줄지 모르는, 본 적도 없는 나를 기다렸구나.

……이제는 나도 참을 수 없다. 그녀를 위해 나는 진짜 마왕이 되리라.

§§§

"모두 저길 봐. 첫 도시가 보여."

"『노스아르』네요. 이 도시는 원래 수공예로 번성한 땅이었는데……."

레이스의 고백 후, 그녀를 더 힘들게 하지 않도록 하룻밤 야영을 한 우리는 오늘 이 대륙 중앙의 현관인 노스아르에 도착했다.

레이스의 설명을 듣고 막연하게 따스한 마을 경관을 상상했지만, 막상 눈에 들어온 것은…… 마치 요새 같은 정문과 감옥 같은 철창살이었다.

차가운 인상을 주는 외관을 봤을 때 도저히 수공예로 번성한 도시라고 생각하기 어려웠다.

그때, 문지기가 마차를 끄는 드래곤을 발견하고 식겁하며 창을 앞으로 내밀었다.

"머, 멈춰라! 그 마물, 위험한 건 아니겠지?! 대표자와 조련 증명서를 제시해라!"

마부석에 앉은 사람은 나였다. 로브 후드를 깊이 눌러써서 수상하기 짝이 없으리라.

문지기는 자신의 직무를 다하고자 이쪽으로 다가왔다.

그에 나는—.

"내가 책임자다. 이거면 만족하겠나?"

후드를 벗으며 생각하던 캐릭터에 몰입해 연기했다.

몸짓, 목소리, 말투— 거만하고 아득히 높은 곳에서 사람을 내려다보는 마음가짐으로…….

머리카락을 헤집고 나온 뿔과 가면을 쓰고도 보이는 두 마안.

그렇다. 이미 그 모습으로 변해 사람들 앞에 모습을 드러내고 있었다.

이 영지에 있는 동안 나는 마왕으로 있기로 결심했다.

"마족님! 주제넘게 불러 세워서 죄송합니다!"

"됐다. 넌 네가 할 일을 했을 뿐이니까. 이것이 증명서다. 확인하도록 해라."

"아뇨, 필요치 않습니다! 그냥 들어오시면 됩니다!"

문지기 남자는 휴먼이었다. 그리고 그는 당연한 일처럼 규칙을 무시해도 좋다고 말했다. 이것이 이 영지의 일그러진 일면일까?

이미 귀족제가 폐지된 대륙인데도 마족이 마치 귀족처럼 대우받았다.

좋다. 그렇다면 그 상황을 나도 이용해 주마.

로브를 벗고 날개를 펼쳐 내 존재를 과시하듯 문을 통과했다.

도시 안은 밖에서 본 인상과 달리 평범했다.

얼마 전까지 머물렀던 곳이 아기다르였던 탓인지 오히려 제법 세련되어 보였다.

길을 오가는 사람에게서도 특별한 점은 보이지 않았지만…… 역시 마족의 비율이 높았다.

그렇게 주위를 바라보며 큰길을 따라가자 우리 집 드래곤이 눈에 띄는 탓인지 행인들이 종족을 불문하고 우리를 돌아봤다.

개중에는 마차를 세우고 드래곤을 넘기라고 고압적인 태도를 보이는 마족도 있었지만, 내 모습을 보자마자 허둥지둥 도망가 버렸다. 이 부분은 마족 사이에 있는 암묵적 규칙, 격차 같은 것이 관계있는 듯했다.

그러는 사이 마차를 댈 수 있는 광대한 부지를 가진 여관을 찾았다.

역시 이 부근에는 옛날처럼 귀족 행세를 하는 인간이 많은지 이런 상류 계급을 배려한 시설도 많은 것 같았다.

나는 점원의 안내를 받아 마차를 정류소로 이동시켰다.

"어서 오십시오. 마족님께서 저희 가게에 오시다니, 크나큰 영광입니다. 이 훌륭한 드래곤님은…… 마물용 마구간에 들어갈 수 있는지 확인해 보겠습니다."

점원은 입에 발린 소리가 아니라 진심으로 영광스럽게 여기는 말투였다.

……그런데 우리 집 드래곤은 괜찮을까? 절대로 마구간, 아니, 마물 마구간에 안 들어갈 것 같은데?

점원도 난감해서 어쩔 줄 모르는 기색이 역력했다. 내가 마족 모습을 한 탓인지 섣부른 말은 하지 못하고 손만 바삐 움직였다.

……죄송합니다. 제가 도와드리죠.

"용은 들어라. 지금부터 내일 낮까지 밖에서 자유롭게 지내도 좋다. 내 부름에 즉시 응할 수 있다면."

마차를 준비해준 직원의 말에 따르면 계약을 나눈 마물과는 어느 정도 거리가 있어도 의사소통이 가능해 불리울 수 있다고 한다.

그 이야기를 듣고 어쩐지 사역마 같다며, 살짝 중2병을 자극받은 것은 비밀이다.

드래곤은 내 말을 이해한 것처럼 기지개를 켜더니 커다란 날개를 펼쳐 퍼덕였다.

항공역학과 중력이 다 무슨 상관이냐며 무시하는 각도로 그 거구가 떠올랐다. 그리고 그대로 하늘 저 멀리 날아가 버렸다.

"오오! 드래곤이 날아갔어. 나중에 이름을 붙여줘야겠는걸."

"그래. 그러자."

안내받은 곳은 킹사이즈 침대 하나가 떡하니 놓이고, 그야말로 상류 계층이 쓸 법한 호화롭게 장식된 방이었다.

이건 우리가 부탁한 게 아니라 여관 쪽에서 알아서 준비해 준 곳이었지만, 이것을 거절하는 것도 어쩐지 그럴싸하지 않아서 그냥 이곳에 묵기로 했다.

그리고 점원이 퇴실한 것을 확인하고—.

"푸하아, 지쳤어! 의식해서 이런 말투를 쓰는 게 이렇게 힘들 줄 몰랐어."

"카이 군이 악당 같아서 재밌었어. 그나저나 침대가 크기도 하네."

"이건…… 아, 그런 뜻이군요. 알겠어요, 카이 씨. 제게 한 번 더 용기를 주시겠다는 말이군요……. 이런 저라도, 잘 부탁—."

"아니, 캐릭터 잡느라고 그런 거야. 같이 잠을 자긴 하겠지만."

조금 긴장이 풀렸는지 레이스도 농담을 했다.

……농담 맞겠지?

그녀의 표정에서는 불안이 사라지고 결의가 보였다.

이곳은 놈의 거점으로 들어가는 초입이었다. 각오를 다져야 했다.

"그럼 앞으로 어떻게 할지 방침을 정하자."

"……응. 이번에는 나도 전력을 다할게."

"저도 두 사람과 함께라면, 더는 지지 않아요."

"그럼 우선…… 나는 보다시피 이 모습으로 지내려고 해. 레이스의 말을 듣는 한 이러는 편이 활동하기 쉽겠어."

"맞아요. 카이 씨 모습은 제가 지금까지 봤던 어떤 마족보다 위압적이고 급이 높아요."

"레이스, 레이스. 마족의 특징은 구체적으로 어떻게 나뉘어?"

류에의 질문에 레이스가 헛기침했다.

생각해 보면 나도 궁금하던 점이었다. 이 모습이 위압적인 것은 이해하지만, 그것이 주변 반응과 어떤 관계가 있는지 구체적인 이유를 알고 싶었다.

"그럼 제가 아는 범위에서 말씀드릴게요. 가장 먼저 날개예요."

레이스의 설명으로는 등에 나타나는 특징이 제일 우선되는 판별 방법이라고 했다.

큰 날개는 그것만으로도 높은 격을 나타내며, 반대로 견갑골을 덮는 비늘이나 날개 대신 꼬리뼈에 난 꼬리 등은 그

다지 격이 높지 않다는 증거라고 했다.

"그렇다면 레이스의 작은 날개는 어느 정도 위치야? 나는 레이스의 날개가 좋더라. 가끔 파닥파닥하는 게 귀여워."

"맞아, 맞아. 그건 좀 귀엽지."

"우…… 부끄럽네요. 이 날개는 위에서 두 번째예요. 큰 날개 다음이요."

그랬군. 아무튼 날개가 달린 것이 중요하다 이거지……. 무슨 기원이라도 있나?

"그러고 보니 전에 엔드레시아의 솔트버그에서 카이 군이 마족 여자들에게 둘러싸였었지. 그때 그 애들을 감독하던 아이도 큰 날개가 있지 않았나?"

"아, 그러고 보니 그랬지. 그리운걸."

"……저기, 역시 카이 씨도 큰 날개가 있는 여성이 좋으신가요?"

전에 방문한 마을에서 있었던 일을 얘기하자 레이스의 날개가 시무룩하게 처졌다.

정말 이 누님은 왜 이렇게 귀여울까?

"아니, 딱히 그런 부위로 사람을 판단하지는 않아. 게다가—둘 다 잊은 거야? 내가 두 사람을 탄생시켰다는 거."

"아하, 한마디로 카이 군은 나와 레이스를 사랑한다는 거야!"

"직설적으로 말하지 마. 부끄럽잖아."

"고, 고맙습니다."

하지만 그렇다면 내 등에 자란 두 쌍의 날개는 어느 정도에 위치할까?

그 점을 물어보자 레이스가 말하길…….

"모르겠어요. 하지만 큰 날개라면 틀림없이 격이 높다고 판단할 거예요."

다행이다. 기형이니 괴물이니 하는 소리를 듣지 않아서.

"설명을 계속할게요. 다음은 머리에 있는 부위예요. 이쪽도 큰 뿔일수록 격이 높은데, 순수하게 크기에 비례한다고들 하죠. 반대로 저 같은 날개는 격이 떨어지지만, 애초에 날개조차 없는 분이 많아서 이것도 대개 중간쯤에 위치해요."

"그럼 내 뿔은 문제없다는 뜻이야?"

"아뇨, 그게 그렇지도 않아요. 크기에 관계없이 금색 뿔에는 무시하지 못할 의미가 있어요. 솔직히 저도 카이 씨의 그 모습을 처음 봤을 때 깜짝 놀랐어요."

황금 뿔은 구 왕가의 혈족에게만 나타나는 특징이라고 했다.

그것도 확정적으로 생기는 것이 아니라 몇 세대에 한 명이라는 극히 낮은 비율로 등장한다나 뭐라나.

그뿐 아니라 그 황금 뿔은 왕위 계승권에도 영향을 미칠 정도라고 했다.

"그럼 설마 나 왕가의 피를 이은 사람으로 인식되는 거야……?"

“어쩌면 옛 마족이 이 대륙으로 넘어오기 전의 엔드레시아 북부…… 마족의 발원지에서 온 사람으로 볼지도 몰라요.”

“응? 그거 카이 군에게 딱 맞는 말인데? 나나 카이 군은 엔드레시아 북부에서 왔으니까.”

“듣고 보니까 그러네요. 마치 이 격의 기준이 카이 씨에게 맞춰져 있는 것 같아요.”

……에이, 설마. 우연이겠지.

하지만 류에는 『해방자 카이본 전설』을 알고 있었다.

만약 그 설화가 엔드레시아 북부에서 전해진 것이라면…… 아예 무관하다고 보기도 어려울지 모르겠다.

그러고 보면 류에 말고는 이 이름에 반응한 사람이 없었지. 혹시 별로 유명한 이야기는 아닌가?

“그리고 마지막은 마안의 유무예요. 이건 정말로 극히 드물게 발현하고 다른 부위와 달리 명확한 장점, 실질적인 힘을 가졌어요. 그래서인지 설령 다른 부위의 격이 떨어져도, 휴먼과 다를 바 없는 힘을 가졌어도, 마안이 있는 것만으로 우열이 뒤집혀 버리기도 해요. 물론 황금 뿔은 그보다 귀중한 혈통을 증명하지만요.”

“미안, 레이스. 실은 내 마안에 특별한 힘 같은 건 전혀 없어.”

“그, 그랬었나요? 저는 그 눈으로 바라보시면 가슴이 두근거려서…… 매료의 마안인 줄로만…….”

“있어도 그런 힘으로 레이스를 현혹하고 싶진 않아.”

색안경에 컬러 콘택트까지 끼셨군요. 아무튼 이 이야기들을 정리해 보면…… 지금 내 모습은 희한하다거나 위압적이라는 차원을 넘어선 것 같았다.

그렇게 생각하자 지금까지 봐 왔던 반응들도 이해가 됐다.

하지만 이쯤 되면 나라는 존재만으로 아캄은 위협을 느끼지 않을까? 예를 들면 내 쪽으로 인심을 빼앗아 올 수도 있겠고…….

"이상이 마족의 특징과 격에 관한 설명이에요. 이 기준에 따르면 제 격은 마족 전체에서 중상위에 해당해요."

그렇게 말을 맺은 레이스의 표정에 잠깐 그늘이 보인 것 같았다.

"나에게는 일등 마족이니까 자신감을 가져."

"후후후, 내 마음속에서도 일등이야. 카이 군이랑 공동 일등."

"류에, 난 마족이 아니라니까. 이건 그냥 장식품이야."

"가, 감사합니다……. 저도 이 모습으로 태어나서 기뻐요."

류에도 레이스도 내 손으로 낳은 내 가족이나 다름없었다. 그리고 그 가족이 괴로워한다면, 소중한 가족에게 위기가 닥치고 있다면…… 나는 끝까지 싸울 것이다.

그 후 앞으로의 방침을 의논했다.

무력으로 밀어붙여 단숨에 아캄을 없애 버릴 수도 있다.

가능은 하다.

솔직히 말하면 난 그렇게 끝내도 상관없다고 생각한다. 하지만—.

지금까지 맺은 인연이, 받아 온 은혜가, 함께 걸어갈 미래가 거기에 제동을 걸었다.

하지만 그것을 번거롭다고 생각하지는 않았다. 만약 내가 그런 길을 걷게 된다면…… 기다리는 것은 아캄과 같은 악한 지배자의 길일 것이다.

하지만 나에게는 두 사람이 있다. 이 두 사람이 나에게 비정한 길을, 타인과의 인연을 버리고 수라도에 빠지지 않도록 붙잡아 준다.

무엇보다 레이스가 바라는 것은 자신만의 안전이 아니었다. 그녀는 윙레스트의 주민과 지금도 고통 받는 옛 고향 사람들에게 불똥이 튈까 봐 걱정하고 있었다.

마족 우월주의 같은 사상이 존재하는 한 제2, 제3의 아캄이 태어나도 이상하지 않으니까.

"레이스. 내게 부탁해줘. 뭐든 좋아. 어떤 난제라도 상관없어. 이루고 싶은 소원을, 가능한 한 내게 말해줘."

"네……?"

"네 입으로 그 소원을 들려줘. 나는 네 소원이라면 뭐든 이루어줄 테니까."

"……알겠어요. 어려운 부탁이지만…… 아캄을, 그리고 이 뒤틀려 버린 환경을…… 아캄이 미치는 영향까지도…… 뿌리 뽑아 주세요.”

만감이 교차할 것이다. 복수심과 공포도 있을 것이다.

옛 가족을 빼앗고, 돌아올 장소를 파괴하고, 많은 주민을 희생시킨 그 남자에게…….

레이스는 조용히 눈물을 흘리며 불타는 결의가 깃든 눈으로 나를 바라봤다.

지금도 대륙에 영향을 주는, 오잉크조차 없애지 못한 거대 세력.

아캄을…… 그의 그림자까지도 없애 달라는 부탁을 내게 했다.

눈물을 흘리는 레이스를 끌어안은 류에가 나를 강렬한 눈길로 쳐다봤다.

거기에 깃든 감정, 말하고자 하는 바를 나는 이해했다.

“……맡겨줘. 전부, 없애줄게.”

“레이스, 나도 있어. 레이스를 위한 일이라면 나도 도울게.”

“네…… 네!”

§§§

결의를 새롭게 다지고 구체적인 방안을 짰다.

우선 레이스의 소원을 들어 단순히 아캄을 타도하는 것을 넘어 그 파벌부터 마족 우월주의라는 사상까지 뿌리 뽑아야만 했다.

이 대륙의 체제는 오잉크의 활약으로 민주제로 바뀌어 가고 있었다.

하지만 그것이 완전하지 않다는 것은 눈에 뻔히 보였다.

그렇다면 아캄을 그저 없애기만 하는 것이 아니라 완전히 실각시켜야 했다.

이 점은 레이스에게 들은 마족의 격, 신체적 특징을 이용하면 어떻게 해결되지 않을까?

그 외에 필요한 것은 아캄 파 인간을 한 번에 내 쪽으로 흡수할 임팩트였다.

최대한 타격을 주면서 놈의 권위를 실추시키고, 동시에 파벌 인간에게 그 충격을 직접 전할 수 있는 방법…….

"아캄에게 큰 창피를 주는 건 어때? 사람들 앞에서 엄청 창피해지도록."

"창피라…… 관계자가 보는 앞에서 쓰러뜨리는 건 이미 나도 생각해 봤는데……."

"카이 씨 모습이라면 그것만으로 마족의 지지는 얻을 수 있을 테지만……."

"그래서는 아무런 해결이 안 돼. 내가 아캄을 대신하는 상징이 될 뿐이니까."

실제로 생각해 보니 이건 꽤 어려운 문제였다.

내가 정점에 서서 대뜸「앞으로는 휴먼을 업신여기지 맙시다」라고 해 봤자 아무것도 해결되지 않는다. 정작 자신이 힘으로 굴복시켜 놓고 무슨 가식적인 소리냐고 생각하겠지.

만약 힘을 휘두른다면…… 때와 장소를 골라야 한다.

그리고 우선 사상을 바꿔야 하는데…… 어디서부터 손을 대야 할지 감도 잡히지 않았다.

애초에 나는 단순한 여행자다. 이곳에 정착할 생각도 아니니까 너무 오랜 시간을 들일 수는 없었다.

"혹시나 해서 묻는 건데, 세간에서 마족 우월주의를 보는 시각이 곱지는 않지?"

"네. 적어도 부크 님의 영지에서는 그런 이야기를 못 들었어요. 아마도 아캄이 다스리는 이곳 사람들과 근방에 사는 옛 영주들, 그리고 이 대륙 의원 일부에게만 지지받을 거예요."

"역시 그렇군. 머리 아프네. 꿀돼지는 왜 하필 이럴 때 출장을 가고 난리야?"

오잉크에게 물어 보면 자세한 정보를 알 수 있을 텐데…….

나는 전에 오잉크와 나눈 통신 내용을 떠올렸다.

『주민에게 피해가 가지 않도록 부탁드릴게요』.

『당신이 원한다면, 저는 길드를 움직일 거예요』.

그 두 말을 떠올리고 약간의 희망을 느꼈다.

"……분명 오잉크는 움직여 줄 거야. 그렇다면 난 나대로 움직이면 돼."

미래를, 이 대륙에 끼칠 영향을 생각하면 불안하기도 했다.

그러나 내게는 동료가 있다. 류에도, 그리고 각오를 다진 레이스도 있다.

"아캄의 권위를 떨어뜨리고 많은 마족들 앞에서 패배시킬 방법 말씀이시죠?"

"그래. 그리고 최소한 알비스에 사는 마족들의 사고방식을 바꿔야 해."

"그 두 가지를 나눠서 생각해 보면 어떨까요? 아캄을 직접 쓰러뜨리는 건 최후의 수단이에요. 우선 카이 씨는 마족의 의식 개혁에만 집중해 주세요."

무슨 방법이 떠올랐는지, 레이스가 그렇게 제안했다.

"……저도 생각해 볼게요. 잠시 혼자만 있게 해주실래요?"

"……대신 이 방에 있어. 우리가 잠깐 나갔다 올 테니까."

"네……. 저 때문에 죄송해요."

웬일로 혼자 있고 싶다는 그녀의 마음을 존중해 주고자 류에와 함께 방을 나섰다.

혼자서 너무 고민하지 말아야 할 텐데…….

"카이 군. 만약을 위해 나는 여관 밖을 순찰하고 올게. 카이 군은 여관 안에 남아."

"알았어. 부탁할게. 나도…… 확인해 두고 싶은 게 있어."

고급 여관이다 보니 편히 쉴 휴게실이 마련되어 있었다.

그곳에 혼자 앉아 오랜만에 스테이터스와 검을 점검했다.
우선 화산 최심부에서 싸우고 얻은 어빌리티를 재확인했다.

[재기]
하루에 한 번 HP가 0이 됐을 때 HP를 1로 회복한다.

이건 혹시 모를 사태에 대비한 보험으로는 더없이 우수한 어빌리티였다.
무엇보다도 [생명력 극한 강화]와의 상성이 최고였다.
부활과 동시에 순식간에 HP를 회복할 테니까 말이다.
하지만…… 나는 손에 넣은 또 하나의 어빌리티를 보고 생각을 고쳤다.
가장 상성이 좋은 것은 이쪽이 아닐까, 하고.
그때 부활한 피닉스를 다시 쓰러뜨리고 얻은 이 힘—.

[윤회전생]
사망 후 부활했을 때 일시적으로 모든 능력치(HP, MP 포함)가 두 배가 된다.
효과는 부활한 후 24시간 동안 유지된다.

게임이 아닌 이상 목숨은 하나뿐이다.
그렇다면 이 어빌리티는 [재기]와 조합할 것이 전제된다.

그리고 부활이 보장된다고는 하지만, 그 효과는 한 번 죽는다는 위험에 걸맞게 강력했다.

그러나 솔직히 이게 필요한 상황이 있으리라고는 생각할 수 없었다.

왜냐하면…… 그 싸움에서 내가 얻은 새로운 힘은 이게 전부가 아니기 때문이다.

초고레벨 몬스터를 해치우고 나오는 급격히 성장했다.

그것은 나 또한 마찬가지였다. 마지막 순간 어빌리티 구성을 경험치 획득량 증가로 변경해 드디어 내 레벨도—.

【Name】카이본

【종족】인간(?), 휴먼

【직업】탈명기사(3) ←NEW, 권투사 (50)

【레벨】400

【칭호】구제와 살육의 마왕

용제(龍帝)를 도륙한 자

신의 적대자

【플레이어 스킬】어둠 마도, 얼음 마법, 불 마법

검술, 장검술, 대검술, 찬탈

격투술, 새크리파이스

커스 기프트 ←NEW

[커스 기프트]

대상에게 자신이 소지한 어빌리티를 임의로 하나 부여한다.

한번 부여한 어빌리티는 해제하거나 대상이 소멸할 때까지 지속된다.

부여한 어빌리티는 임의로 효과를 반전시킬 수 있다

피닉스와 연전을 펼치고 얻은 경험치로 드디어 레벨이 400으로 올랐고, 직업 레벨이 올라 새로운 스킬도 습득했다.

검이 아닌 곳에 어빌리티를 부여하는 능력. 그 효과가 얼마나 강력한지는 지금까지 수많은 어빌리티를 사용해 온 내가 누구보다 잘 알고 있다.

"……나 자신에게도 부여가 가능하단 말이지……."

이걸로 내가 질 가능성은 0퍼센트라고 해도 과언이 아니다.

시험 삼아 나 자신에게 [생명력 극한 강화]를 부여해 봤다.

검을 들지 않았을 때나 잠잘 때 등 내가 유일하게 무방비해지는 시간조차 무시하고 나를 계속 회복한다면—.

"큭…… 크으, 읔!"

부여한 순간 가슴으로 뜨거운 힘이 쏟아져 들어왔다. 온몸의 근육에 과도한 힘이 들어간 것 같은 답답함이 엄습했다.

얼굴 근육에 힘이 들어가 눈이 크게 뜨이고 손끝이 발작을 일으킨 듯 마음대로 움직였다.

이건…… 뭐야? 평소에는 검을 경유해 얻는 힘을 직접 얻은 반동인가?

"사람의 몸으로…… 용신의 힘을 얻는다는 게, 이런 건가?"

전신을 덮치는 고통이 서서히 약해져 갔다. 이 고통마저 치유해 버린 것일까?

"……하지만 성공했어."

이 힘이 있으면…… 틀림없이 레이스를 지킬 수 있을 것이다.

그로부터 얼마 후, 이 새로운 힘을 어떻게 활용할지 실험한 결과, 부여 대상이 생물이 아니어도 괜찮다는 사실이 판명됐다.

물건에 따라 다르지만, 장비에도 부여 가능하므로 레이스의 장비를 강화하면 혹시 모를 사태에 대비할 수 있을 것이다.

그러나…… 레이스는 아직 방에 틀어박혀 나올 기미가 없었다.

슬슬 불러 보자고 생각해 문 앞으로 갔다.

노크해도 될지 고민돼 문으로 가져가던 주먹이 갈 곳을 잃었다.

그래도 문을 두드리기로 마음먹고 주먹을 앞으로 내밀었지만…… 그 순간 문이 열려 허공을 치고 말았다.

"아, 레이스. 이제 괜찮아?"

"네. 죄송해요, 저 때문에 나가 계시게 해서……."

"아니야, 괜찮아. 지금 막 부르려던 참이었어."

"저도예요. 그럼 들어가요. ……그런데 류에는요?"

"아, 류에라면……."

방으로 들어가 창문을 통해 밖을 봤다.

그러자 근처에 숨어서 몰래 방을 훔쳐보는 흰 머리가 보였다.

"봐, 류에가 만약을 위해서 망보고 있었어."

"……걱정을 끼쳤네요. 그나저나…… 류에는 귀엽네요."

숨어서 머리를 내밀었다가 쏙 들어가는 모습이 귀여워 나와 레이스는 함께 미소를 지었다.

그럼 류에도 불러 볼까.

"다녀왔어. 레이스, 좋은 생각이 났어?"

"네. 하나 생각났어요. ……각오가 필요한 방법이에요. 하지만 그게 최선이라는 결론에 이르렀어요."

돌아온 류에와 함께 레이스가 어떤 답을 냈는지 말하기를 가만히 기다렸다.

살며시 떨리는 어깨와 보는 사람을 놀라게 하는 패기에 찬 눈동자.

그리고 레이스는—.

1장 지배받는 자

어두컴컴한 숲 속. 어디선가 들려온 울음소리에 나는 그만 소스라쳤다.

달빛조차 제대로 들지 않는 어둠 속에서 손대중으로 바닥을 더듬었다. 손이 시리고 쓰라려 몇 번이나 눈을 질끈 감으면서도 그럴싸한 감촉을 찾아 잡아당겼다.

"이것도…… 아니야."

나무 사이로 으스름히 새는 달빛에 비춰보지만, 그것은 그냥 잡초였다. 떨어진 흙이 눈에 들어가 눈물이 났다.

한계에 다다른 것인가. 나는 이 어둠, 아픔, 그리고 죄악감 때문에 멈춰야 할 눈물을 막을 수 없었다.

그때, 희미하게 비추던 달빛까지 사라져 버렸다.

왜 사라졌는가 싶어 하늘을 올려다보니—.

"소년…… 왜 이런 곳에 있느냐."

커다란 날개를 펼친 마왕님이 달을 등지고 떠 있었다.

§§§

밤의 고독을 달래고자 홀로 밤하늘을 날았다.

그러던 때였다. 아래쪽에서 뭔가 움직이는 것이 보여 나무 사이를 노려보듯 눈을 찌푸렸다. 그러자 그곳에 고개 숙여 눈을 비비는 소년이 한 명 있었다.

달도 기울어 가는 오밤중에 왜 이런 숲 속에 있나 궁금해 나도 모르게 말을 걸었다.

연극을 하는 듯한 그 말투 때문에 혹시 겁먹진 않을까, 하는 생각이 순간 머리를 스쳤다. 하지만 나는 내 역할을 다하기 위해 소년에게 내려갔다.

“죄, 죄송합니다! 바로 갈게요!”

“다쳤군. 소년, 거기 가만히 있어라.”

아니나 다를까, 쏜살같이 도망치려는 소년을 불러 세웠다.

어스름한 달빛에 비친 소년의 흰 손에는 다 세지도 못할 무수한 상처가 나 있었다.

불러 세우는데 그냥 갈 수도 없어서 소년은 그 자리에 멈춰 섰다. 나는 짊어진 검의 어빌리티를 교체해 소년을 회복시켰다.

“아…… 죄송합니다. 드릴 돈이 없는데……. 저기, 지금 일 때문에 약초를 찾고 있으니까 그걸 보수로—.”

“괘념치 마라. 밤에 다친 아이가 홀로 울고 있는데, 그걸

돕지 않는 어른이 어디 있겠느냐. 거기에 대가를 바라는 자가 어디 있겠느냐.”

스스로 놀랄 만큼 막힘없이 말이 나오는 게 조금 쑥스러웠다.

……괜찮아. 상대방은 애잖아! 그리고— 보아하니 이 소년은 휴먼이다. 이 도시의 정세를 알기 위해서는 이 정도가 알맞다.

그래, 이곳 『알비스』의 현재 상황을 알기 위해서는…….

노스아르를 나와 이곳 알비스에 도착한 지도 벌써 이틀째였다.

나는 레이스의 작전에 따라 홀로 이 도시에서 생활하고 있었다.

류에와 레이스는 내 옆에 없다. 이 세계에 오고 오랜만에 맛보는 밤의 고독을 달래던 차에 때마침 찾아든 만남을 나는 내심 감사히 생각했다.

이걸로…… 겨우 나도 움직일 명분을 얻었다.

“소년, 보아하니 모험가가 될 나이도 아닐 터인데 누구에게 일을 받았나?”

“모험가가 되지 못하는 저희를 위해 일을 주시는 마족 모험가님입니다.”

“ 의뢰를 대행했다고?”

기쁘게 대답하는 소년을 보고 나는 그만 어금니를 꽉 깨물었다.

앳된 옆얼굴은 아직 열 살도 안 되어 보였다.

이런 아이를 숲 속으로 보내다니, 원래는 용서하지 못할 일이었다.

아니, 애초에 모험가가 자신의 의뢰를 타인에게, 심지어 모험가가 아닌 사람에게 알선하는 행위는 엄연히 길드 규정에 위배되며 처벌 대상이 되는 사항이었다.

그러나 소년의 이야기에 따르면 그런 행위가 평상시부터 태연히 자행되어 왔고 어제오늘 시작된 것도 아니라고 한다.

……설마 길드조차 이 영지의 영향을 받고 있다는 말인가?

다른 곳도 아니고 모험가를 관리, 감독해야 할 길드가…….

"아무튼 그 약초란 걸 찾도록 하지."

"앗, 저기……."

"손수 치유해 준 자가 죽는 꼴은 못 본다."

우선 이 소년부터 구슬려 볼까.

소년이 찾는 약초는 『제오 프라우』라는 꽃이었다.

작은 백합처럼 생겼는데 아침부터 지금까지 숲을 헤집고 다녔는데도 찾지 못했다는 모양이었다.

아마 이곳이 서식지가 아닌 것 같아 아직 가보지 않은 곳까지 발길을 옮겼다.

나뭇가지가 하늘을 뒤덮어 낮에도 어두침침할 것 같은 숲 속 깊은 곳에서 짐승이나 다닐 법한 좁다란 길을 걸었다.

올빼미가 우는지 가끔 들려오는 으스스한 소리에 소년이 어깨를 떨었다.

"그냥 새소리다. 무서워 마라."

"아, 네……."

새지? 마물 아니지? 갑자기 툭 튀어나오면 안 된다? 나 놀라 자빠지니까.

지금까지 잔뜩 무게 잡았는데 이제 와서 으악 소리는 못 내잖아. 네, 자백하겠습니다. 사실 어둠 속에서 심장이 콩닥거리고 있습니다.

"꼭 이런 일까지 해 가며 돈을 벌 필요는 없을 텐데? 도시 안에서 할 수 있는 일도 있을 거다. 가게 일을 돕거나 심부름 따위의 일은 없느냐?"

"그런 건 마족님의 아이나 어른 도우미의 일인지라……."

"……그런가. 소년, 네 부모는 무슨 일을 하지?"

"아버지는 모험가셨지만, 어느 날부터 돌아오지 않으세요. 어머니는 영주님 저택에서 일하셨는데 크게 다친 후로 일을 그만두고 지금은 누나가 대신 저택에서 일하고 있습니다."

휴먼 어른의 일은 주로 모험가로 등록한 후의 육체노동이며, 상인이 되거나 기타 직업을 얻을 수는 없다고 했다.

이 아이는…… 그것을 당연하게 받아들이고 있었다.

휴먼은 검소하게 살며 마족을 위해 허드렛일을 하고 그 대가로 도시에서 살 곳을 얻는다. 그런 생활을 몇 세대나 해 온 탓에 의문조차 품지 않는 기색이었다.

……영지 밖으로 나오면 그 환경이 이상하다고 깨달을 만도 했다.

하지만 애초에 밖으로 나와야 한다는 의식이 결여됐다면…….

"아, 마족님! 숲을 빠져나왔나 봐요."

어둠을 가르고 푸르스름한 빛이 새어 들었다. 그곳으로 달려가는 소년의 발걸음에는 이 공포가 끝난다는 기쁨이 가득했다. 이제야 겨우 아이다운 일면을 본 것 같았다.

대답하는 말투와 태도가 참 어른스럽다고 생각했는데…… 그래야만 하는 환경에서 자란 탓인지도 모르겠다.

소년을 쫓아 나도 숲을 빠져나가자 일대가 꽃으로 뒤덮여 있었다.

꽃은 달빛을 받아 어스레히 푸르게 빛났다. 바람을 타고 달콤하며 부드러운 향이 실려 왔다.

옆에서는 맑은 호수가 달빛을 머금고 잔잔하게 일렁였다.

숲 안쪽에 숨은 환상적인 공간이었다. 이런 경치가 있다면 그 어둡고 무서운 숲을 빠져나온 가치도 있었다.

이번 일이 끝나면 두 사람을 이곳에 데리고 오자…… 그런 생각을 하며 발치에 있는 꽃을 한 송이 꺾었다.

"소년. 이 꽃이 제오 프라우인가?"

"네, 맞을 거예요! 우와…… 엄청 많다!"

"귀한 꽃인가?"

"네! 이렇게 많으면 마족님도 분명 기뻐해주실 거예요!"

"……그러냐."

소년은 순수하게 기뻐하며 꽃을 꺾어 다발을 만들었다.

일을 맡겨준 마족이 기뻐하길 빌며 열심히 두 다발, 세 다발을 더 만들었다.

남을 생각할 줄 아는 이 소년이 정말로 그 헌신에 걸맞은 대가를 얻을지 걱정이었다.

……그렇지. 이 아이를 이용할 생각이라면 나도 뭔가 대가를 지불해야지.

그리고…… 이 형은 아이에게는 착하단다. 단, 예의바른 아이에게만.

§§§

어젯밤 소년을 도시까지 바래다주고 헤어지기 전, 내일 길드에 보고하러 가기 전에 잠깐 들르라며 숙소를 알려줬다. 그리고 날이 밝고, 나는 장식이 유난히 호화로운 여관에서 눈을 떴다.

혼자 쓰기에는 침대가 너무 컸다. 양팔을 쭉 벌려도 누구에게도 닿지 않았다.

바로 얼마 전까지 묵었던 노스아르의 여관과는 다른 지금 상황이 잠에서 깬 내 기분을 조금 우울하게 했다.

"……조금만 참으면 돼."

류에도 레이스도 단 하나의 목적을 위해 움직이고 있었다. 내가 여기서 멈출 수는 없었다. 마음을 고쳐먹고 어제 한 약속을 지키고자 침대에서 몸을 일으켰다.

현재 시각은 새벽 다섯 시. 소년이 찾아오기에는 아직 이르지만, 혹시 몰라서 창밖을 내다봤다.

귀족가(貴族街)처럼 현란한 거리는 아침 햇살에 감싸였는데도 어딘지 모르게 차가운 인상을 줬다.

그렇게 주위를 살피자 여관 입구 쪽에 천을 둘둘 뭉친 물체가 보였다.

"……저건 설마!"

설마 『0시가 지나면 내일』이라고 생각한 걸까?

그 꿈틀대는 물체의 정체를 짐작하고 허둥지둥 여관 밖으로 나갔다.

"……미안하다. 정확한 시각을 알렸어야 했군."

"앗, 마족님, 안녕히 주무셨어요!"

예상대로 그 꿈틀대는 천의 정체는 이불을 두른 소년이었다.

초여름이 다 된 시기라고는 하나, 이 시간에 바깥 공기는 아직 찼다. 아이가 견디기에는 힘들 것이었다.

미안함에 목소리가 떨릴 것 같았지만, 꾹 참고 소년을 안으로 들였다.

“주인장. 손님이 있으니 아침을 2인분 준비하게. 그리고 따뜻한 홍차를 내오도록.”

“알겠습니다, 카이본 님.”

여관 주인에게 식사 2인분을 요청했다. 나도 이 연기에 많이 익숙해졌다고 생각하다가 문득 소년이 보이지 않아 뒤를 돌아봤다.

그곳에는 가시방석을 넘어 분쟁 지역에 들어간 초등학생처럼 위축된 소년이 있었다. ……내가 한 비유지만, 그런 상황이 있긴 할까?

“소년, 왜 그러지? 어서 들어오지 않고.”

“저기, 정말로…… 제가 들어가도 되나요?”

소년이 무슨 말을 하고 싶은지는 나도 안다.

이 여관의 규모와 인테리어는 호텔이라고 불러도 무방했다.

아마 태어나서 한 번도 이런 곳에 들어와 본 적이 없겠지.

한 번 더 손짓하자 소년은 카펫을 밟으면 큰일이라도 나는 것처럼 머뭇거리며 들어왔다.

“저기, 무슨 용무로 저를 여기에…….”

“어제 함께 의뢰를 달성한 사이 아닌가. 그 환상적인 광경을 보여준 네 대한 감사 표시다.”

식탁에 앉아 여전히 위축된 소년의 의문에 답했다.

하지만 물론 이건 진짜 이유, 목적이 아니었다.

어젯밤 소년에게 들은 길드 내부 사정, 그리고 의뢰 대행과 위에서 떼어먹는 게 확실한 그들의 보수. 그 점을 언급하기에 앞서…… 이렇게 말하면 듣기 안 좋지만, 이 아이를 이용할 수 있지 않을까 싶어서였다.

"마족님, 그렇다고 이렇게까지…… 미천한 절 이런 곳에……."

"카이본이다. 마족님이라는 호칭이 난 썩 마음에 들지 않는다."

"죄, 죄송합니다. 카이본 님."

호칭을 고친 직후 식사가 운반되어 왔다.

흰 접시에는 화이트 아스파라거스 소테 두 개가 정갈하게 놓였다. 누가 봐도 애피타이저였다.

……뭐지? 아침부터 코스 요리를 내놓겠다는 암시인가?

그런 속마음을 얌전히 목구멍 안으로 쑤셔 넣고 나이프로 아스파라거스를 썰었다.

음, 소테가 아주 잘 됐군. 나이프가 쉽게 들어간다.

소년도 나를 따라 하듯 익숙하지 않은 손놀림으로 아스파라거스를 썰어 한 조각을 입에 넣었다.

그러자 얼굴에 감출 수 없는 기쁨이 떠올랐다. 감탄사를 참는 것이 뻔히 보일 정도였다.

소년은 아스파라거스를 작게, 그리고 잘게 썰어 깨작깨작

먹었다.

아, 설마 식사가 이 한 접시뿐이라고 생각해서 음미하며 먹는 건가?

소년이 자신의 착각을 깨달은 것은 두 번째 접시가 방으로 들어온 후였다.

마지막 접시를 치우게 한 뒤, 나는 아침부터 호화롭게 식후 와인을 홀짝이며 마주 앉은 소년에게 말을 걸었다.

그러나 대답은 없었다. 왜 그런가 하고 안색을 살피자…….

소년은 입을 꾹 다문 채로 눈물을 흘리고 있었다.

야, 그러지 마. 밥 먹고 울지 말라고. 개인적으로 이런 장면에 약하단 말이야.

어린아이가 굶주림에 허덕이거나 가족이 괴로워하는 상황.

흔해 빠진 신파극 소재이긴 하나, 이 두 가지만은 좀처럼 익숙해지지 않는다.

"어머니와 누나한테도 먹여줄 수 있었으면……."

나직하게 흘러나온 혼잣말이 쐐기를 박아 버렸다.

정말로 무슨 수를 써서라도 도시 상황을 바꿔야겠어…….

소년을 데리고 길드로 갔다.

이 도시는 전체적으로 외관이 호화로운 건물이 많았다. 하나 레이스가 말한 것처럼 옛 건물은 모조리 헐어 버리고 새로 조성한 곳이기 때문이리라.

그러나 그런 가운데 길드만은 옛날부터 변하지 않았는지, 다른 건물에 비하면 다소 외관이 좋지 않았다. 안 좋게 말하면 주변 경관의 통일감을 깨고 있었다.

그렇다고 길드가 딱히 볼품없다는 뜻은 아니었다.

예를 들자면 오닉스를 루비나 사파이어, 다이아몬드 속에 던져 놓은 느낌이었다.

이것도 길드는 고작 이런 곳이라는 인식을 조성하기 위한 아캄의 수작일까?

"소년, 먼저 들어가라. 내가 함께 있으면 상대방도 다가오기 힘들 테니까."

"알겠습니다. 그럼 먼저 들어갈게요."

소년이 문으로 들어가는 것을 확인하고 조금 기다렸다가 들어갔다.

소년은 이미 길드 대기소로 가서 의뢰를 맡긴 모험가를 찾고 있었다.

나도 주위에서 모이는 시선을 느끼며 부자연스럽지 않게 그쪽으로 다가갔다.

그때 마침 소년도 찾던 사람을 발견했는지 밀소리가 들렸나.

"너 정말 웃긴다? 무슨 꽃을 따는데 꼬박 하루가 걸려?"

"설마 못 찾은 건 아니겠지? 만약 그랬다간, 어떻게 될 줄 알지?"

소리가 들리는 쪽을 보니 두 여성이 소년을 내려다보고 있었다.

그런데…… 그 여성들을 본 나는『과거의 유물』이란 말이 절로 떠올랐다.

금발에 갈색 피부, 요란한 화장. 일본의 한 시대를 풍미한 **그것**으로밖에 보이지 않았다. 흡사 부두술에 심취한 원시 부족 같은 그거.

옛날 옛적 시부야에 많이 서식했다는 그 전설의…… 야맘바 갸루[#1].

하지만 자세히 보니 화장이 아니라 원래 속눈썹이 희어 그렇게 보일 뿐인 듯했다.

게다가 관자놀이로 튀어나온 작은 뿔을 보면 원래 이렇게 생긴 종족인가 보다.

"늦어서 죄송합니다! 무사히 찾아왔어요! 여기 있습니다!"

"뭐? 야, 무슨 소리…… 어머머, 이게 다 뭐래?"

"어떻게…… 야, 너 이거 어디서 났어? 근처에 자라는 곳이 있었어? 빨리 말해!"

"으, 으악!"

소년이 제오 프라우 다발을 꺼내자 두 사람은 예상하지 못한 것처럼 경악하며 소년에게 달려들었다.

#1 야맘바 갸루 갸루란 갈색 피부와 과도한 화장이 특징인 일본의 패션 스타일이다. 갸루 중에서도 눈가와 입술을 희게 화장한 스타일을 일본 노파 요괴 야맘바에 빗대어 야맘바 갸루라고 부른다.

……이 아이들, 처음부터 실패할 줄 알고 의뢰를 맡겼나?

"그게, 도시에서 떨어진 숲 속에서……."

"거짓말하지 마! 너 같은 휴먼 꼬맹이가 갈 수 있는 곳이 아니잖아!"

"너 우리한테 거짓말하면 진짜 죽는다? 아니면 돈이라도 달라는 거야? 먼저 알려주면 생각해 볼게."

두 마족은 어린아이를 상대로 멱살을 잡고 협박했다.

그러나 주위 사람들은 신경조차 쓰지 않고 태연하게 자기 할 일만 했다.

개중에는 휴먼으로 보이는 사람이 걱정스러운 시선을 보내기도 했다. 하지만 말리는 사람은 끝내 나오지 않았다.

……나도 너무 상황만 살폈군.

길드가 지금 상황을 묵인한다면— 나도 내 마음대로 하겠다.

"무슨 소란이냐? 보기 흉하다."

"뭐래! 누군데 참견—."

돌아본 두 사람의 갈색 얼굴이 순식간에 창백하게 변했다.

역시 마족에게 지금 내 모습은 효과가 직방이었다.

"어떡해! 죄송해요~! 이 애가 우리한테 거짓말을 해서 따지고 있던 거예요~."

급히 비위를 맞추려는 태도에 감정이 울컥 치밀었다.

그러나 그녀들 또한 이 왜곡된 가치관의 피해자라며 분노

를 삼키고—.

"닥쳐라, 저열한 것. 그 소년은 나와 함께 약초를 찾은 사이다. 소년이 호의로 그 부산물을 주겠다는데, 너희가 감히……. 원래는 용서받지 못할 행위라는 것을 모르는가!"

삼킬 리가 있냐. 내 사고방식은 내 편인가 적인가, 라는 이분법이다.

게다가…… 이건 일종의 퍼포먼스다. 그리고 소년을 이용해 버렸으니 뭐라도 돌려주지 않으면 마음이 불편하다.

은혜를 받은 인물에게 적대한다면 그 역시 엄연히 내 적이다.

조금 목청을 높인 탓에 바로 길드 직원이 달려왔다.

길드 안에 모여 있던 사람들도 종족을 불문하고 이쪽을 돌아봤다.

그러나 드러내는 감정과 표정은 종족에 상관없이 똑같았다.

그것은 바로— 공포.

"이 천박한 것들은 자기가 받은 의뢰를 외부인인 소년에게 떠넘겼다. 난 이 용서받지 못할 행위를 그냥 넘기지 않겠다! 길드는 이 일을 어떻게 처리할 텐가!"

마음속으로 직원에게 머리를 숙이며 주위에 들리도록 소리쳤다.

"죄, 죄송합니다. 이 두 명에게는 벌칙으로 이번 보수를 지불하지 않는 것으로—."

"너무 가볍다! 당장 이 길드 대표를 만나야겠으니 안내해라."

……분위기를 타서 말했지만, 엄청 부끄럽다.

주위의 시선이, 그리고 이 상황에서 혼자 연기를 계속하는 내가 너무 부끄러웠다.

『나는 마왕이다』라고 계속 자기 암시를 걸면서 얼굴로 올라오는 열이 표정에 드러나지 않도록 얼굴 근육에 힘을 꽉 줬다.

하지만 그것이 아마 안 좋은 쪽으로 작용했나 보다. 사람들의 얼굴이 더욱 굳으며 한 발 뒤로 물러났다. 뭐야? 지금 내 표정이 어때서? 내 얼굴이 그렇게 무서워?

마음을 가다듬고 옷 속에서 길드 카드를 꺼내 직원에게 건넸다.

그러자— 이번에는 직원이 눈에 보일 정도로 손을 덜덜 떨고 딱딱 소리가 들릴 정도로 이를 부딪쳤다.

길드 랭크SS+마왕 룩의 효과는 대단하군.

계속해서 리버스 카드 오픈. 『왕의 위임장』 발동.

오버킬은 로망 아니겠습니까.

"이 길드 카드는…… 게다가 친선국 엔드레시아 국왕의 서한까지……."

"지금 당장 면회 자리를 마련해라. 이유는 내가 그렇게 판단했기 때문이라고 전해라."

한없이 거만하게, 내가 바로 정의라는 듯 오만하게.

직원이 길드 위층으로 가는 모습을 지켜보며 이번에는 주위를 돌아봤다.

잠깐 어수선했지만, 모두 언성 높여 불평하지 못하고 입을 다물고 있었다.

그야 그렇겠지. 원래 해서는 안 될 행위를 규탄해 봤자 아무것도 바뀌지 않는다.

반발한다면 자신이 부정을 저질렀다고 자백하는 꼴이다.

반면, 소년처럼 모험가의 의뢰를 대행하며 끼니를 이어가는 아이는 이 도시에서 흔하다.

실제로 지금 길드로 오는 길가에서는 아이들이 자기를 불러주길 바라는 눈치로 앉아 있었다.

그 아이들도 어떻게든 해야겠지…….

"카이본 님, 오래 기다리셨습니다. 길드장님께 안내하겠습니다."

그때 직원이 돌아왔다. 이곳 길드장은 대체 어떤 인물일까. 어디 구경이나 해 보자.

『긴급 상황 시 모든 길드에 소속한 모든 인원에 대한 명령권』이 내 길드 카드가 가지는 효력이었다.

그리고 지금 이 비뚤어진 상황은 『긴급 상황』이라고 말하기에 충분했다.

아마 이제부터 길드장과 교섭하게 되겠지만, 한 발도 양보할 생각은 없었다.

우선 길드부터. 그리고 그 다음은 휴먼…… 마지막으로 마족 주민까지.

서서히, 하지만 확실하게 네 힘과 퇴로를 없애주마.

모든 준비가 끝나면— 각오하는 게 좋을 거다, 아캄.

§§§

"모두…… 모두 카이본 님의 지시대로 하겠습니다. 이와 같은 상황이 이어지는 것도 모두 제가 부족한 탓입니다. 제발 다른 직원들은 처벌하지 말아주십시오!"

철저하게 싸울 생각이었는데! 막상 뚜껑을 열자 무조건 항복이라니!

"처벌할 생각은 없다. 전권을 내게 맡겨준다면 그걸로 족하다."

그렇지만 그렇다고 누굴 책망하랴. 길드장 또한 휴먼이었다.

시종일관 손이 발이 되도록 사과하는 그 자세를 보면 지금까지도 그렇게 해 왔으리라고 쉽게 상상할 수 있었다.

그는 본부나 다른 지부에 상담도 하지 않고 그저 현상 유지를 해 왔다.

큰 문제도 일어나지 않고 그것을 당연하게 받아들이며 그렇게 도시가 돌아갔다.

솔트버그와는 다른 형태로 이 도시의 길드도 병들어 있었다.

그러나 이야기를 자세히 들어 보자 아무래도 그게 다가 아닌 듯했다.

다른 영지에서 이 도시를 찾는 모험가도 당연히 있었고, 이 땅만의 독특한 상황에 당황하는 사람도 물론 있었다.

그러나 여기서는 이게 당연하다는 주위 반응이나 로마에 가면 로마법을 따르란 식의 생각으로 자연스럽게 받아들여졌다.

마족이라면 자신들이 특권 계층이라도 된 것처럼 행동해도 괜찮았다.

한 번 그렇게 재미를 보면 스스로 그것을 부정할 수 없었다. 반대로 외지에서 온 휴먼은 이런 곳에 오래 머물고 싶지 않다며 잽싸게 떠나 버렸다.

즉…… 이 상황이 문제시될 기회가 자연스럽게 사라지는 것이었다.

어떤 의미에서는 이 도시, 이 영지 전체에서 『스탠퍼드 감옥 실험』이 이루어졌다고 할 수 있겠다.

자세한 사항은 생략하겠지만, 격리된 환경에서 부여된 역할을 수행하는 사이 인격이나 태도가 변한다는 내용의 실험이다.

지금 마족과 휴먼의 관계가 딱 이렇게 형성되지 않았을까.

게다가 이 영지 길드에 아캄의 협력자가 있을지도 모른다.

그렇다면 오잉크에게도 이 상황이 알려지지 않았을 가능

성도 있지 않을까?

"길드장. 우선 넌 이걸 아는가? 이 종족 간 격차가 비정상이라는 걸."

"그건……."

아무래도 어렴풋이 알긴 아는 모양이었다. 하지만 도시가 그렇게 돌아간다면 문제없다고도 생각하는 듯했다.

그럼 좋다. 쓸 줄 아는 건 힘밖에 없는 내가 오늘은 머리를 써주겠다.

"먼저 의뢰 대행에는 엄중한 처벌을 내리게 해라. 반항하는 인간은 본보기로 내가 직접…… 처리해주지. 그러면 너도 일 처리가 쉽겠지."

"헉! 아, 안 됩니다. 영주민에게 손을 댄다뇨……."

"하지만 길드원이다. 길드에 소속됐다면 마땅히 죽을 각오는 되어 있겠지."

우선은 본보기식 처벌과 공포로 반항의 여지를 없앤다.

실제로 할 필요는 없다. 중요한 것은 모든 사람의 시선을 이쪽으로 모으기 위해서다.

물론 너무 잔혹한 행위를 벌이는 자가 있다면 말로만 끝내진 않겠지만.

"앞으로는 아이들이나 일반인에게서 직접 약초를 구매해라. 그 정도의 돈벌이는 다른 길드에서도 당연히 제공하고 있나."

이번에는 아이들의 생계를 유지한다. 원래 주민들에게 약초나 가축, 고기, 마물 부위 매입은 일상적으로 이루어지니까.

얼마 전까지 머문 아기다르에서는 산에서 일하는 할머니, 할아버지가 곧잘 산나물이나 약초 등을 팔러 오곤 했었다.

그리운걸. 원래 세계에 있을 때도 시골 국도 휴게소에서 비슷한 광경을 봤었지.

"그러면 채집 의뢰가 이루어지지 않습니다만……."

"원래 푼돈만 오가는 잡일이다. 막 등록한 초보자라면 모를까 모험가가 그런 일만 받는 것도 문제 아닌가."

"그건……. 하지만 그러면 의뢰를 받고 싶다는 모험가가—."

"아이들을 단체로 채집지로 보내라. 그 아이들을 호위하기 위해 길드에서 모험가에게 의뢰를 내라. 아이들은 많다. 각지에 채집을 보내고 경호원을 고용하면 약초를 안정적으로 공급할 수 있을 거다."

"약초가 안정적으로 들어온다면 확실히 괜찮은 방법이군요……."

"군락지는 모두 산이나 숲 깊은 곳에 있다. 마물 토벌도 병행할 수 있겠지. 시험적이라도 좋으니까 실시해 보게."

그렇게 길드장에게 지시하고 방을 나왔다.

로비로 돌아오자 방금 사건의 여파가 아직 남았는지 모두 나를 주목했다.

그렇다면 다시 한 번 선언하자.

"들어라! 나는 길드 랭크SS 카이본이다. 길드의 긴급 상황이라고 판단하여 모든 지휘권이 나에게 위탁되었다!"

내 말에 모두 서로의 얼굴을 돌아봤다. 긴급 상황이 무슨 소리냐는 의문의 목소리가 들려왔다.

거기에 답해주고자 말을 이었다.

"이 뒤틀린 종족 간 격차와 태연하게 이루어지는 부정행위를 오늘부터 단속하겠다. 위반하는 자에게는 길드에서 엄벌이 내려질 것이니 그리 알도록. 그리고—."

공포 정치든 뭐든 부르고 싶을 대로 불러라. 사리사욕을 위함이 아니라면, 목적 달성을 위한 최단 루트라면 얼마든지 공포로 다스려주마. 나는 마왕이 되어 두려움을 사는 길을 택하겠다.

나는 마지막으로『테러 보이스』를 발동해 군중이 가슴에 새기도록 선언했다.

"반항하는 자는…… 그 나름의 각오가 필요할 거다."

길드에 있는 인간, 그중에서도 특히 마족을 향해 강한 시선을 보냈다.

이후 바로 접수처에서 앞으로 의뢰를 내는 방식이나 현재 나와 있는 의뢰를 조정하고 있는데 뒤에서 인기척이 느껴져 천천히 노려보듯 돌아봤다.

"으힉?! 미, 미안해! 해코지할 생각은 없어!"

그곳에 선 사람은 기골이 장대하고 인상이 험상궂은 장년 남성이었다.

상반신에는 탱크톱과 재킷, 아래에는 작업용 바지를 입은 그 모습은 모험가나 여행자보다는 노동자나 기술자 같았다.

"당신, 카이본 씨라고 했던가? 방금 한 말이 사실이야?"

"나는 자신이 한 말을 지키지 않는 인간을 가장 혐오한다. 당연히 실천할 거다."

누구랄 것 없이 당혹스러운 기색으로 멀리서 이쪽을 지켜보는 가운데, 유일하게 이 남자만이 다가와 말을 걸었다.

보아하니 그도 휴먼 같았다. 이 도시 주민일까?

"그렇게 해주면 정말 고맙지. 난 외부에서 여기로 온 모험가인 고트라고 하는데—."

고트 씨는 이 비정상적인 상황과 외부에서 온 휴먼에게도 고압적인 태도를 취하는 마족에게 진저리가 났다고 했다.

그러나 다른 곳으로 갈 노잣돈이 부족해 여기서 의뢰를 받으며 근근이 살아가고 있었다.

"당신이 정말로 이 도시를 바꾸겠다면 내가 도울 일이 있을 때 뭐든 말만 해. 난 이 도시의 『휴먼 보호 구역』에서 지내고 있어."

"휴먼 보호 구역…… 알겠다. 기억해 두지."

그는 그렇게 말하며 한 손을 들며 떠났다. 나는 그의 뒷모습을 바라봤다.

음, 제법 관록 있는 아저씨였어. 나도 나이를 먹으면 저렇게 되고 싶어.

§§§

다음날부터 길드에서 정식으로 어린이 호위 의뢰가 발주됐다. 그것을 확인하고 나도 행동에 나섰다.

고트 씨가 말한 휴면 보호 구역이라는 곳에서 나온 의뢰를 소화하기 위해서였다.

의뢰 게시판에 붙은 의뢰서에는 그곳에 사는 사람들의 『별것 아닌 부탁』이 적혀 있었다.

그러나 종이의 상태를 보면 오랜 기간 방치됐다는 것을 알 수 있었다.

아마 고트 씨가 혼자 조금씩 수행하고 있었겠지…….

"……그나저나 이건 아무리 봐도 보호 구역이 아니라……빈민가인데?"

그곳은 도시를 둘러싼 벽의 가장 외곽으로 쫓겨난 것처럼 구석진 곳에 있었다.

건물 잔해를 주워서 자기들끼리 끼워 맞췄는지 누더기 같은 건물이 늘어선 구역이었다.

도시에서 버려진 것처럼 황폐한 그곳은 입구에 바리케이드인지, 아니면 주변 귀족들이 보기 흉하다고 가려 놓은 것인지 모르겠지만, 판자와 각목으로 만든 어설픈 울타리가 쳐져 있었다.

바리케이드 사이를 지나 보호 구역이라고 불리는 곳으로 들어갔다.

좁은 길에서는 많은 휴먼이 오가며 함께 건물을 수리하거나 산만하게 뛰어다니는 아이를 혼내는 등 상상 이상으로 많은 사람들이 생활을 영위하고 있었다.

"……예상 밖인데. 다들 표정이 밝아."

눈길을 끄는 것은 사람들의 표정이었다.

이 환경을 괴롭거나 불행하다고 생각하지 않는지, 다들 웃고 있었다.

표정이 밝은 것은 좋은 일이다. 고개를 숙인 것보다는 훨씬 낫다.

하지만— 그것이 이 도시의 교활한 점이 아닐까?

세상이 조금 부조리해도 동고동락할 가족과 친구가 있으면 극복할 수 있다.

아니, 어쩌면 부조리를 인식조차 못하고 있진 않을까.

뭉치면 강해지는 인간의 특성을 역이용한 것은 아닌가.

내가 생각에 빠진 사이 주변이 죽은 듯 고요해진 것을 깨달았다.

……보호 구역 한복판에서 이런 차림새로 생각에 빠지면 그럴 만도 했다.

괜찮아요, 무서워하지 마세요. 저 그런 사람 아니에요.

일단 오늘의 목적지인 보호 구역을 감독하는 구역장에게 찾아 가고자 근처에 있는 마을 아가씨에게 말을 걸려고 했다.

그러자 자신을 바라본다는 사실을 깨달은 그 아가씨는 도망치지도 않고 어떤 각오를 다진 것처럼 눈을 질끈 감고 소매를 꽉 쥐며 무언가를 견디고 있었다.

"죄…… 죄송합니다……. 적어도, 사람이 없는 곳에서……."

아니! 잠깐만, 잠깐만! 누가 잡아먹는대?!

주위 사람들이 체념한 표정으로 상황을 지켜봤다.

나는 가엾게도 잔뜩 겁먹은 아가씨에게 다가가 말을 걸었다.

"놀라게 해서 미안하다. 이곳 구역장에게 볼일이 있어 왔다만, 초행이라 안내해 줄 사람이 필요해 말을 걸었는데……."

"대대대대대대대대…… 대표, 대표님에게 볼일이요?"

따발총 같은 대답이 돌아왔다.

그러지 마. 그 따발총은 아프니까. 주로 내 가슴이…….

각오는 했었지만, 이렇게까지 무서워하면 나도 미안해 죽을 것 같다고요.

멈추지 않는 속사포가 된 아가씨에게 안내받아 보호 구역 안쪽으로 들어갔다.

방금 본 것처럼 많은 휴먼이 사는 곳답게 길은 좁아도 깊은 곳까지 이어졌다.

도시의 이벽 대부분이 보호 구역의 주거와 일체화된 느낌이었다.

나는 주위의 불안한 눈빛을 받으며 겨우 어떤 장소에 도착했다.

특별히 호화롭지도 않고 그나마 다른 곳보다 본래 모습이 남아 있을 뿐인 건물이었다.

"여…… 여기가 대표님 댁이에요……. 저, 마족님…… 그게……."

구역장이라는 자는 주민들의 사랑을 받는 사람인지 아가씨는 어떻게든 내 관심을 자기 쪽으로 돌리려고 했다.

내가 구역장에게 무슨 짓을 저지를까 봐 걱정되겠지.

그런 자기희생이 대단히 숭고했고, 가뜩이나 치밀어 오르는 죄책감 때문에 말문이 막혔다.

"그리 불안해하지 마라. 나는 길드에 소속한 사람이다. 이곳에서 낸 의뢰를 받으러 온 모험가에 지나지 않지. 지금부터 이곳 주민을 위해 일하기로 했다. 그러니까 너무 무서워하지 말아 주겠나?"

연기는, 계속했다. 그래도 지금 할 수 있는 최대한의 미소를 지어 자애롭게 그녀를 달랬다.

"힉……! 아, 알겠습니다."

……효과는 별로였다.

"구역장은 있는가? 길드에서 의뢰를 받고 왔다."

구역장의 집을 향해 말을 걸자 무슨 작업을 하고 있었는지 큰 소리가 났다.

그리고 몇 초 뒤 「좋아! 아주 좋을 때 왔어」라는 소리가 들리더니 문이 열렸다.

"잘 왔네. 모험가가 좀체 오질 않아서—."

문으로 나온 구역장은 심로가 그대로 드러난 것처럼 얼굴이 핼쑥했다.

이 구역에 있는 사람은 누구나 그렇지만, 식량이 심각하게 부족해 모두 몸이 빼빼 말랐다.

그러나 지금 눈앞에 있는 남성은 유독 심하게 말라 잘못 건드리면 뚝하고 부러질 것 같았다.

그런 남성이 정말로 부러지지 않을까 싶은 기세로 허리를 숙였다.

"마족님, 죄송합니다! 무슨 착오가 있었던 것 같습니다. 이곳은 보시다시피 휴먼 보호 구역입니다. 의뢰 내용은 모두 잡일이었는데……. 죄송합니다, 이런 곳까지 오시게 해서—."

"아니, 착오가 아니다. 내가 내 의지로 이곳 주민을 돕고 싶어 찾아온 거다."

이럴 줄 알았다. 이쯤 되면 부조리가 아니라 일종의 세뇌가 아닐까? 생각 이상으로 종족 간의 골이 깊은 듯했다.

"아이들은 호위한다고요?"

"그래. 길드가 새로 발주하는 의뢰다. 아이들을 단체로 약초 군락지에 파견하고 그 약초를 길드가 직접 매입하는 구조다. 아마 지금 이상으로 수입이 늘겠지만, 반면 호위하는 사람이 아이들을 방해하거나 협박할 우려도 있지."

"……저희가 그렇게 득을 보면 마족님의 심기를 거스를 텐데요……."

구역장에게 오늘 길드에서 새롭게 결의된 시험 의뢰에 관해 전하자 역시나 엉뚱한 관점으로 대답이 돌아왔다.

아이들도 물론 걱정되겠지만, 그들은 마족에 대한 사양을 우선했다.

대표라는 입장이면서도 이 모양이었다. 아마 하루아침에 바뀌지는 않을 것이다.

"지금 당장 인식을 고치라고 하지는 않겠다. 하지만, 만약 조금씩 이 도시가 변해 간다면 그걸 지켜봐 주지 않겠나? 호의를, 선의를 받으면 그냥 『고맙다』는 한마디면 족하다."

"그거야 물론이지요. 저희는 언제나 마족 여러분께 감사하고 있습니다."

지금은 이거면 됐다. 조금씩 바꾸면 그걸로…….

"그럼 바로 일을 시작하지. 오늘은 시간이 없어서 밖으로 나가지 못하나, 이 구역 안에서 할 수 있는 의뢰가 몇 가지 있었을 거다."

화제를 전환해 의뢰 이야기를 꺼냈다.

『지붕 수리 돕기』와 『꺼진 마루 수리 및 재료 구하기』, 그 밖에도 『무너진 집 철거』 등 생활에 직결한 의뢰가 몇 가지 있었다.

원래 전문 기술자에게 의뢰해야 할 일이지만, 아쉽게도 그들에게 낼 돈이 없어 최소한의 임금으로 모험가를 고용할 수 없을지 밑져야 본전으로 의뢰를 냈다고 한다.

한마디로 그들은 경제 순환에도 끼지 못하는 상태였고…… 그런 상황이 이어지면 그들이 자립하기도 어려울 것이다.

"저, 정말로 하시게요?!"

"당연하지. 바로 착수하겠다."

§§§

지붕 위에서 머리에 수건을 동여맨 마왕—.

그런 게 있을 리가. 세상 어디를 뒤져도 없을 광경이다. 하지만 그 있을 리 없는 광경이 지금 현실이 되어 있었다.

나는 어른 다섯 명이 거대한 판자를 운반해 오는 모습을 내려다보며 지시했다.

"좋아. 그대로 세워서 지붕 쪽에 기대라. 그러면 내가 들어 올리마."

"마, 마족님, 정말 가능합니까! 저희는 도저히 옮길 수 없어서 잘라 버리려고 했었는데요……."

지붕 위에서 판자 끝을 잡고 위로 끌어올렸다.

역시 마왕 룩이다. 신체 스펙을 완벽하게 끌어낸 지금은 어떤 육체노동이든 공기 놀리듯 척척 해낼 수 있었다.

지붕에 뻥 뚫린 구멍을 막기 위해 판자를 대고 건네받은 연장을 이용해 고정시켰다.

그리고 마지막으로 판자 테두리에 방수 효과가 있는 점성 강한 접착제를 발라 틈을 메워 완성했다.

"끝났군. 다음 작업으로 가자."

어떤 곳에서는 무너진 잔해를 순식간에 날려 버렸다.

또 어떤 집에서는 바닥재로 사용하라고 수중에 있는 쓸 만한 목재를 제공했다.

기둥이 부러진 집을 발견하고는 외부에서 나무를 베어 가져왔다.

그렇게 주위 사람들의 기이한 시선을 받으면서도 주된 의뢰, 망가진 주거와 관련된 작업을 소화해 나갔다.

모든 작업을 마쳤을 무렵에는 주변의 불안도 옅어지고 호칭도 『마족님』에서 『카이본 님』으로 변해 있었다. 하루 사이에 주민과의 거리가 상당히 줄어들었다고 느꼈다.

"그럼…… 오늘은 여기까지 하지. 내일은 아이들의 첫 합동 채집이다."

구역장을 시작으로 오늘 함께 작업한 주민들을 모아 내일 예정을 설명했다.

아직은 나 같은 마족이 없겠지만, 내일 의뢰를 시작으로 다른 마족이 인간을 돕도록 서서히 유도하겠다.

거기에 의문을 품는 주민도 물론 있었지만, 지금은 그저 상황을 지켜봐 달라고 부탁했다.

주민이 바라지도 않는데 나의 독선적인 행동으로 이들의 삶을 바꾸겠다는 상황이었다. 과연 이것이 옳은지는 나도 모른다. 다만—.

분명히 이곳에 레이스와 류에가 있었다면 나와 같은 일을 했을 테니까.

그리고 이것이 레이스의 소원을 이루기 위해 필요한 일일 테니까.

……정의감이나 친절도 없지는 않지만.

§§§

해가 완전히 저물어 보호 구역도 다른 거리도 구분 없이 어둠에 잠긴 밤.

그 어둠에 숨어 인기척이 없는 곳에서 마왕 룩 세트를 해제했다.

그러고 나서 한 서민 술집으로 발길을 돌렸다.

길드에서 그렇게 멀지 않은 곳에 있어 수입이 좋은 휴먼이나 크게 멋을 부리지 않는 마족이 찾는 곳이며, 이 도시에서는 드물게 종족 간의 골이 표면으로 드러나지 않는 장소이기도 했다.

나는 가게 안으로 들어가지 않고 테라스 좌석에서 몰래 안쪽을 엿봤다.

"4번 칸막이석 손님에게 과일주 추가하고 훈제 고기 모둠이요. 그리고 3번 칸막이석에 물 떨어졌어요. 누가 보충해줘요."

"오케이! 손 비는 사람이 다녀와! 레이스 씨, 이거 그 테이블석……."

"단체 손님 쪽 요리죠? 네. 가져갈게요."

그곳에서는 레이스가 눈부신 매력을 발산하며 웨이트리스로 일하고 있었다.

마치 그곳이 그녀 한 사람만을 위한 무대인 것처럼 주변 사람들의 시선을 한 몸으로 받고 있었다.

즐겁고 활기차게 움직이는 그녀의 모습을 보고 옛날 작은 가게에서 일하던 시절의 그녀도 이렇지 않았을까, 라는 생각이 들었다.

오늘도 레이스에게 별 탈이 없는 것 같아 안도의 한숨을 쉬고 나는 홀로 여관으로 돌아왔다.

나는 레이스에게 [새크리파이스]를 부여했다.

그러므로 어떤 불의의 사태가 있어도 그녀가 위험에 빠질 일은 없거니와 가령 무슨 일이 생기면 곧바로 나에게 신호가 온다.

왜 우리가 모두 따로 행동해야 하는가……. 레이스가 세운 계획을 생각하면서 혼자 침대에 드러누워 천장을 보며 걱정과 불안을 쏟아냈다.

"설마 스스로 아캄의 눈에 띄도록 움직이겠다니……."

레이스는 이 도시에 도착하자마자 혼자서 사람이 많은 곳에서 일하겠다고 선언했다.

그러면 머지않아 놈의 하수인이 움직일 거라는 이유에서였다.

그렇게 노골적인 미끼를 물까? 나와 류에는 미심쩍게 여겼다.

하지만 레이스는 「카이 씨라면 그런 덫까지 뭉개 버리려고 하시겠죠?」라고 말했다. 그건 즉― 그놈, 아캄의 방식은 나와 통하는 구석이 있다는 말이었다.

그 생각은 이해할 수 있었다. 압도적인 힘을 가지고 어떤 책략이든 정면으로 깨부수는 인간이라면 그런 함정은 없는 것이나 다름없다.

심지어 그 함정의 미끼가 오랜 세월 자신이 원하던 레이스라면…….

"……제발 잘 처리해줘…… 류에."

입 밖으로 뱉었던 불안이 다시 떨어져 내리는 것 같아 그만 손으로 허공을 훑었다.

그곳에 자신만만하게 웃는 류에가 보이는 것 같아 조금 마음이 편해졌다.

류에는 레이스가 혼자 아캄의 저택에 가는 것이 걱정이라며 어떻게든 먼저 숨어들겠다고 했다.

류에의 정보 수집 능력과 사교성은 높이 평가하지만, 그런 잠입 수사가 가능할지는 솔직히 불안하다. 하지만…….

「괜찮아. 나한테 맡겨줘. 후훗, 어쩌면 카이 군이 나설 기회도 없을지 몰라」라며 불길한 예감이 들게 하는 그 자신감이 이번에는 믿음직스러웠다.

왜냐하면 그 말을 하던 류에의 표정이…… 마치 나와 처음 만났을 때처럼 차가운 얼음 칼날처럼 날이 서 있었으니까.

『……정말로 괜찮아. 가족을 구하기 위한 일이야. 레이스는 무슨 일이 있어도 지켜.』

그렇게 말하는 류에가 진심으로 믿음직스러웠다.

……왠지 머리에 장수풍뎅이 뿔 헤어밴드를 차고 있었지만.

그거, 아기다르에서 사려다가 포기하지 않았나?

"류에 나름대로 긴장을 풀어주려고 했던 걸까?"

눈을 감고 어둠 속에 두 사람의 얼굴을 떠올리며 오늘도 홀로 잠자리에 들었다.

그리고 빌었다. 어서 다시 세 명이 함께하는 나날이 돌아오기를…….

§§§

"야, 꼬맹이들~, 얼른 모여~."

"빨리 줄 서라는 말 안 들려?"

다음 날 아침. 도시 정문에서 채집을 하러 가려는 아이들과 합류하자 두 마족 여자아이가 의욕 없이 아이들을 모으고 있었다.

어제 그 야맘바 갸루들이었다. 왜 너희가 이 의뢰를 받아?

"다 모였나? 그럼…… 정렬!"

보고만 있을 수 없어 그녀들 뒤에서 목청을 높여 지시했다.

그러자 무서워서인지 아이들이 일제히 줄을 섰다.

그다지 내키지는 않지만, 이것은 위험이 따르는 의뢰였다. 미안하긴 하지만, 어쩔 수 없는 부분은 포기할 수밖에.

"지금부터 우리는 약초 채집 의뢰를 함께 수행할 동료다! 모두 정신 바짝 차리고 우리를 따라오도록! 허나 안심해라. 나는 동료를 절대로 버리지 않는다. 너희도 우리를 믿어주기 바란다!"

상하 관계가 아닌 동료임을 강조하며, 지나치게 굳어 버린 아이들의 긴장을 풀어주려고 미소를 지었다.

물론 마안에 가면을 쓰고 웃어 봤자 무서울 뿐이라고 어제 배웠지만…….

“카, 카이본 님…….”

“왜 너희가 이 의뢰를 받았는지 의아하지만…… 딱히 추궁하진 않겠다. 일을 하러 왔다면 책임감을 가지고 행동해라.”

“네, 넷!”

이 두 명이라면 내가 보는 곳에서 허튼짓은 하지 않으리라 믿고 싶은데…….

첫날부터 일이 꼬이지만 말아다오.

내 걱정과 달리 두 사람은 아이들을 더할 나위 없이 잘 인솔했다.

2인조라는 특성을 살려 선두와 후미로 나뉘어 뒤처진 아이가 있으면 잠깐 행군을 멈추고 주변을 탐색하게 해 약초를 모았다.

아이를 걱정한다는 사실을 들키지 않으려고 고집을 피우는 모습에 살짝 입꼬리가 올라갔다.

그리고 나는 그들을 감독하며 보호 구역에서 맡긴 식량 조달 의뢰를 위해 야생 토끼나 새를 사냥하고 다녔다.

이렇게 사냥을 하다 보니 숲에서 류에와 생활하던 때가 떠올랐다.

내 힘을 파악하지 못하고 마술 실력도 미숙했던 나는 언제나 류에를 따라다니다가 「이거 봐, 발밑을 조심했어야지.

도망가 버렸잖아」라고 혼나곤 했었다.

하지만 지금은―.

“[커스 기프트] 발동. [민첩 +50%] 반전 부여.”

시야에 들어온 토끼에게 스킬을 발동했다.

버프도 되고 디버프도 되는 스킬이지만, 제약도 많았다.

예를 들어 지금 나 자신에게 부여한 [생명력 극한 강화]처럼 지나치게 강력한 힘은 사실 부여할 대상이 크게 제한됐다.

“나와 류에 말고는 부여할 수가 없었지…….”

아마 인간에게도 어빌리티 슬롯이 존재하는 듯했다.

그리고 그 수는 레벨에 비례한다는 것이 나의 가설이었다.

레이스도 아기다르에서 레벨이 올랐으나 아직 나나 류에에 비하면 낮았다.

그 차이가 부여할 수 있는 어빌리티 종류와 관계가 있다고 생각한 것이었다.

그러나― 이것을 보조가 아니라 저주, 『커스』로 운용하면 꼭 그렇지만도 않았다.

나는 지금 눈앞에 있는 토끼가 느릿느릿하게 굼뜬 동작으로 도망치는 모습을 관찰하고 있었다.

그렇다. 이 힘은 반전 부여에 제한이 없었다. 그럼 이걸로 무엇이 가능한가…….

“……[생명력 극한 강화] 반전 부여.”

자신에게 부여한 그 어빌리티를 반전해서 토끼에게 부여

했다. 그 결과는— 너무나도 잔인했다.

토끼가 빠른 속도로 쇠약해지더니 곧 움직이지 않게 됐다.

죽기 전에 부여한 어빌리티를 해제하고 서둘러 얼음 마법으로 냉동했다.

"이 힘은…… 너무……."

홀로 자신의 힘에 불안을 품으면서 아이들에게로 돌아갔다.

"아, 누나, 그 꽃 만지면 안 돼. 손이 따가워져."

"……아, 그래? 근데 너희는 어떻게 그걸 다 알아? 도감이라도 외우고 다녀?"

"우린 매일 여기서 먹을 걸 찾아 다녀. 원래 여기보다 안쪽으로는 가면 안 되지만, 오늘은 누나들이 있으니까 괜찮지?"

"……아마도."

"너희 부모는 뭐 하는데? 일 안 해?"

일행에게 돌아가자 대화 소리가 들려 바로 나무 뒤에 숨었다.

내가 보지 않을 때 어떤 행동을 할지 관찰할 좋은 기회였다.

보아하니 마족 아가씨들이 아이들에게 관심을 가진 모양인데…….

"일해! 우리 엄마는 전에 영주님 집에서 일했어! 그리고 동생이 태어난다고 돌아왔어. 근데 이번에는 아빠가 영주님 집으로 뛰어간 뒤로 안 돌아와! 그래서 대신 내가 일해!"

"우리 집은 아버지가 모험가 일로 산인가 어딘가로 갔다가 안 돌아오셔. 가끔 먹을 걸 찾으면서 아버지도 찾고 있어!"

……듣기만 해도 기분이 안 좋아졌다. 이 도시 모험가에게 주어지는 의뢰에는 『산악 채집 작업』이란 것도 존재했다.

뭘 하는지 자세한 사항은 불명이지만, 그 의뢰를 내는 사람은 영주였다.

남자는 산으로, 여자는 저택으로. 그리고 돌아오지 않는 아버지와 아이를 밴 어머니. 그런 이야기가 심심찮게 들렸다.

"……우리 집이랑 똑같아."

"우리 엄마도 저택에서 일하는데."

"와~! 그럼 누나들도 우리랑 똑같네!"

"……그럴지도 모르고."

이유가 어떻든 그녀들과 아이들의 거리가 가까워졌다면 그건 그것대로 좋은 일이었다.

타이밍을 봐서 일행에게 다가가자 조금 찜찜한 표정을 짓던 아가씨들이 또 평소처럼 의욕 없는 얼굴로 돌아왔다.

"야, 카이본 님이 돌아오셨으면 인사해."

"자, 모여. 빠진 사람 없지?"

그리고 진지하게 인솔, 호위 임무를 재개했다.

그 후, 몇 번 휴식을 가지면서 전에 소년과 함께 발견한 숲 안쪽으로 들어갔다.

이른 아침에 출발해 아직 정오도 되지 않았는데 숲 속은 어두컴컴했다. 수풀도 우거져 아이들이 겁을 먹고 대열이 흐트러지기 시작했다.

인솔자 두 사람이 어설프게나마 아이들을 격려했다.

「이 주변 마물은 우리들이라도 해치울 수 있다」, 「어두워도 아직 낮이다」라고 달래며 더 안쪽으로 들어가자 겨우 숲이 끊기는 부분이 보였다.

그것을 보고 참지 못한 아이들이 제지를 뿌리치고 일제히 달려가 버렸다.

"아, 저것들이!"

"놔둬라. 저 앞에 마물 반응은 없다."

"카이본 님…… 죄송합니다."

이번에는 미리 [소나]로 탐색해 뒀다. 첫날부터 실수할 수는 없지.

나를 신경 써서 보여주기 식으로 인솔하던 두 사람도 언제부턴가 정말로 아이들을 걱정하는 모습을 보였다. 그것이 솔직하게 기뻤다.

"……어서 쫓아가 봐라. 내 눈으로 봐도 아름다운 광경이었으니."

조금은 태도를 누그러뜨려도 되겠지?

숲 밖에서 들리는 환성에 두 여자의 목소리가 섞였다.

나도 꽃밭에서 떠드는 아이들을 보며, 달이 아니라 태양

아래서 보는 광경도 멋지다고 생각했다.

귀중한 약초이건만 마족 아가씨도 아이들에게 눈길이 가 있었다.

한 차례 열심히 떠든 아이들이 약초를 따기 시작했을 즈음, 두 사람이 조용히 나에게 다가왔다.

"……이렇게 멀리 있었네요."

"밤까지 찾아다녔다고 들었어요. 만약 카이본 님이 안 계셨으면……."

"이곳에도 마물은 나타난다. 그리고 대가를 얻으려면 당연히 그만한 위험이 따르지. 너희가 지금까지 감수해야 했던 위험을 저 아이들이 대신 지고 있었던 거다."

두 사람은 침울한 표정으로 내 이야기에 귀를 기울였다.

생각하지 않아도 원래는 알 만한 일, 그리고 품어야 할 감정이었다.

휴먼 아이들도 자신들과 같은 인간이며, 자신들과 달리 몸을 지킬 수단이 없다는 사실을…… 그녀들은 그런 것조차 잊고 있었다. ……아니, 알지도 못했던 거겠지.

"나는 지켜야 할 사람과 함께 걸어가는 것이 본래 어른의, 힘 있는 자의 역할이라고 생각한다. 그래서 나는 이 땅에 왔다."

"카이본 님…… 그럼 저희는……."

"그건 이제부터 너희가 정해라. 그러나— 잊지 말거라."

다시 한 번 각오가 되었는지 확인하듯 두 사람에게 힘 있는 시선을 보냈다.

눈빛으로 『자기 선택에 책임을 져라』라고 당부했다.

아무런 위험도 지지 않고 계속 이득만 취하기란 불가능하다. 하지만 만약 그래도 자신들은 착취하는 입장에 있고 싶어 한다면 마땅한 각오를 하라는 뜻을 담아서…….

그러나— 아무래도 그녀들은 이미 각오를 굳힌 것 같았다.

"왜 우리는 몰랐던 거죠? 이 애들이 우리와 같은 인간이란 걸……."

"저 애들은 웃으면서 우리한테 말을 걸었어요. 이야기도 많이 들려줬고요. 항상 고개 숙이고 비위나 맞추는 음침한 애들이라고 생각했는데."

"……그만큼 이 땅이 병들었다는 증거다. 너희는 이제부터 어떻게 할 생각이냐."

묻지 않아도 뻔했다. 이미 그녀들의 눈에는 이 장소와 같은 맑은 빛이 깃들었다.

"우리는 앞으로 이…… 아이들을 호위하는 의뢰를 계속할 거예요. 친구들한테도 오늘 알게 되고 느낀 점을 알려주고 싶어요."

"……같다는 걸 알아 버린 이상 이제 그냥 보고만 있을 순 없어."

두 사람의 말을 듣고 마음속에서 힘차게 샘솟는 기쁨을

곱씹었다.

첫걸음을 내디뎠다. 이런 나라도, 힘밖에 내세우지 못하는 나라도 이들의 생각을 바꿀 수 있었다.

무너질 것 같은 표정을 참으며 두 사람과 마주 봤다.

……효과가 별로라는 건 알지만…….

"……그렇게 각오를 다진 너희는 이제 훌륭한 수호자이자 아이들의 누나이며 나의 동포다. 어제 한 말을 정정하지. 앞으로도 잘 부탁하마."

연기가 아니라 참았던 감정을 겉으로 드러내며 두 사람에게 미소를 지었다.

"카, 카이본 님…… 그게……."

"흡…… 어떡해…… 내 심장……."

효과는 굉장했다.

2장 그녀들의 싸움

"바쁘신 와중에 죄송합니다. 여기서 메이드를 모집한다고 들었는데요."

알비스의 최심부, 야트막한 언덕 위에 있는 어마어마한 대저택을 찾은 나는 문지기 남성에게 용건을 전했다.

커도 너무 큰 이곳은 저택이 아니라 성이라고 불러도 지장이 없을 정도였다.

마치 『내가 이 땅, 이 대륙의 왕이다』라고 말하는 듯한 그 위용을 보면 이곳의 주인이 어떤 인격의 소유자인지 보이는 것 같았다.

"음…… 지금 사람을 모집하던가? 잠깐만 기다려 주시죠."

"네."

후후후, 사실 길드 게시판에 그런 구인 정보는 없었어.

그래도 나는 내 『SS랭크』 권한을 이용해 이미 접수 기간이 지난 전단지를 꺼내게 했지.

분명 과거에 구인 전단을 붙였을 거라 생각했으니까.

그리고 나는 발견한 전단을 손에 들고 이곳까지 왔다.

레이스보다 먼저 이 저택에 침입하기 위해서.

문에서 안쪽을 들여다봤다. 엔드레시아의 성과 비교해도 손색이 없는 훌륭한 정원이 펼쳐진 부지는 조금이지만 내 긴장감을 키웠다.

그리고 희미하게 느껴지는 결계의 기운이 이곳은 쉽게 생각하면 안 될 특수한 환경이라며 내 경계심을 자극했다.

"……고위 마도사가 짠 마력 교란 술식인가?"

아기다르에서 내가 싸운 아캄의 수하들도 마술이나 마법 발동을 방해하는 마도구를 가지고 있었다. 이곳에는 대단히 우수한 마도사가 있다고 생각해야 할 것이다.

그때 문 안쪽에서 문지기가 검은 턱시도를 입은 여성을 데리고 돌아왔다.

짙은 금발을 땋아서 정리한 엘프 여성이었다. 다가온 그녀의 눈동자는 심녹색이었다.

날카로운 눈동자와 각 잡힌 자세가 내 마음을 살짝 흔들어 놓았다.

닮았다. 옛날 나와 함께 숲에서 살던 민족…… 리히트와 나란히 엘프를 통솔하던 브라이트 일족과…….

나는 아직도 조금 거북한 건지도 모르겠다. 지금 내 앞에 있는 어른 엘프가 말이다.

"당신이 메이드로 지원한 분인가요? 구인 전단지를 볼 수 있을까요?"

"네. 여기 있습니다."

"……저희가 낸 구인이 맞군요. 하지만 꽤 오래됐어요. ……길드가 깜빡하고 거두지 않았던 걸까요?"

"그럼 메이드는 더 구하지 않나요?"

아쉽게 보이도록 연기했다. 여기서 일하고 싶다, 돈이 꼭 필요하다고 생각하도록.

괜찮아. 만약 여기서 안 돼도 다음 수단은 생각해 뒀어.

아캄은 도시 뒷산에서 인부를 모집한다고 들었으니까 그곳에 숨어들면 돼.

괜찮아. 갑옷을 잠깐 훔쳐서 병사로 변장하면 될 뿐이니까. 그쪽으로 가도 문제될 건 없어.

자, 내 진로가 어떻게 될지는 이 언니에게 걸렸는데…….

"……좋습니다. 짧게 면접을 보고 정하죠. 지금은 저택 쪽에는 일이 있으니 저를 따라오십시오."

그녀는 그렇게 말하고 도시로 이어지는 길을 천천히 내려갔다.

그녀를 따라가면서 나는 그녀의 행동거지, 그리고 몸에 두른 마력 파장을 살폈다.

이 사람이다. 저택을 덮은 결계를 발동하는 것도, 마도구를 만든 것도.

확연히 달랐다. 지금까지 봐 왔던 많은 인간과 비교도 되지 않는 방대한 마력이었다.

신예기에 살던 인간에 필적하는 힘 앞에 나는 은근히 경계심을 키웠다.

"……저기 보이는군요. 저 가게에서 이야기하죠."

저택이 있는 언덕 기슭에는 이 도시에서도 손에 꼽는 고급 가게가 늘어섰다.

그녀는 그중에서 햇빛을 반사해 희게 빛나는 세련된 건물로 들어갔다.

그 뒤를 따라서 안으로 들어가자 또다른 엘프 점원이 나를 반겨줬다.

특이하네. 엘프가 이런 도시에 많이 산다는 이야기는 금시초문인데.

내가 알기로 엘프는 거의 다 서디스 대륙으로 넘어갔다.

남은 사람이라고는 리히트 일족의 자손이나 서디스에서 나온 엘프가 대부분이고, 이런 식으로 한곳에 모여 있는 경우는 아주 드물었다.

"점장님. 안쪽 방을 사용하겠습니다."

"알았어. 그럼 가게는 닫을게."

나를 안내했던 엘프의 요청에 점원과 점장이 그렇게 대답하고 영업 종료 알림판을 걸고 가게 문을 잠갔다.

대체 왜, 라는 의문과 동시에 조용히 내 몸에 보조 마법을 걸었다.

가게 안쪽 방으로 들어가자 그곳에는 아름다운 탁자가 있었다. 뭔지 잘 모르겠지만 사탕처럼 반투명한 색의 소재와 나무로 만든 탁자였다.

그녀는 탁자 옆 소파에 앉았고 나도 따라 앉았다.

"……맞은편에 앉아 주시죠."

"……아."

부랴부랴 반대쪽에 앉아 대면한 여성을 관찰했다.

틀림없다. 이 짙은 금발과 눈동자— 브라이트 일족이다.

서디스로 건너간 것으로 안 민족이 왜 여기 있지?

"먼저 자기소개부터 하죠. 저는 아캄 님의 저택에서 집사로 일하는 이크스라고 합니다."

집사…… 여자도 될 수 있는 거였구나. 나는 할아버지만 되는 줄 알았는데.

"처음 뵙겠습니다. 저는— 방금 모험가를 그만둔 류에입니다."

"벌써 그만두셨나요? 채용되리라는 보장도 없는데?"

메이드 모집에는 조건이 있었다. 길드에 소속했을 경우 탈퇴하는 것이었다.

물론 그럴 생각은 없었지만, 길드에 일시적으로 모험가 자격을 반납하는 것도 내 랭크라면 가능했다.

오잉크와 이 파란 길드 카드 덕분이었다.

하지만 이크스 씨는 이렇게 말을 이었다.

"지금 당장 길드로 돌아가세요. 이곳은 당신 같은 사람이 올 곳이 아닙니다."

조금 전까지 그녀의 눈빛은 마치 감정이 결여된 것처럼 보였다.

이곳으로 올 때까지 그녀는 자기 책무만을 수행하는 것처럼 무감정했다.

그러나 지금 내 앞에 있는 그녀는 진지한 표정과 태도로 나를 마주하고 있었다.

"당신은 다른 지방에서 온 엘프 같군요. 이곳은 당신이 생각하는 그런 장소가 아닙니다. 휴먼이라면 그나마 이해합니다. 하지만 당신은 엘프예요. 이곳에서 일하지 않아도 당신이라면……."

"……걱정해 주시는군요?"

처음 만난 나를 이토록 걱정해 주는 것을 보면 저택이 그만큼 가혹한 곳이란 뜻이겠지.

하지만 나도 내 목적이 있어 이곳에 왔다. ……미안해, 이크스 씨.

"저는 그 저택에서 일해야 할 이유가 있어요."

"……그 저택에 만나고 싶은 사람이 있나요?"

이유는 없지만, 내 감이 말해줬다. 이 사람을 믿어도 좋다고.

"소중한 가족을 돕고 싶어요. 제가 거기서 일하면 그 사람을 도울 수 있어요."

“……가족.”

순간 이크스 씨의 눈동자가 흔들렸다. 어딘가 먼 곳을 보는 것처럼, 그리고 그 광경이 흔들려 버린 것처럼.

그곳에서 나는 그녀의 갈망이 보였다. 한때 내가 품었던 것과 같은 종류의 갈망이…….

그것은 아마 『자유』를 갈구하는 마음……. 이 사람도 무슨 복잡한 사연이 있어서 이곳에 있는 것이리라. 근거는 없지만, 그런 생각이 들었다.

“……저는 당신을 못 도와드립니다. 만약 저택에 들어오게 된다면 당신은 자유를 박탈당할 겁니다. 물론 일하는 만큼 급료는 나옵니다. 하지만 당신은 중요한 걸 잃을 거예요.”

“저는 빼앗기지 않을 각오를 하고 여기 왔습니다.”

“……순진하시네요, 류에 씨. ……알겠습니다. 그럼 당신을 채용하죠.”

이크스 씨는 그렇게 말하고 양피지 한 장을 꺼냈다.

마지막까지 내가 저택에 들어오지 않길 바란다는 표정이었다.

탁자 위로 내민 양피지에는 술식이 여러 겹으로 그려져 있는 것이 느껴졌다.

보이지 않는 잉크로 그린 그것을 해독하자 『속박』과 『지배』라는 의미가 새겨져 있었다.

아마도 그 저택에서 나오지 못하게 하는 계약이겠지.

한때 나를 숲에 묶어 둔 것과 닮은 계약이었다. 트라우마가 되살아나려 했다.

그렇지만— 나는 레이스의 언니다. 이런 것에 겁먹고 내뺄 순 없지.

건네받은 펜 모양 마도구를 들고 계약서에 내 이름을, 피를 새겼다.

……괜찮아. 나는 옛날의 내가 아니야.

"계약이 성립됐습니다. 이로써 당신은 오로지 메이드로만 일하게 됩니다. 앞으로 저를 부를 때는 이크스 님이라고 하십시오."

"알겠습니다, 이크스 님."

계약이 끝나자마자 그녀는 말투를 고쳤다.

다시 감정을 없애고 무감정하게 자기 일을 할 수 있도록.

저택으로 돌아오자 이크스 씨는 저택이 아니라 부지 내에 있는 큰 탑으로 향했다.

저택 부지를 돌아보고 싶다는 욕구가 생길 정도로 넓고 아름다운 정원을 가로지르자 그곳에 있던 것은 저택에 밀리지 않을 만큼 아름답게 장식된 백색 거탑이었다.

그러나 탑 입구에는 투박한 철문이 달렸고 보초의 경계도 삼엄했다.

그것이 나에게는 왠지 탑을 지키는 것이 아니라 이 탑에서 사람이 나오지 못하게 감시하는 것처럼 보여 마치 이곳이 감옥처럼 느껴졌다.

"류에. 손목에 이걸 차십시오."

"이게 뭐죠?"

철문 앞에서 돌아선 이크스 씨가 도자기처럼 빛나는 아름다운 뱅글을 건넸다.

장미 문양이 들어간 아주 예쁜 액세서리를 보고 조금 마음이 설렜다.

이, 이렇게 비싸 보이는 걸 받아도 돼……?

오른손 손목에 끼자 신기하게도 손목에 딱 맞게 줄어들었다.

그리고 그 순간, 나에게 걸려 있던 보조 마법이 모두 무효화됐다.

"이 부지 내에서 마술, 마법, 마도는 허락 없이 사용할 수 없습니다. 결계 안에서도 유지되는 걸 보면 고위 마도사였나 본데, 미안하게 됐군요."

"……그냥 호신용이에요."

"제가 그 말을 믿을 수 있게 해주십시오. 그 뱅글에는 행동 제한과 위치 특정 술식도 들어가 있습니다. 만약…… 당신이 영주님 눈에 든다면, 그때는 각오하는 게 좋을 거야."

경솔하게 넙죽 받아 낀 뱅글은 연결부가 아예 사라져 있었다.

아마도 자력으로는 뺄 수 없는 일종의 구속구 같았다.

"이런 제도는 가능하면 먼저 알려주시면 좋겠네요."

"미안하지만, 이것도 일입니다. 내부 기밀을 외부인에게 발설할 수는 없죠."

미안함이 눈곱만큼도 느껴지지 않는 말투는 조금 전까지 좋은 사람일지도 모른다는 내 평가를 뒤집기에 충분했다.

그래도— 이곳에는 감시하는 병사가 있었다. 마음 한편으로는 아직 이 사람을 믿고 싶었다.

게다가— 이런 건 별 대수가 아니다.

그대로 탑 안으로 들어간 나는 길고 긴 나선 계단을 올라 저택을 내려다볼 만큼 높은 곳에 있는 방으로 안내받았다.

나무 상자와 부서진 빗자루, 정체 모를 목각 인형이 있는 창고 같은 방이었다.

문을 열면서 날린 먼지에 이크스 씨가 기침했다.

"콜록⋯⋯ 창고도 청소하라고 말했는데⋯⋯. 미안하지만, 오늘 하루만 참고 이 방에서 지내세요. 내일이면 방을 배정받을 테니까요."

"⋯⋯네. 이 방에 있는 물건은 마음대로 만져도 되나요?"

"네. 잠은 자야 하니까 알아서 정리하십시오. 이따가 시트와 모포를 가져오게 할게요."

이크스 씨가 방을 나간 순간 문이 철컥 잠기는 소리가 났다.

열쇠 구멍도 안 보이는데 어떻게? 마술로 작동하는 건가?

"후⋯⋯, 그럼 어디⋯⋯."

몸에 힘을 주고 마력의 흐름을 활성화했다.

그 순간 유리가 깨지는 듯한 소리와 함께 몸을 칭칭 감고 있던 답답함이 사라졌다. 그리고 뱅글이 철커덩하고 풀리며 바닥으로 떨어졌다.

"후훗, 나를 묶어 두고 싶다면 이 정도 결계 술식으로는 역부족이야."

이래 봬도 내가 최강의 칠성을 봉인하던 사람이야. 이 정도야 식은 죽 먹기지!

"좋아. 그럼 잠자리를 확보해 볼까!"

망가진 소파를 이어붙이고, 벗겨진 쿠션을 작은 나무 상자에 끈으로 묶었다.

그곳에 내 가방에서 꺼낸 시트를 씌워 급조 침대와 베개를 완성했다.

그리고 막 만든 베개에 집에서 가져온 베개 커버를 씌워 끌어안았다.

"조금 딱딱하지만…… 음, 냄새는 양호해."

이건 사실 카이 군의 베개였다. 냄새가 마음에 들어서 몰래 가지고 다녔다.

그밖에도 전에 머리에 썼던 카이 군의 셔츠도 들어 있었다.

으음, 나중에 레이스에게도 하나 나눠 줄까? 혼자 있으면 적적할 텐데.

한동안 침대의 감촉을 확인하는데 문을 노크하는 소리가 들렸다.

"실례합니다. 새로 오신 분을 교육하게 된 사람인데요."

"아, 네. 잠깐만요."

이크스 씨가 아니었다. 목소리가 제법 어린데?

문고리를 잡은 순간 이크스 씨가 나가면서 문을 잠갔다는 사실이 기억났다.

밖에서만 열 수 있나 싶어 문 반대편에 있는 여자아이에게 물어봤다.

그러자 내 손에 낀 뱅글이 열쇠 역할을 하며 징벌이라도 받지 않은 한 안쪽에서 스스로 열 수 있을 거라고 했다.

……어쩌지. 방금 억지로 마력을 불어넣어서 뺐는데.

서둘러 다시 팔에 껴 봤지만, 문에 다가가도 미동도 하지 않았다.

완전히 망가져 버려 그냥 예쁜 액세서리가 된 모양이었다.

"저기, 괜찮으세요?"

"자, 잠깐만 기다려 주세요."

에잇, 이렇게 된 거 이판사판이다. 이번에는 문에 직접 손을 대고 내부 마력 회로를 해석해 봤다.

잠금장치용 술식에 단계가 설정된 것 같았다. 아마 일반 메이드는 간단한 술식밖에 해제할 수 없는 구조일 것이다.

그리고 밖에서 잠글 수 있고 고위 술식으로 하위 인간을 가둘 수도 있어 보였다.

……한마디로 이곳은 완전히 통제된 환경이었다.

그렇지만— 이제 나에게는 평범한 문일 뿐이다.

후훗, 나중에 저택 문이란 문은 죄다 따서 조사해 봐야지.

문을 열고 교육 담당이 된 아이를 안으로 들였다.

열대여섯 살로 보이는 소녀였다. 짧은 밤색 머리카락에 조금 소심해 보이는 인상이었다.

"늦어서 죄송합니다. 오늘부터 함께 일하게 된 류에라고 합니다."

"아…… 저, 그게…… 여기서 메이드 일을 하는 로리에예요……."

로리에는 나를 본 순간 말을 더듬었다.

엘프가 낯설어 겁먹었나?

"아, 일단 당장 쓸 모포와 시트를 가져왔어요. 내일부터는 제 방으로 침대를 옮겨 같이 지낼 거예요."

"고마워요. 그럼 내일부터 잘 지내봐요, 로리에 씨."

안 무서워, 안 무서워. 나는 백해무익하기로 유명한 류에 언니야.

낚이 날 무서워하는 게 불편했다. 조금이라도 거리를 줄이고자 평소처럼 웃어 보였다. 그래도 그녀는 전혀 눈을 맞추려고 하지 않고 고개를 푹 숙여 버렸다.

음, 쉽지 않은걸. 이곳 환경 때문에 주눅 들었나?

"네…… 자, 잘 부탁드려요……."

앞으로 조금씩 친해지면 좋겠지만…… 내 목적은 언젠가 이곳에 올 레이스를 돕는 것. 다른 곳에 너무 정신을 파는 건 좋지 않지.

그 후 나는 그녀를 따라 탑 아래층으로 내려갔다.

한 층을 통째로 쓴 넓은 공간은 거대한 드레스룸이었다.

보관된 옷은 모두 흑백 에이프런 드레스로, 로리에가 입은 것과 같은 옷뿐이었다.

아마 이게 메이드용 작업복인가 본데…… 조금 귀엽다.

로리에가 머리에 찬 하늘하늘한 헤드 드레스를 나도 받을 수 있을까?

이런 옷을 뭐라고 하더라…….

"이 중에서 류에 씨 사이즈에 맞는 옷을 골라 주세요. 안쪽으로 들어갈수록 키가 큰 사람, 오른쪽으로 갈수록 몸매가 좋은 사람 옷이에요."

나는 망설이지 않고 가장 우측 안쪽으로 가서 옷을 집어 들어 탈의실로 갔다.

그렇지만— 나는 혼자서 절망하고 옷을 교환하러 돌아왔다. 이번에는 한 치수 작은 것으로 하자.

그렇게 두세 번 같은 행동을 반복하는 사이, 보다 못한 로리에가 옷 한 벌을 들고 탈의실로 들어왔다.

그리고 그것을 입자…… 맞춤옷처럼 딱 맞았다.

"참고삼아 묻겠는데 이건 어디 있던 옷이죠?"

"가장 왼쪽 줄 중간……보다 조금 앞이요."

"……아."

두고 보자, 아캄!

"그럼 다음으로 기본적인 말투와 몸가짐을 알려드려야 하는데…… 류에 씨는 괜찮아 보이네요."

"그런가요?"

"네. 저는 말투를 고치는 데만 사흘이 걸렸어요."

로리에는 그렇게 웃으며 이번에는 내일부터 배속될 곳으로 안내하겠다며 나를 탑에서 데리고 나갔다.

탑 입구에서 무슨 허가증 같은 종이를 꺼내 경비병에게 보여준 것을 보면 역시 이곳에서 나오는 것도 자유가 아닌 듯했다.

단순한 경비병치고는 지나치게 삼엄했다. 아캄도 대단히 용의주도한 성격 같았다.

로리에를 따라서 정원 구석을 지나 저택 현관이 아니라 건물을 빙 둘러 뒤로 돌아갔다.

레이스의 가게처럼 일하는 사람이 드나드는 출입구가 따로 있겠거니 하고 따라가자 역시나 작은 문이 나왔다.

마침 그때 문이 열리며 큰 흰색 포대가 혼자서 밖으로 나왔다.

"……저건, 뭐죠?"

"저, 저건 주방에서 일하는 햄쥐예요. 저 아이들은 요리를 하는 게 일이라서 보통은 관련될 일이 없어요."

잘 보니 큰 포대를 든 햄쥐 족(族) 아이였다.

아기다르에서 본 아이들과 똑같이 갈색 삐침 머리에 동글동글한 까만 눈동자를 가졌다.

차이가 있다면 이 아이들은 작업복으로 보이는 흰색 요리사복에 모자를 썼다는 것이었다.

귀여워……. 아캄이 괴롭히지는 않았을까? 괜찮을까?

햄쥐 족 아이는 그대로 자기 일을 하고자 포대를 들고 어딘가로 가 버렸다.

"그럼 저택으로 들어갈게요. 우리는 메이드 중에서도 지위가 낮아 기본적으로 영주님 눈에 띄지 않는 곳, 객실이 있는 구역의 복도 청소나 빨래가 주된 업무예요."

"방 청소는 안 하나요?"

"실내 청소는 어느 정도 인정받은 사람이어야 가능해요."

그 외에는 아캄이 일어나기 전에 저택 전시품을 청소해야 한다고 했다.

요컨대 아주 일찍 일어나야 한다는 말인데…… 그럼 지위가 높은 메이드는 어떤 일을 하느냐고 묻자—.

"……예쁜 사람일수록 사람 앞에 나가는 일을 맡아요. 영주님이나 함께 사는 분의 전속 메이드가 되거나 평소 저택의 중요한 곳을 청소하거나 해요."

"별로 차이가 없는 것 같네요."

"영주님 눈에 든다는 건…… 개인적으로 부르는 일도 있다는 뜻이에요."

그 순간 로리에의 표정이 어두워졌다.

지위가 용모에 비례한다. 그리고 개인적으로 불러낸다는 말은 다시 말해— 몸을 요구한다는 뜻이었다.

그만큼 급료가 오르긴 하는 모양이지만…….

"……류에 씨는 분명히 빠르게 지위가 올라갈 거예요. 만약 그때가 오면…… 저항하지 말라고, 저도 옛날에 교육받았어요."

"그런 일이……."

"마음대로 그만둘 수 있으면 다행이죠. 어느새 처음부터 없었던 것처럼 취급받는 사람도 지금까지 몇 명이나 봤어요. 그러니까—."

고개를 숙인 채 그렇게 중얼거린 로리에에게서는 죄책감 같은 감정이 흘러나왔다.

마치 이런 이야기를 하면 안 되는데, 라고 말하고 싶은 것처럼…….

이크스 씨도 그랬다. 내가 여기서 일하지 못하게 하려고 거듭 주의를 줬다.

여기 있는 아이들은 모두 착하다. 분명히 자신들과 같은 처지가 되지 말라는 충고겠지.

나락으로 떨어진 사람은 다른 이가 찾아오면 어떻게든 도움을 청하기 마련이건만, 그녀들은 그러지 않았다.

아마 이미 포기했기 때문이리라. 그리고— 포기한 사람이 하는 행동은 크게 두 가지로 나뉜다.

증오에 빠져 남도 자신과 같은 곳으로 떨어뜨리려고 하는 사람, 그리고 다른 하나는— 더는 빠져나갈 방법이 없다는 것을 알기에 여기로 오면 안 된다고 큰 소리로 남을 쫓아내는 사람.

자신도 구해주길 바라면서, 사실은 그곳에서 빠져나가고 싶으면서 멀리 떠나라며 자기 감정을 외면하는 행위…… 나도 잘 아는 감정이었다.

"……로리에, 괜찮아요. 그리고 내가 미인이라고 했죠? 내 지위가 오르면 다른 아이들은 괜찮지 않을까요?"

"……!"

"게다가 나한테는 손 못 대요. 이곳 영주님은 그럴 그릇이 못 되죠. 대충 따져도 천년은 이를 거예요."

걱정스럽게 바라보는 로리에에게 웃어 보였다. 나는 나를 향한 친절에 과하게 반응하는 경향이 있었다.

그것이 지나친 행동으로 이어질 때도 있고, 이 상황에서 다른 곳으로 눈길을 돌리면 본래 목적에서 일탈한다는 것도 알지만…….

나보다 훨씬 어린 아이가 보내주는 마음이 기뻐서…….

"처, 천년은 너무하셨어요…… 후후."

조금이지만 그녀의 얼굴에 웃음이 떠오른 것이 기뻐서…… 홀로 남아 불안하던 마음이 서서히 투쟁심으로 바뀌어 갔다.

내가 이곳에 사는 아이들을 지키겠어!

§§§

다음 날 아침. 아직 방이 마련되지 않은 탓에 나는 직접 만든 급조 침대에서 눈을 떴다.

아침 공기는 서늘했다. 다시 모포를 꽁꽁 싸매고 싶은 욕구에 질 뻔했지만, 코를 간지럽히는 향기가 내 정신을 깨우고 결의를 더욱 강하게 해줬다.

"카이 군 베개 커버는 숙면 효과가 좋은걸……."

오늘부터 아침 청소가 있어서 아직 해가 뜨기 전에 눈을 떴다.

탑 거의 꼭대기에 있는 이 방의 창으로 희미하게 밝아 오는 지평선이 보였다.

이런 시각에 일어난 것도 옛날 혼자 살던 무렵에 만든 기상(起床) 마술 덕분이었다.

조금이라도 빨리 악몽에서 깰 수 있도록, 조금이라도 상쾌하게 일어날 수 있도록 몇 번이나 시행착오를 겪으며 만든, 그런 살짝 괴로운 추억이 있는 마법. 통칭『잠 깨기 힐』.

설마 이걸 이렇게 사용하는 날이 올 줄은 몰랐다고 피식 웃으면서 크게 기지개를 켰다.

"……또 잠옷이 벗겨졌어. 음, 대체 왜 벗어 버리는 걸까?"

자신의 나쁜 버릇에 어이없게 웃으면서 어제 지급받은 제복을 입었다.

흑백 투톤으로 나뉜 귀여운 옷이었다. 이거, 이번 일이 끝나고 받아가도 될까? 이 하얀 팔찌도 같이.

이크스 씨에게 받은 뱅글은 술식을 개조해서 같은 구조의 문이라면 뭐든 열 수 있는 만능열쇠가 돼 버렸다.

만약 저택을 청소하며 혼자 남을 기회가 있으면 한번 물색해 볼까?

그런 꿍꿍이를 세우고 있자 오늘도 문밖에서 로리에의 목소리가 들렸다.

좋아. 그럼 첫 일을 시작해 보자.

"……첫날부터 잘…… 일어나하아아아……시네요오."

"괜찮아? 엄청 졸려 보여."

"제가 아침에 잘 못 일어나는 편이라……. 그리고 얼마 전까지 같은 방을 쓰던 애가…… 없어졌거든요."

"……그랬구나. 오늘부터 나도 같은 방이니까 깨워 줄게."

"저, 정말인가요? ……어? 류에 씨 말투가……."

"어제는 예의를 차렸던 거지. 앞으로는 함께 지낼 사이니까 편하게 말할게."

적어도 일하는 아이들이 아캄 편이 아니란 걸 알았다.

그러니까 나도 조금 친근하게 대하기로 했다.

이크스 씨는…… 저택에서도 높은 지위를 가진 사람이니까 경계해야겠지만.

아침 이슬을 머금은 정원을 돌아서 오늘도 저택 주방으로 이어진 뒷문으로 갔다.

마침 그 앞에 다다랐을 때 문이 열리더니 안에서 커다란 양동이가 혼자 쫄랑쫄랑 걸어 나왔다.

"후후, 햄쥐는 오늘도 열심히 일하는걸."

"대단하죠……. 급료도 안 나오는데 누구보다도 먼저 일어나서 늦게까지 일하고……."

"뭐, 뭐라고?!"

충격적인 사실을 듣고 한순간 분노가 치밀었다.

이렇게 작고 귀여운 아이들을 무급으로 부려먹고 있었다니!

용서할 수 없다. 이건 용서받지 못할 일이라고, 아캄. 설령 레이스 때문이 아니어도 내가 천벌을 내리지 않으면 분이 안 풀려!

당장 양동이를 든 햄쥐에게 달려가 대신 들어줬다.

그러자 그녀는 어리둥절하게 나를 올려다보며 당황한 것

처럼 「찍찍찍」 하고 울었다.

귀여워……. 그렇지만 그 아이는 미안한 표정으로 나에게서 다시 양동이를 가져갔다. 그러고는 쓰레기장이 있는 저택 뒤 헛간으로 달려가 버렸다.

"저렇게 열심히 일하는데…… 가엾어라."

"저…… 햄쥐 족 사람들은 원래 돈을 안 받아요. 살 곳과 식사만 제공하면 노동 조건이 유지되는 한 쭉 그곳에서 살아요."

"……그래? 집과 밥은 제대로 제공되는 거지?"

"아, 아마도요……. 마주칠 일이 적지만, 여기에 계속 있었던 모양이에요."

여기는 허가 없이 나갈 수 없다고 들어서 솔직히 찜찜한데…….

그렇지만 나도 지금은 저 아이들 사정을 파헤칠 때가 아니지.

바로 일이 시작되어 저택 안쪽, 객실이 집중된 구역으로 안내받았다.

복도를 쓸고 꽃병에 장식된 꽃을 돌보고 전시품을 닦는다.

말로만 하면 별것 없어 보이지만, 이 쓸데없이 넓은 저택에서는 다른 사람이 일어날 시간이 되어서야 간신히 끝낼 수 있다고 한다.

그렇게 되면 눈에 띈 메이드가 아캄에게 희생되고, 경우에 따라서는 그대로 돌아오지 않는 일도 있다. 즉…… 죽기 살기로 청소하라는 말이었다.

나는 내가 담당한 구역에 아무도 없는 것을 확인하고 시험 삼아 마술을 발동해 봤다.

역시 이 저택을 덮은 방해 술식의 영향으로 마술 발동에 한순간 저항감이 느껴졌다.

그래도 그뿐이었다. 그대로 얼음 안개를 만들어 복도를 채운 후 단숨에 눈앞으로 끌어모아 작게 압축했다.

그러자 남은 것은 작은 먼지와 티끌이 섞여 탁한 얼음덩어리뿐.

후후후, 이것도 옛날에 개발한 마술이지. 너무 오랫동안 혼자 있던 탓에 이런 전투와 관계없는 마술도 많이 고안했다고.

다음에 카이 군에게 보여주면 뭐라고 할까? 의외로 이런 거 좋아하지 않을까?

청소를 빠르게 끝낸 나는 남은 시간을 어떻게 쓸지 생각했다. 사실 반쯤 결론은 나와 있지만…… 양심의 가책을 받는 시늉이라도 해야 하지 않겠어?

"그럼 먼저 이 방부터 실례하겠습니다~."

문 잠금장치에 뱅글을 갖다 대고 방 안으로 몰래 들어갔다.

내 담당 구역은 신분이 높은 손님을 위한 곳인지, 방 안의 화려함에 그만 이곳이 적의 저택이라는 사실도 잊고 감탄사가 나올 뻔했다.

"와…… 저 침대 좋다……. 커튼 같은 게 달려서 귀여워."

아름다운 꽃무늬가 그려진 카펫은 푹신했고, 세밀한 장식이 들어간 탁자와 의자도 믿어지지 않을 만큼 새하얬다.

살면서 이렇게 아름다운 방은 본 적이 없었다. 내 빈약한 상상력으로도 동화 속에 나오는 공주님이 사는 곳이 분명 이런 곳이리라고 생각될 정도였다.

그렇게 방을 둘러보다가 문득 이상한 사실을 깨달았다.

방 전체의 인상이 어쩐지 여성적이었다. 마치 처음부터 여성이 쓰도록 정해 놓은 것처럼…….

나는 옷장을 열고 그 예상이 옳았음을 알았다.

그곳에는 이미 여성복이 여러 벌 준비되어 있었다.

드레스와 블라우스, 스커트에 코트까지. 어느 것이고 사용한 흔적은 보이지 않으나, 살짝만 만져 봐도 대단히 좋은 물건임을 알 수 있었다.

"와, 속옷까지 있어. ……이건 뭐야? 이래선 못 입잖아?"

왠지 중요한 부분의 천이 없는 이상한 속옷까지 있었다.

"음…… 누가 쓰던 방치고는…… 사용한 흔적도 없어."

객실일 텐데 이미 주인이 정해져 있는 것 같은 방이었다.

이 이상한 방에 관해 생각하는데, 닫힌 문이 열리는 소리가 들렸다.

아차, 잠갔어야 했는데!

숨을 곳도 없고 마술을 사용할 시간도 없었다. 포기하고 철면피를 깔 수밖에 없다고 생각해 문을 똑바로 돌아봤다.

"……어머, 여기서 뭘 하시는 거죠?"

"죄송합니다. 청소 중에 잠겼을 문이 열려 있어 무슨 이상이 있는 줄 알고 허락 없이 들어왔습니다. 용서해 주십시오."

가능한 한 감정의 기복이 나타나지 않도록 조용하고 간결하게 생각해 둔 변명을 꺼냈다.

문을 열고 들어온 사람은 나와 같은…… 아니, 장식이 조금 더 많은 제복을 입은 여성이었다.

웨이브가 강하게 진 길고 붉은 머리카락. 무엇보다 눈을 끄는 것은…… 그 머리를 헤치고 나온 작은 박쥐 날개…… 레이스와 같은 특징이었다.

……그리고 레이스와 똑같이 가슴이 컸다. 보나 마나 그 옷은 가장 안쪽 우측에 있었겠지. 다 알아.

"열려 있었어요? ……알겠습니다. 당신은 자기 일을 하러 돌아가세요."

"네. 그럼 이만 물러가겠습니다."

의심받는 기색도 없이 무사히 빠져나왔다며 속으로 기뻐하면서 그녀 옆을 지나려고 했을 때였다.

그녀가 손목을 덥석 붙잡아 나를 돌려세웠다.

"잠깐만요. 당신, 못 보던 얼굴이야."

"어제 고용됐습니다. 오늘부터 로리에 씨와 같은 방을 쓰게 됐습니다."

차분히 대답하자 그녀는 그 새빨간 눈동자로 내 얼굴을 뜯어보기 시작했다.

기가 세 보이지만 무척 아름다운, 날카로운 인상을 주는 미인이었다.

마치 나를 평가하는 것 같은, 속눈썹이 몇 가닥인지까지 알아내려는 것 같은 시선에 덜컥 겁이 났다.

"머리색이 특이하네. 그리고 눈도 예뻐."

"……고맙습니다."

갑작스러운 칭찬에 기쁨보다 당황스러움이 앞서 그만 쌀쌀맞게 대답해 버렸다.

그녀는 고개를 떨어뜨리고 그만 돌아가 보라며 팔을 놔줬다.

대체 뭐였을까? 나는 방에서 나와 문을 돌아봤다.

이 방…… 잠그지는 않았어도 문은 닫혀 있었다.

열려고 하지 않는 이상 그냥 들어올 수 있을 리는 없는데…….

"객실 청소 담당인가? 아직 그럴 시간이 아닌데……."

내가 담당한 구역 청소를 마치고 조례를 위해 다시 뒷문 앞에 집합했다.

몸을 움직여서 그런지 다른 메이드들의 표정에서도 잠기운은 제법 달아나 있었지만, 로리에만은 여전히 졸려 보였다.

우리는 지금부터 탑으로 한번 돌아가 아침을 먹고 빨래나 비품 확인을 해야 한다고 했다.

말 그대로 숨은 일꾼. 저택에 사는 사람들에게 모습을 보이지 않는 것이 우리의 역할이었다.

그렇게 생각하자 꼭두새벽에 기상하는 것 말고는 엄격한 조건도 별로 없고 급료도 제법 좋은 편이라서 꽤 좋은 조건이라는 생각도 들었다.

……역시 단순한 허드렛일 때문이 아니라 생명의 위험이 사람들에게 부담을 주는 것 같았다.

"다들 수고했습니다. 그럼 지금부터 탑으로 돌아가 아침을 먹을 텐데…… 오늘 당번은 로리에 방이었죠?"

"……아! 마, 맞아요!"

우리 그룹을 감시하는 메이드가 인사와 함께 그렇게 말하자, 지명된 로리에가 잔뜩 굳은 얼굴로 대답했다.

식사 준비는 햄쥐 족이 한다고 생각했는데 그건 저택에 사는 사람에게만 해당하는 이야기였나 보다.

다른 메이드들은 탑으로 돌아가고 나와 로리에만 자리에 남았다.

……응? 그런데 로리에『방』이라면 나도 포함인가?

"저, 저기…… 류에 씨는 요리하실 줄 아세요?"

"간단한 거라면 만들 수 있는데……."

"……사실 지금까지 같은 방을 쓰던 아이가 요리를 잘해서 저는 얼렁뚱땅 넘겨 왔었거든요…….”

“……같이 열심히 해 보자.”

어쩌지. 우리 그룹은 서른두 명이나 있는데.

커다란 냄비에 포토프 수프라도 만들어야 하나……. 재료는 뭐가 있을까?

로리에에게 재료는 어디서 구하냐고 묻자 저택에서 남은 재료를 매일 나눠 받아 그날그날 생각해 만들어야 한다는 모양이었다.

그렇다면 바로 받으러 가자고 말하며 다시 뒷문을 통해 주방으로 들어갔다.

그 조그맣고 귀여운 아이들을 만날 생각을 하니 가슴이 살짝 설렜다.

“찍찍찍.”

“네, 항상 고맙습니다.”

“고마워, 햄쥐야.”

주방에 가자 큰 손수레에 실린 채소와 썰고 남은 고기, 반쯤 조리된 음식이 든 냄비가 준비되어 있었다.

거기서 나는 어떤 사실을 깨달았다.

안쪽에서 요리하는 햄쥐들의 얼굴이 초췌하다는 사실을, 그리고 지금 내 앞에 있는 아이의 팔이 당장에라도 부러질 것처럼 얇다는 것을…….

"너희, 밥은 먹고 일하는 거니?"

내 물음에 우리 앞에 선 아이가 주머니에서 작은 메모장을 꺼내 보여줬다.

그곳에는 『우리는 괜찮아요. 여러분이 드세요』라고 적혀 있었다.

갑자기 누군가가 내 옷자락을 잡아당겼다. 돌아보자 로리에가 고개를 흔들고 있었다.

「그냥 돌아가요」라고 말하는 눈치여서 나는 그저 따를 수밖에 없었다.

그렇지만— 나는 로리에가 보지 않을 때 몰래 아이템 박스에서 식량을 조금 꺼내 근처 빈 상자에 넣어 뒀다.

햄쥐들이 이걸 발견해주면 좋으련만.

탑으로 돌아가는 길에 손수레를 밀던 로리에가 조용히 알려줬다.

그것은 우리가 가혹한 환경에서 간신히 살아가고 있음을 자각하게 하는 내용이었다.

우리 그룹은 서른두 명. 그리고 상위에 열여덟 명.

탑 경비를 맡은 병사가 네 명.

이 식량이 총 쉰네 명이 먹을 분량이라는 것이었다.

물론 이것만으로 배가 찰 리 없으며, 경비병이 먹는 양은 여자인 우리와 비교가 되지 않는다.

게다가 상위 아이들에게는 영양이 많은 음식을 줘야 한다는 암묵적 규칙도 있었다.

다시 말해…… 햄쥐들을 걱정해 식량을 나눠주면 하위 메이드, 즉, 우리가 굶게 된다는 의미였다.

이것도 내가 가진 식량을 쓰면 문제없다고 생각했지만…… 틀림없이 상위 메이드가 먹게 되겠지.

정말로, 정말로 불편한 곳이었다. 이곳은 내가 생각하던 것보다 훨씬 혹독하고, 건물뿐이 아니라 많은 속박에 얽혀서 살아가는 장소였다.

다음날 아침. 오늘도 잠 깨기 힐의 힘으로 상쾌하게 눈을 뜬 나는 아침잠이 많은 로리에에게도 이 상쾌함을 나눠주기 위해 마술을 발동했다.

그러자 효과가 나타났는지 로리에의 입에서 상쾌한 소리가—.

"흐응! 으! 흑! 아, 아아!"

"음?! 잠깐, 괜찮아?!"

로리에가 이상하게 요염한 소리를 내며 경련해 모포가 떨렸다.

그리고 크게 한번 등이 휘더니 침대에 풀썩 쓰러졌다.

……이, 이상하네. 나는 기분 좋게 일어났는데…….

"이…… 일어났어?"

"아으…… 아녕하세여……."

……이, 일단 기분 좋게 일어나긴 한 모양이다.

내 마법 내성에 맞춰 조정한 마술이라서 다른 사람에게는 효과가 너무 강한가……. 이건 제법 위험한 마술일지도 모르겠다.

로리에의 정신이 또렷해지길 기다렸다가 오늘도 함께 뒷문 앞으로 갔다.

오늘은 우리 그룹을 감독하는 메이드 외에도 한 사람이 더 있었다.

어제 내가 숨어든 방에 들어온 장식이 많은 제복을 입은 메이드, 레이스를 닮은 머리에 날개가 난 마족 여성이었다.

"류에 씨. 로즈 님께서 당신을 보자고 하십니다."

도착하자마자 그런 말을 전달받았다. 이게 무슨 일인가 하고 로리에를 돌아봤다.

그렇지만 나에게 돌아온 것은 어떤 감정이 담겼는지 모를 복잡한 표정이었다.

선망과 실망, 그리고 슬픔. 이 로즈라고 불리는 메이드가 누구길래 그러는가 싶어 그녀 앞으로 나가 찬찬히 살펴봤다.

오늘도 어딘지 모르게 날카롭고 불같은 성격이 눈동자에 드러나는 인물이었다.

그리고 어제와 마찬가지로 나를 관찰하듯 머리끝부터 발끝까지 뜯어봤다.

음, 어쩐지 평가받는 것 같아 기분이 좋지 않아. 나는 어디 내놓아도 부끄럽지 않은 훌륭한 류에라고.

"류에 양, 아침부터 미안해. 지금 들었겠지만, 내 이름은 로즈야. 하우스키퍼를 맡고 있어."

"하, 하우스키퍼……요?"

"……교육 담당이 누군데 그런 것도 몰라?"

"헉! 죄송합니다!"

그 순간 로리에가 기겁하며 사과했다. 미리 알아야 하는 사항이었나?

"저택에서 일하는 사람 중에서 두 번째로 높다고 생각하면 돼."

"그럼…… 이크스 님 다음이란 뜻인가요?"

"……! 그래. 맞아."

한순간 표정을 찌푸린 그녀는 그것을 감추듯 용건을 전했다.

그것은 오늘부터 앞으로 나와 일하라는 이동 명령— 한마디로 승진이었다.

"최근 새로운 메이드가 늘지 않아서 곤란했어. 그래도…… 너처럼 우수한 사람이 들어왔다면 아캄 님도 분명 기뻐하시겠지."

그렇다면 드디어 나도 레이스를 괴롭힌, 그리고— 나와 카이 군의 증오를 산 불쌍한 아캄과 대면할 때가 왔다는 뜻이었다.

"이따가 저택의 주요 방을 청소하는 법을 가르칠 거야. 아캄 님을 뵙게 됐을 때 실례를 범하지 않게 조심해."

자, 만나면 어떻게 해줄까. 시험 삼아 잠 깨기 힐이라도 걸어 버려?

§§§

그렇게 나는 저택 응접실, 집무실, 그리고 식당으로 안내받아 가구와 기타 물품을 청소하는 법을 배우며 로즈 씨의 이해하기 힘든 이야기를 들었다.

아무래도 이 사람은 다른 메이드와 달리 진심으로 아캄을 신봉하는 것 같았다.

역시 마족이기 때문일까? 나는 이해하지 못할 가치관이었다.

"그런데 류에 양, 잠자리는 가져 봤어?"

"잠자리요?"

모든 방을 돌아보고 저택 정원 손질법을 배우던 때였다.

꽃에 물을 주는데 로즈 씨가 그런 소리를 꺼냈다.

잠자리? 무슨 뜻이지?

"그래. 엘프는 수명이 길고 아이를 만드는 시기가 수십 년에 한 번밖에 없다고 들었어. 그쪽 기술이나 지식이 없다면 내가 알려줄까 해서."

"네?!"

이 사람이 뜬금없이 무슨 소리야! 그런 망측한 이야기를 남한테 왜 해!

기술은 뭐고 지식은 또 뭐야? 그야 나도 알지, 내가 몇 년을 살았는데. 우리 집에서 애를 낳은 엘프도 있다고!

하지만 설마 그게…… 그런 거야? 공부까지 해야 하는 거였어?

아니, 물론 아캄 같은 걸 위해서가 아니라 언젠가 카이 군…… 아니아니아니, 정신 차려! 카이 군은 아직 애인이 아니잖아!

『아직』은 뭐야! 애인…… 가족…… 그래, 이미 가족이지!

"류에 양? 왜 그래?"

"앗! 아무것도 아니에요. 신경 써주셔서 감사합니다. 하지만 제게는 필요 없겠네요."

"어머, 그랬어? 흐음…… 제법 경험이 많은가 봐?"

전혀 없어! 카이 군 몸 정도밖에 못 만졌어!

그래도 지금은 일단 그렇게 넘어가줘, 로즈 씨.

"후우…… 얼굴이 화끈거려."

로즈 씨에게서 해방되어 오후 청소 시간까지 자유를 얻은 나는 바로 탑으로 돌아가지 않고 그대로 다시 정원으로 갔다.

기분 전환으로 마치 그림 속에 나올 것처럼 정돈된 화단을 바라봤다.

색깔별로 나뉜 꽃을 보면서 생각했다.

이런 식으로 자연스럽지 않게 형태에 따라 관리되어 눈요기로만 존재하는 꽃.

그리고 때로는 장식하기 위해 꺾이는 존재.

그런 꽃들이 마치 이곳에서 일하는 메이드…… 아니, 영주민과 동일시되어 보였다.

"사람과…… 꽃에 차이는 있을까?"

"철학적인 말이네요."

그 순간, 내려다보던 꽃에 그림자가 드리웠다.

그 그림자의 원인을 올려다보자—.

"이크스 님."

"빨리도 출세하셨군요. 열심히 하고 계신가 보네요."

"그냥 우연이에요."

"그래도 엘프라는 이점을 생각하면 이것도 필연이겠죠. 우리는 우대받으니까요."

이크스 씨가 내 옆에 쪼그려 앉았다.

그러고는 왠지 슬프게 꽃을 향해 손을 뻗었고, 수많은 꽃들 중 한 송이를 꺾었다.

"사람과 꽃……. 묘한 관계죠. 이렇게 쉽게 꺾이고 지니까요."

똑 꺾은 그 꽃을 손가락으로 빙글빙글 돌리며 그렇게 중얼거렸다.

"다른 꽃들은 피었는데 이건 아직 봉오리예요. 꽃이라면 이렇게 도태되지만…… 우리는 비유하자면 낭화(浪花). 만약

꽃이라면 이렇게 꺾여 버리겠죠."

열매를 맺지 못하고 썩어 사라지는 슬픈 꽃. 우리도 그것과 마찬가지라고 말하고 싶은 것일까?

확실히 엘프가 아이를 가질 수 있는 건 수십 년에 한 번뿐이다. 그리고 내 경우에는 언제가 될지 상상도 할 수 없을 만큼 먼 미래의 이야기일지도 몰랐다.

"그래도 사람은 다릅니다. 그것을 가치 있게 여기는 사람도 있죠."

"그런가요……?"

"……류에 씨. 만약 그 때가 오면, 절대로 저항하지 마십시오. 저는 동포의 죽음을 애도하는 건 익숙하지 않으니까요."

그녀는 또 그 말을 꺼냈다. 신신당부하듯 나를 걱정하는 것처럼.

그리고 왜일까? 이 사람이 나에게 보내는 눈빛은 단순한 걱정과는 조금 다르게 느껴졌다. 예를 들면…… 레이스나 카이 군이 나에게 보내는 그런 따스함과 닮았다.

그때, 내 몸이 어떤 미약한 마력 파동을 감지했다.

내가 아니면 눈치채지 못할 정도였다. 그런 직후 옆에 있던 이크스 씨가 일어났다.

"그럼 저는 일하러 돌아가겠습니다. 당신도 이제 그만 탑으로 돌아가시죠."

어쩐지 딱딱한 목소리로 그렇게 말한 이크스 씨는 빠르게 저택으로 돌아갔다.

그날 밤. 우리의 업무 중 하나인 식당 테이블 세팅을 하러 갔을 때였다.

아무래도 이곳에서 식사를 하는 사람은 아캄 말고도 두 사람이 더 있는 듯했다. 대체 누구일까 궁금해하면서 촛대나 유리잔을 세팅했다.

준비를 끝낸 나와 다른 아이들은 모두 식당 구석에 나란히 서서 아캄을 기다렸다.

하지만 그날 아캄은 끝내 나타나지 않았다. 다른 두 자리의 주인도 마찬가지였다.

식어 가는 요리를 아깝게 생각하는데 요리를 다시 주방으로 가져가라는 지시가 떨어졌다.

나는 지위가 같은 메이드 한 명과 함께 요리를 정리했다. 그녀도 지위가 높은 만큼 얼굴이 예쁜 사람이었다.

이윽고 주방에 도착하자 일을 끝내고 쉬는 중이었는지 바닥에 주저앉았던 햄쥐들이 일제히 일어났다.

"오늘은 아캄 님께서 식사를 하지 않으셨어요. 이건 처분해주세요."

"네? 처분하나요?"

왜 그렇게 아까운 짓을……. 이 아이들에게 줘도 되지 않나?

햄쥐들은 맛있어 보이는 요리들을 차례차례 자루에 쓸어

담았다.

표정 변화는 거의 없었지만, 역시 슬퍼 보였다.

주방을 뒤로한 우리는 오늘 마지막 일로 방들을 돌아보기로 했다.

지위가 높아지면 객실 문을 열 수 있도록 뱅글의 술식을 변경하는데, 나는 「오늘 아침에 했다」라고 거짓말했다.

그렇게 잔뜩 늘어선 방을 하나하나 돌아보다가 마침내 마지막 방에 도착했다.

어제 내가 숨어든 방이었다. 지금까지 돌아본 다른 객실과 비교해도 압도적으로 좋은 그 방 앞에서 잠금을 풀기 위해 팔을 뻗었다. 그러자—.

"어? 열려 있어?"

천천히 문을 열자 그곳에는 먼저 와 있던 손님이 창가에 따분하게 서 있었다.

어제에 이어 또 로즈 씨였다.

"……또 당신이야? 두 번이나 이곳에서 만날 줄은 몰랐어."

"야간 점검입니다. 문이 열려 있던 터라……."

"그래? 그런데 당신 눈에는 이 방이 어떻게 보여?"

돌아본 로즈 씨가 감정을 억누른 것처럼 질문했다.

나는 처음 이곳에 들어왔을 때 느낀 감정을 숨기지 않고 그대로 그녀에게 전했다.

"아주 아름다운 방입니다. 꼭 공주님이 살 것 같은 그런 방입니다."

"……그렇지. 나도 그렇게 생각해."

그 후 로즈 씨는 가까운 곳에 있는 꽃병을 들고 침대에 냅다 팽개쳤다.

물론 깨지지는 않았다. 푹신한 쿠션이 부드럽게 감쌌으니까.

"정말로…… 화가 나. 왜 내가 아닌 거야?"

"로즈 님……?"

광기마저 느껴지는 서슬 퍼런 눈초리로 그녀가 다가왔다.

그녀의 손이 내 목을 잡으려고 하자, 나도 가만히 있지 못하고 저항했다.

손목을 강하게 잡아 꺾고 그녀의 얼굴을 매섭게 노려봤다.

"이게 무슨 짓인가요?"

"큭! 너도, 날 화나게 해. 언제나 아름다운 모습으로 있는 엘프가……!"

"……로즈 님도 제 눈에는 아주…… 아주 아름다우십니다."

"그래, 당연하지. 그러기 위해서 피나는 노력을 했으니까."

모르겠다. 이 기분 나쁜 감정은 뭘까. 지독하게 질척거리는 감정이 붙잡은 손을 통해 나에게 흘러드는 것 같은 소름 끼치는 느낌이었다.

그녀가 내 손을 뿌리치며 지금까지 보이던 표정을 없애고 흐트러진 앞치마를 고친 후 나를 똑바로 돌아봤다.

"이 방은 아캄 님의 반려가 될 분을 위해 마련된 방이야."

"반려요?"

"너한테 화내서 미안해. 후후, 정말로 왜 내가 아닌 걸까."

로즈 씨는 마지막으로 그렇게 말을 남기고 먼저 방을 떠났다. 신기해. 내가 보기에 아캄은 증오스러운 적일 뿐인데, 한편에서는 이렇게 생각해 주는 사람도 있다니.

신기하면서도 이상하다고 생각하며 로즈 씨가 서 있던 창가에 섰다.

빛이 흘러드는 그곳에서는 어떤 사람이 보였다.

마치 조금 전까지 로즈 씨와 눈빛을 교환했던 것처럼 그 사람은 이쪽을 바라보고 있었다.

멀리서도 알 수 있을 만큼 눈부시게 빛을 반사하는 연한 금발.

이크스 씨가 아니었다. 더 색이 옅었고 바람에 머리가 나부끼는 모습이 어딘지 모르게 환상적이었다.

그리고 무엇보다 그 사람의 등에는 외날개가 나 있었다.

한순간 저게 아캄인가 생각했지만, 아무리 봐도 그 인물은 여성이었다.

감정이 느껴지지 않는 그녀의 입이 작게 움직였다.

당신은 누구? 나에게는 그렇게 말한 것처럼 보였다.

"……이 저택은 정말로 신기한 기분이 들게 해."

그 인물이 떠나는 모습을 바라보고 나서야 나도 방을 떠났다.

§§§

"네? 저요?"

"네. 오늘부터 류에 씨는 지니아 님의 전속 메이드가 됩니다."

셋째 날 아침. 하위 시녀일 때의 감독관에게 또 이동을 명령받았다.

지니아 님이 누구인지 의문을 느끼면서 나는 그녀를 따라 저택 안쪽으로 들어갔다.

객실과는 다른 프라이빗 공간인 구역. 나도 지금까지 들어온 적이 없는 곳이었다. 그리고 어떤 문 앞에 선 감독관은 나를 두고 떠났다.

노크를 네 번 하고 미리 교육받은 말을 읊었다.

"안녕하십니까? 오늘부터 시중을 들게 된 류에라고 합니다."

"들어오세요."

억양 없는 목소리로 입실 허가가 떨어졌다. 문을 열자 아름다운 자수가 들어간 블라우스와 바지를 입은 여성이 나를 기다리듯 바라보고 있었다.

틀림없다. 어제 창밖으로 봤던 사람이었다. 오늘은 아침 햇빛을 받은 연한 금발이 그녀의 움직임에 맞춰 물결쳤다.

"환복 시중을 들라고 들었는데……."

"제가 알아서 입었어요."

"늦어서 죄송합니다."

"제 일은 제가 해요. 그냥 말동무나 되어 주세요."

가까이 다가온 그녀의 얼굴은 완벽한 무표정이라서 조금 무섭다고 생각했지만, 그 눈동자가 나에게 뭔가를 호소하는 듯해 나도 모르게 그 눈을 빤히 들여다보고 말았다.

"……눈을 똑바로 바라보는 사람은 오랜만이네요. 무섭지 않으신가요?"

"그 눈은, 마안인가요?"

오른쪽 눈은 금색으로 빛나는 무척 아름다운 눈동자였다.

그리고 왼쪽은 흰자위가 은색에 홍채가 푸른색을 띤 은색이었다.

마치 낮에 흐릿하게 떠 있는 달처럼 덧없는 눈동자였다.

"한쪽만 마안이에요. 무섭다고 생각하는 사람도 많죠."

"외람되지만, 제 느낌을 말하자면 특별히 무섭진 않습니다."

"그런가요."

끝까지 감정이 느껴지지 않는 대답을 들으며 그녀의 움직임을 눈으로 좇았다.

아침을 먹으려면 아직 시간이 있다며 그녀는 나에게 홍차를 내오라고 했다.

그래서 그녀에게 홍차를 끓여 오자 이번에는 함께 마시자는 것처럼 빈 의자를 눈짓으로 가리켰다.

누구일까? 이름에 『님』이 붙는 이 소녀는 지위가 어떻게 될까?

오른쪽 어깨에 난 외날개와 왼쪽 눈의 마안. 어느 쪽이고 완전하지는 않지만, 틀림없이 상위 마족이었다.

혹시 아캄의 가족인가?

"……당신은 어제 그 방에서 뭘 하고 있었죠?"

"그 방…… 야간 점검이었습니다. 책임자인 로즈 님과 대화를 나눈 뒤였습니다."

"무슨 이야기였죠? 제 눈에는 화를 내는 것처럼 보이던데."

꽃병을 던지는 모습을 봤나 보다. 그게 궁금해서 나를 불렀나?

그래도 이야기해도 될지 한순간 망설였다.

"……제가 실례되는 소리를 하는 바람에……."

"거짓말을 하시네요. 그런 걸로 그렇게까지 감정을 드러낼 사람이 아니에요."

말을 끝맺기도 전에 거짓말이라고 지적당해 어떻게 할지 또 머리를 굴렸다.

음…… 이 사람은 적어도 이 저택에 사는 사람이다. 그렇다면 말하는 게 좋을까?

나는 포기하고 어제 대화를 요약해 설명했다.

"그런 일이었군요. 화를 내도 어쩔 수…… 없겠네요."

그 말을 끝으로 그녀는 입을 다물어 버렸다. 이후 식사 시간이 되어 그녀와 함께 식당으로 이동했다.

식당에서 의자를 당겨 그녀가 앉은 것을 확인한 후 그 뒤에 대기했다.

그 타이밍에 다시 식당 문이 열리며 한 남자가 들어왔다.

드디어 아캄인가 싶어 눈길을 돌렸지만, 생각했던 것보다 훨씬 젊었다. 내 앞에 있는 지니아와 비슷한 열여덟 살 정도로밖에 보이지 않았다.

자세히 보니 그게 다가 아니었다. 얼굴도 닮았고 머리 모양과 머리색도 같았다.

다만 그 아이는 왼쪽 어깨에 날개가 있고 오른쪽 눈이 지니아와 같은 마안이었다.

마치 서로를 거울로 비춘 것 같은 두 사람이었다. 체격이 남성적이라는 차이밖에 없어 아마 쌍둥이라고 짐작했다.

"누나, 잘 잤어?"

"안녕? 리네아."

리네아라고 불린 청년이 사교적인 웃음을 지으며 인사했다.

그렇지만 바로 그 표정을 없애고 시시한 것을 보는 표정으로 나를 봤다.

"누나, 메이드를 바꿨네? 전에 쓰던 사람이 무슨 실수라도 했어?"

"아니. 내가 마음에 들어서 바꿔 달라고 했어."

그러자 그가 다시 나에게 눈길을 보냈다. 거기에는 『무슨 실수라도 하면 그냥 두지 않겠다』는 의미가 포함된 것 같은, 강한 의지가 담겨 있었다.

괜찮아. 실수는 안 해. 아까 끓인 홍차도 맛있다고 해줬는걸.

분명 찻잎이 좋아서겠지만. 나중에 몰래 조금 가져갈까?

내가 또 흉계를 꾸미는데 다시 문이 열렸다.

테이블에 남은 자리는 하나. 그렇다는 건, 아캄이다.

드디어 그 모습을 볼 때가 왔다. 이 땅의 지배자이자 마족을 통솔하는 자.

무심코 침을 삼키고 문 쪽으로 돌아갈 것 같은 목에 억지로 힘을 주고 눈을 깔았다.

영주를 똑바로 쳐다보는 것은 큰 결례라고 교육받았다.

그래서 고개를 숙이며 어떻게든 눈만 그쪽으로 돌리려고 했다.

메이드들이 모두 목소리를 맞춰 「아캄 님, 안녕히 주무셨습니까?」라고 인사했다.

나는 타이밍을 놓쳐 마지막에 「습니까?」만 따라 했다. 그게 왠지 재미있었다.

"아캄 님, 안녕히 주무셨나요? 저……."

메이드들의 인사가 끝나자 지니아도 인사를 건넸고, 머뭇거리며 뒷말을 이었다.

"오늘은 어머니가 안 보이는데, 무슨 일이 있었나요?"

"듣고 보니……. 어디 편찮으신 건가요?"

그 말꼬리를 물고 리네아도 질문했다. 그에 아캄이 입을 열었다.

"너희 어미라면 탑으로 보냈다. 너희도 오늘 중으로 짐을 싸서 탑으로 가라."

귀를 파고드는 위압적인 목소리. 낮고, 사람의 마음을 헤집고 들어오는 듯한…….

그렇지만 지금 저자가 한 말의 내용은 이해할 수 없었다.

두 사람은 이곳에 사는 사람이 아니었나? 왜 갑자기?

"알겠습니다. 그럼 바로 준비하겠습니다."

"누나?! 어째서, 어째서입니까, 아캄 님! 저희가, 대체 왜!"

"조용히 하고 따라와."

자리에서 일어난 두 사람을 쫓아야 할지 말아야 할지 몰라 한순간 걸음을 멈추고 말았다.

그러는 사이 문이 닫혀 나는 퇴실할 타이밍을 놓쳤다.

다른 메이드들은 모두…… 움직이지 않았다. 조금 전까지 리네아 뒤에 있던 아이도 지금은 조용히 다른 메이드 옆으로 가서 서 있었다.

이상하다. 어떻게 봐도 이상하다. 그래도 그녀를 따라서 나도 똑같이 이동하려고 했다.

하지만 그때—.

"잠깐. 거기 백발. 처음 보는군."

지목당했다. 나는 돌아서서 마침내 그 모습을 시야에 담았다.

그 순간, 숨이 멎는 것 같았다. 다리가 살짝 풀릴 뻔했다.

그렇지만— 내 경험이 그것을 막고 버티게 해줬다.

그래도 나는 이해했다. 분하지만, 『1대 1로 싸우면 나는 이길 수 없다』고.

기습, 광역 마도로 주변까지 휩쓸어 잡아 둘 수는 있을 것이다. 그렇지만 순수한 힘 싸움, 결투라면 나에게 승산이 없다고 본능적으로 깨달았다.

"네, 아캄 님."

마음속으로 혀를 내밀며 놈의 이름을 불렀다.

분했다. 싸우게 되면 나는 이 녀석을 죽일 수 없다는 사실이.

그런 생각을 들키지 않도록 감정을 없애고 다가갔다.

호기심과 함께 다른 감정을 품은 시선을 보내는 놈에게로.

"지니아 곁에 있었지? 언제부터 여기에 있었나?"

"사흘 전부터입니다."

"며칠 안 됐군. 흠, 전채로는 더할 나위 없겠어. 넌 오늘부터 내 시중을 든다."

뜬금없이 임명받았다. 나, 여기 오고 벌써 몇 번째 이동이지?

"오늘 지니아 님 전속 메이드가 된 참인데, 괜찮겠습니까?"

"지니아 말인가? 흠, 마지막까지 눈썹 하나 까딱하지 않았지. 재미없는 계집 같으니."

눈앞에 있는 사내가 어느새 차려진 요리를 먹으며 악감정을 거리낌 없이 입 밖으로 꺼냈다.

혹시 그 두 사람, 네 아이 아니야?

머리색도, 눈동자 색도, 날개까지…… 전부 똑같잖아.

"네놈도 그렇게 생각하지 않나? 뭐, 오늘 처음 이야기했겠지만."

"……제법, 전사다운 기질을 지니셨다고 봅니다."

괜히 동의하기 싫어서 그만 말대꾸하고 말았다.

근처 메이드들이 숨을 삼키는 소리가 들렸다. 그러나—.

"크크크…… 그래, 그렇겠지. 내 생각도 그렇다. 제법 재밌는 말을 하는군. 이름을 대라."

"……류에입니다."

"그래, 류에라고 하는가? 정오가 되면 내 방…… 아니, 집무실로 와라."

나를 내려다보듯 웃는 남자의 명령에 나는 그저 「네」라고만 대답했다.

나는 너에게 이길 수 없지만— 괴롭히는 것쯤은 얼마든지 가능해.

각오해, 아캄.

§§§

메이드인 우리도 식사를 마치고 저마다 맡은 업무로 돌아갔다.

나는 오늘부터 아캄을 보필하게 되어 정오에 오라는 이야기를 들었고, 그때까지는 자유롭게 지내도 좋다고 허락받았다.

아캄의 전속 메이드는 원래 로즈 씨라고 들었다. 그리고 메이드를 총감독하는 사람 또한 그녀였다. 하지만 현재 그녀는 부재중이고, 내가 아캄의 전속 메이드가 된 이상—.

"후후후, 다음은 어떤 방에 들어가 볼까~."

그렇다. 이제 날 막을 사람은 아무도 없다! 우선 저택에서 귀중해 보이는 물건, 없어져도 눈치채지 못할 것 같은 물건을 싹 다 아이템 박스에 넣어 버렸다.

내가 어디서 어느 방에 들어가도 누구 하나 뭐라고 하지 않았다. 즉, 이곳은 이미 내 안방이었다.

그렇게 물색하다가 저택 안쪽, 프라이빗 공간에 들어갔다.

오늘 아침 짧은 시간이나마 이야기를 나눈 지니아의 방을 찾았다. 저택에서 나가라는 말을 들었는데, 지금은 어떻게 됐을까? 조용히 그 방으로 다가갔다.

문에 귀를 댈 필요도 없이 실내에서 이야기 소리가 흘러나오고 있었다.

『누나, 왜 아무 말도 안 했어! 어머니도, 우리도 이 저택에서 오래 살았는데―.』

『맞아. 하지만 아캄 님은 오랫동안 함께한 사람도, 피를 나눈 아이도 상관하지 않아. 그게 전부야. 이대로 여기 계속 있어 봤자 화를 살 뿐이야.』

『하지만! 큭, 왜 갑자기…….』

『실마리가 보였나 보지. 어머니가 아니라 원래 부인이 되었어야 할 사람을 불러들일 실마리가…….』

대화 내용을 듣고 심경이 복잡해졌다.

안타깝고 미안하기도 했지만, 그에 앞서는 감정이 있었다.

마침내, 레이스가 온다. 그 사실에 대한 걱정과― 약간의 악감정.

……미안하지만, 그래 봤자 너희는…… 적의 가족일 뿐이야.

너희가 아캄에게 무가치한 존재라면 지금은 아무 짓도 안 해. 하지만― 그럴 가치가 있다면 나는 얼마든지 손을 더럽히겠어.

인질이든 본보기든, 얼마든지 손을 더럽힐 거야.

나는 실체화했던 검을 조용히 아이템 박스에 넣었다.

"……이용할 방법은 없어 보여."

그리고 천천히 방 앞을 떠났다. 이제 슬슬 약속한 시간이 됐다.

저택 최심부. 아캄의 집무실은 오직 놈을 위해서 마련된 그 구역에 있었다.

다른 복도와 달리 금실로 테두리를 장식한 심홍색 카펫이 깔린 그곳은 자신을 왕이라고 숨김없이 드러내는 듯했다.

그림, 장식품, 뭔지 모를 갑옷 등. 하나 같이 비싸고 귀한 것이겠지만, 그것이 어쩐지 유쾌하기도 했다. 이것도 전부 곧 카이 군에게 빼앗길 거라고 생각하면…….

그렇게 걷다 보니 각종 미술품이 전시된 복도 끝에 커다란 문이 보였다.

문 앞에 서서 노크했다. 문이 얼마나 두꺼운지 모르겠지만, 마치 벽을 두드리는 듯한 감촉이 느껴졌다.

그러나 문 너머에서 대답은 돌아오지 않았고 문이 열릴 기색도 전혀 없었다. 직접 열어 볼까 해서 천천히 그 육중한 문을 밀었다.

"열지 마!"

조그만 틈이 생긴 순간, 찢어지는 듯한 날카로운 목소리에 놀라 퍼뜩 문을 닫아 버렸다.

지금 그건 이크스 씨 목소리였다. 그리고 지금 한순간 보인 광경은—.

잠시 기다리자 다시 문이 열리고 호흡이 살짝 거칠어진 이크스 씨가 나왔다.

"실례……했습니다……. 무슨 용건이시죠?"

"……아캄 님의 부름을 받고 왔습니다."

"그랬나요. 그럼 안으로 들어가시죠."

실내로 안내받자 책상 너머로 아캄이 대단히 유쾌한 웃음을 짓고 있었다.

그리고 이크스 씨는…… 왠지 옷이 흐트러져 있었다.

"일찍 왔군, 류에. 덕분에 운동이 조금 부족했다."

"설마…… 아캄 님의 전속 메이드가 된 건가요?"

이크스 씨가 슬픈 얼굴을 보였다. 주먹을 어찌나 강하게 쥐었는지 손끝이 새하얬다.

내 짜증이 정점에 달했다.

아캄, 넌 마술이 싫은 거지? 그러니까 이런 결계를 친 거 아니야?

"그럼 바로 일해주실까. 그래, 우선 홍차를 가져와라."

"알겠습니다."

비치된 티 세트와 마도구 포트를 사용해 차를 준비했다.

마시는 순간 냉수로 만들어 버리면 어떨까? 아니면 무슨 약이라도 탈까? ……안 돼. 그런 게 통한다면 진작 누가 처리했겠지.

그대로 홍차를 따르고 살며시 내밀었다. 물론 이크스 씨에게도 내줬다.

"흠, 일단은 합격이라고 해 두지."

너한테 그런 말 들어도 안 기뻐.

그렇게 말한 아캄은 손에 든 종이로 시선을 떨어뜨렸다.

내용은 확인할 수 없었다. 하지만 왠지 놈의 표정이 일그러진 것처럼 보여 조금 울분이 가셨다.

"이 보고서 내용은 확실한가?"

"네. 최근 며칠 사이 길드 쪽 상인의 출입이 활발합니다. 또한, 문지기의 보고에 따르면 휴먼 어린이와 모험가가 집단으로 행동하는 모습이 자주 보인다고 합니다."

"흠, 자세하게 말해 봐라."

"그것이, 모험가와 어린이들은 『그냥 의뢰를 수행할 뿐』이라고 합니다."

아무래도 도시의 근황 보고인 모양이었다.

나는 이 도시에 들어온 후 길드에 거의 다가가지 않아서 자세한 상황은 모르지만…… 뭔가 변화가 있었나?

"길드에 소속한 마족은 뭐라고 하지?"

"최근 전혀 보고가 올라오지 않습니다. 어쩌면 길드 측이 움직이려는 전조일지도 모릅니다."

"……길드를 움직인다면, 설마 그 여자인가?"

"오잉크 총수가 관련됐다고 보십니까?"

갑자기 내 친구의 이름이 이크스 씨 입에서 나왔다.

대단해. 오잉크는 유명인이구나. 내가 다 우쭐해져.

"그 녀석이 이 땅에 영향을 끼치리라 생각하긴 어렵군. 서로 견제하는 상황에서 선수를 칠 만큼 우수한 인재가 있는 조직은 아니지."

"……제가 다시 한 번 조사해 보겠습니다."

이야기가 끝났는지, 이번에는 아캄이 나를 돌아봤다.

몸을 훑는 듯한 시선이 순간 가슴 쪽에서 멈췄다. 그리고 무슨 까닭인지 코웃음 치고 내 눈을 빤히 바라봤다.

"마음에 들었다. 오늘 밤 자기 전에 또 차를 따르러 와라."

"……?! 아캄 님, 방금 건과 관련해 아직 드릴 말씀이—."

"필요 없다, 물러나라. **새로운 찻잎**을 맛보고 싶어졌다. 너는 내일 또 상대해주마."

"……알겠, 습니다."

그 말이 무엇을 의미하는지, 나도 이해했다.

그렇지만— 아쉽게 됐어. 너는 이제 누구도 맛볼 수 없어.

이크스 씨가 방을 나간 순간 나는 마술을 발동했다.

이것 보라지. 예상대로 눈치 못 챘어. 나는 너에게 **저주**를 걸었어. 내가 풀지 않는 한 영원히 풀리지 않고, 회복 마술로도 고치지 못하는 비장의 저주를…….

이크스 씨, 미안. 조금 더 일찍 이렇게 해야 했어.

마지막 순간까지 나를 걱정해 줘서 고마워. 역시 너는 정말로 착하고 다정한 아이였어.

"아캄 님. 그럼 저는 밤까지 잡무를 마치고 와도 되겠습니까?"

"그래. 가 봐라."

아무것도 모르고 희열로 표정을 일그러뜨린 그 얼굴을 눈에 담으며 발꿈치를 돌렸다.

분명히 나도 지금 같은 표정을 짓고 있을 거야. 나를 그저 무력한 여자라고 얕잡아본 자신을 원망해.

……나를 우습게 보지 마. 100년도 살지 않은 애송이.

§§§

해가 떨어지고 메이드 대부분이 업무를 마치고 늦은 저녁을 먹는 시간.

잡무를 본다고 말한 나는 그 녀석에게 가지 않고 먼저 식당으로 향했다.

크고 긴 테이블에는 1인용 식기 세트가 세팅되어 있었다.

그립다. 전에 레스토랑에서 카이 군에게 저 식기들의 이름과 쓰는 법을 배웠었지.

아마…… 나이프와 포크는 안쪽부터 쓰는 거였지?

배운 테이블 매너를 떠올리려고 고개를 갸웃거리는데 조용히 문 열리는 소리가 들렸다.

어디에 다녀왔는지, 아캄이 외투를 펄럭이며 들어왔다.

아주 기분이 좋은 표정이었고, 그와 반비례해서 내 기분은 나빠졌다.

"흠, 그러고 보니 너도 있었지."

나에게 벗어 던진 외투를 받아들었다. 마음 같아서는 바닥에 내동댕이치고 싶은 것을 참았다. 응……? 향수인가? 그 냄새마저 괜히 역하게 느껴졌다.

"류에, 넌 내일부터 내 아내가 될 여자를 시중들어라. 하룻밤밖에 귀여워해 줄 수 없지만, 나쁘게 생각하진 말아라."

"……그렇습니까."

그 소식을 듣고 내심 주먹을 불끈 쥐었다. 드디어 이때가 왔다. 그리고 상상할 수 있는 가능성 중 가장 좋은 전개였다.

이제 레이스 곁에 있을 수 있다. 레이스를 지킬 수 있다.

……그리고 너는 오늘 밤부터 지옥의…… 어쩌면 천국일지도 모를 고통에 시달릴 거야. 레이스를 신경 쓸 겨를도 없을걸?

"크크, 그렇게 뜨거운 시선을 보내지 마라. 식사를 마치면 내 침실에서 기다려라. 찻잎을 준비해서 말이지."

"알겠습니다."

이 녀석이 뭘 잘못 먹었나? 내가 보는 건 지금 네가 먹으려던 커다란 로스트비프라고. 무슨 고기가 저렇게 커? 어떤 부위를 자르면 그런 게 나와?

카트에 올라간 고기를 힐끔 돌아보고 그 상상을 초월하는 크기에 눈이 번쩍 뜨였다. 대단해. 이런 고기는 난생처음 봤어. —아, 뚜껑 닫았다.

그 후 왠지 나이프와 포크를 바깥쪽부터 쓰기 시작한 놈의 식사가 끝날 때까지 배가 꼬르륵거리는 것을 참았고, 겨우 놈이 자리에서 일어났다.

……음식을 많이도 남기는군. 후후, 틀림없이 너는 카이 군에게 사라질 거야. 카이 군은 음식을 남기는 사람에게 엄격하거든.

"……시간이 됐군. 슬슬 가 볼까."

나는 한발 앞서 아캄의 침실로 향했다.

아캄의 개인 공간에는 전용 욕실과 살롱, 그리고 몇 종류나 되는 침실이 존재했다. 오늘 내가 불린 곳은 평소 사용하는 침실이었다.

실내로 들어가자 레이스를 위해 준비한 방과 비교해도 손색없는, 내 눈으로 봐도 품질부터 다른 고급 가구가 모여 있었다.

샹들리에도 침대도 장식된 그림도, 하나만 꼽아도 내 저금을 웃도는 가격일 것이다.

"……조금 뒤져 볼까?"

아마 아캄은 당분간 돌아오지 않을 것이다. 게다가 『그것』이 발동하면 그 신호가 내게도 전해진다. 들킬 걱정 없이 이 쓸데없이 호화로운 방에서 놈의 소중한 물건을 가져갈 수 있다. 나는 바로 커다란 금고 앞으로 갔다.

당연히 금고 잠금장치에도 마술이 사용됐지만…… 마술 사용과 해석을 막는 결계가 있다고 과신한 것일까?

다소 복잡했지만, 얼마 안 가 안쪽에서 잠금이 풀리는 소리가 들렸다.

“후후후, 전 세계가 마술식 잠금을 쓴다면 나는 대도가 되지 않을까?”

그런 소리를 중얼거리며 무거운 철문을 열었다.

그러자 내가 상상하던 금은보화가 아니라…… 산더미 같은 서류와 특이한 도구가 들어 있었다.

그래도 이런 곳에 보관했다면 분명 중요한 물건이라고 생각해 서류를 집어 들었다.

“아, 이거 내 계약서다.”

수북이 쌓인 서류 제일 위에는 내가 메이드가 될 때 사인한 계약서가 있었다.

설마하고 넘겨보자 모두 저택에서 일하는 사람의 계약서였고, 어느 것이고 마술을 통한 계약이 맺어져 있었다. 한마디로—.

“이걸 해제하면 모두 자유의 몸이 되나?”

계약서 다발을 꺼내 책상에 놓았다. 그리고 가장 위에 손을 얹고 천천히 눈을 감았다.

이미 효력을 잃은 계약이 다수 포함됐는데, 이건 아마…… 어떤 이유로 계약이 파기된 사람이겠지. 그 사람들을 위해 기도하고 해석을 계속했다.

상당히 수가 많지만, 괜찮다. 시간은 아직 있다.

“……좋아. 남은 건 한 사람— 응?”

술식을 무효화하던 중 어떤 한 장의 계약서에서 해석이 멈추고 말았다.

이상하게 여겨 그 한 장을 서류 다발에서 꺼내 서면을 확인했다.

그곳에는 『이크스%&·#Ⅱ¶·Å✖%8』이라는 망가진 이름이 있었다.

계약서의 문자가 변했다는 것은…… 본인 이름이 계약으로 인해 변경됐다는 뜻이었다. 이크스 씨가 이중 계약으로 묶여 있다고 생각해야 하나?

"계약서나 저택의 술식은 틀림없이 이크스 씨가 만들었어. 그것을 해제하지 못하도록 본인에게 더 복잡한 계약을 걸었나?"

이건 분명히 서면을 통하지 않고 본인과 직접 맺은 계약이었다. 이곳에서 내가 어떻게 할 수 있는 문제는 아니지만―.

"……계약에 묶이는 괴로움은, 내가 누구보다 잘 알아."

이제 시간이 없다고 판단해 해제하지 못한 그 서류만 아이템 박스로 옮기고 금고를 닫기로 했다.

아직 조사하지 못한 도구도 있지만, 이건 또 다음 기회에 조사하자.

천천히 문을 닫던 그때, 뭔가가 경첩에 걸렸다.

서류를 꺼낼 때 떨어졌나 하고 문 사이에 낀 물건을 주웠다.

"아, 예쁜 돌이네. ……이 정도는 가져가도…… 모르겠지?"

우유빛에 희미한 광택을 띤 돌이었다. 손에 쥐자 손가락

사이로 틈이 생길 정도의 크기였다.

나 이거 알아. 진주라고 하던가? 조개에서 나오는 보석이야.

"예쁘다……. 이렇게 큰 진주가 든 조개는 얼마나 컸을까."

아이템 박스에 그 커다란 진주(추정)를 수납한 그때였다.

멀리서 내 마술이 발동한 기운이 나고 그와 동시에―.

『크아아아아아! 앗! 아아아아아아아아아아!』

남자의 절규가 저택 안에 울려 퍼졌다.

다행이네, 욕실이라서. 누가 보는 앞이었으면 어쩔 뻔했어?

최대로 강화해 둔 거야, 방금 그 잠 깨기 힐은.

앞으로는 매일 언제 찾아올지 모를 그 감각에 벌벌 떨면서 살라지.

그로부터 한 시간 후, 아캄이 침실로 들어왔지만, 낯빛이 새파랗게 질리고 눈은 충혈된 데다 묘하게 핼쑥해져 있었다. 그는 힘없는 목소리로 「오늘 밤은 됐다」라고만 말하고 침대에 풀썩 쓰러져 버렸다. 후후후, 꼴좋다.

탑에 있는 방으로 돌아오자 로리에가 걱정스러운 표정으로 기다리고 있었다.

"괜찮아. 난 아무렇지도 않아."

로리에를 안심시키려고 그렇게 말했지만, 그녀는 내가 강한 척한다고 생각했는지 더 슬프게 표정을 구겼다.

"이, 이제 곧 휴가니까 집에 갈 수 있어요! 그때 류에 씨도 같이 나가요!"

"응? 휴가가 있어? 의외인데."

"신청하면 반년에 두 번 외출이 가능해요. 그때는 저택에 출입하는 사람이 많으니까 어떻게든—."

기쁜 제안이지만, 나에게는 레이스가 있으니까 함께 갈 수 없어.

정말로 괜찮다고 다시 그녀를 달래자 이번에는 선물을 사오겠다며 필사적으로 제안했다. 괜찮아, 괜찮다니까!

로리에가 겨우 잠든 것을 확인하고 나도 모포를 덮었다.

내일 내가 일어날 시간에 발동하는 잠 깨기 힐이 아캄에게도 연동하도록 술식을 변경하면서…….

후후, 고통만이 고문은 아니지. 감각에 작용하는 마술은 얼마든지 존재하니까 말이야.

"……하지만 실제로 아캄은 어떤 상태였을까?"

그리고 다음 날 아침, 탑까지 들려오는「흐악! 흐아아아아아아아아아아!」라는 남자의 절규를 통해 나만이 아니라 탑에 있는 사람들이 모두 눈을 떠 버렸다.

참고로 원인은 이크스 씨도 해명하지 못해 무언가의 부작용이 아닌가, 라는 결론에 달했다고 전해졌다. 당분간은 절대 안정이라나?

§§§

눈을 떠도 방에는 아무도 보이지 않았다. 아직도 혼자 일어나는 아침에는 익숙해지지 않았다.

혼자서 잠드는 밤을 수없이 보냈거늘 고작 한 달 만에 내 마음은 이 고독을 견디지 못할 만큼 약해지고, 그에게 의존적으로 변하고 말았다.

잠에서 깨 멍한 머리가 자신의 약한 부분을 여실히 들춰냈다. 생각하지 않으려고 해도 머리는 말을 듣지 않고, 현재의 고독을 깨닫게 하려고 몸을 침식했다.

그러나 잠기운과 함께 약해진 마음도 사라지고 아침…… 이미 낮이지만, 햇빛이 내 결의를 비추며 꺾일 것 같은 마음을 다시 일으켜 세워줬다.

"……안녕하세요."

정신 차려야지. 혼자 있으면 너무 늦게까지 자.

이 도시에 오고 며칠이 지났다. 나는 가능한 한 사람들 눈에 띄기 위해 많은 사람이 이용하는 술집에서 일하게 됐다.

내 존재를 아캄에게 알리기 위해서. 그리고 그의 관심을 나에게 유도하기 위해서.

카이 씨는 지금 독자적으로 행동하고 있다. 카이 씨의 행동이 아캄에게 전해지지 않도록, 그리고— 적진에 뛰어들기 위해서, 오늘도 나는 여관에서 식사를 마치고 고용된 술집으로 출근했다.

“오늘 점심 영업은 안 하나요?”
“레이스 씨, 미안해. 실은 어제 온 단체 손님이 요리가 어지간히 마음에 들었나 봐. 점심에 쓸 재료까지 동났지 뭐야.”
“당장의 이익만 생각하시면 안 되죠…….”
“미안해. 라타투유를 맛있게 만드는 법까지 알려줬는데…….”
“후후, 그래도 마음에 드셨다니 저도 기뻐요.”
일하는 술집에서는 낮 시간에 한해 점심을 팔았다.
요리 경험이 있다는 이유로 첫날 뭐든 하나 만들어 보라고 부탁받은 나는 가장 자신 있는 요리를 선보였다.
흔한 가정식. 그러나— 내가 이 도시에서 가장 처음 만든 요리였다.
큰 냄비에 다양한 채소를 넣고 끓였을 뿐이라 특별히 맛있는 요리도 아니었지만, 아이들은 참고 먹어줬다.
내일은 더 맛있게, 모레는 더 먹어주길 바라며 조금씩, 조금씩 개량한 추억의 요리.
옛날을 떠올리자 역시 가슴이 적잖게 쓰라렸다.
“그럼 저는…… 가끔은 길드 쪽으로 가 볼까요.”
“그러고 보니 요즘 모험가 손님이 늘었지. 오늘도 다섯 시까지 와줘.”

술집을 떠나 길드로 가는 길을 걸었다.

내가 모르는 길. 한때 많은 사람이 살던 그곳은 이제 옛 건물은 완전히 철거되고 보는 사람을 위압하듯 아름답고 거대한 집들이 늘어선 거리로 변했다.

나는 삼거리 앞에서 그만 걸음을 멈추고 말았다. 길드로 가는 길과 외벽을 따라 형성된 휴먼 보호 구역이라는 곳으로 가는 길로 나뉘는 갈림길이었다.

여기서 오른쪽으로 꺾으면…… 어쩌면 옛날 나를 알던 사람이, 살아남은 사람이 있을지도 모른다.

……내가 버린 주민이 지금도 고생하며 살아가고 있을지도 모른다.

그렇게 생각하자 도저히 그곳으로 다가갈 수 없었다.

"……지금 이곳으로 갈 수는 없지."

보이지 않는 수많은 손이 발목뿐 아니라 내 팔까지 붙잡는 느낌에 시달리면서도 나는 내 목적을 위해 길드로 가는 길을 선택했다.

이 도시의 길드에는 가급적 접근하지 않으려고 했지만, 이 틈에 한 번, 한순간만 이곳을 지나갔다.

처음에는 류에도 이곳에 다녔는지, 가끔 게시판에 명의도 자세한 내용도 없이 『구직 중이야!』라고만 적힌 전단이 붙어 있었다.

그것은 아마 류에가 나에게 보내는 신호였을 것이다. 그 방법과 내용이 어쩐지 귀여워서 이 긴장이 이어지는 나날 속에서 얻는 몇 안 되는 위로가 되어 줬다.

그렇지만 얼마 전부터 그 전단지가 사라졌고, 오늘도 붙어 있지 않았다.

……즉, 류에는 이미 자신의 목적을 이뤘다고 봐야겠지.

만약을 위해서 조금 더 게시판을 돌아보다가, 이번에는 조금 신경 쓰이는 의뢰를 발견했다.

『보호 구역 아이들의 채집 작업 호위. 정원: 2명, 의뢰주: 모험가 길드』.

그것은 길드가 직접 발주한 의뢰였다. 그리고 내용은…… 방금 내가 등 돌린 곳의 아이들을 지키는 것.

"이상하네……. 아이들은 모험가 의뢰를 대행하며 돈을 벌고 있었을 텐데."

설마 자기들이 대행을 맡기고 길드에 호위 의뢰까지 내게 해서 보수를 이중으로 챙길 생각일까?

이 도시 길드가 마족을 편드는 사실은 나도 알고 있었다. 그렇지만 설마 이 정도라고는……. 아이들을 착취하는 방식에 공분을 느꼈다.

그때, 마침 내 앞으로 팔이 불쑥 끼어들어 그 의뢰서를 가져갔다.

대체 어떤 인물이? 시선으로 그 팔을 따라 올라갔다. 그러자— 내 예상과 다르게 마족이 아니라 휴먼 모험가가 있었다.

나는 마족이 지위를 이용해 일을 독점하는 줄만 알았는데…….

"응? 뭐야, 아가씨? 혹시 이 의뢰를 받으려고 했어?"

"아, 아뇨. 그냥 괜찮은가 싶어서요. 보아하니 휴먼이신 거 같은데…… 그, 이 도시 길드는 조금 독특한 방식으로 운영된다고 들어서요."

"아, 이런 수익 좋은 의뢰를 내가 받아도 되느냐, 이 소리군?"

그는 우락부락한 대장장이 같은 인상의 남성이었다.

내가 하고 싶던 말을 제대로 이해하는 것으로 보아 이곳에서 오래 일한 사람 같았다. 그래도 그는 의뢰서를 돌려놓으려는 대신 나에게 설명했다.

"지금 이 도시 길드는 조금씩 변해가고 있어. 지금은 길드에서 보호 구역 아이들에게 직접 약초를 사들이지. 그리고 그 아이들을 경호하기 위해 매일 마족 모험가나 우리 휴먼이 따라나서고."

"……저기, 아이란 건 휴먼 아이들이죠……?"

대체 왜? 불과 며칠 전까지는 당연한 것처럼 주워 아이에게 어른용 바구니를 짊어지워 도시 밖으로 보내고 자기들은 도시 안에서 시간을 때우던 사람들이?

왜 갑자기 그렇게 적극적으로 아이를 보호하는 의뢰를 맡게 됐는가.

“혹시…… 아가씨는 휴먼과 연관되기 싫은 사람인가?”

그러자 내 질문에 오해했는지 그가 눈살을 찌푸렸다.

나도 이 도시에 사는 많은 마족처럼 마족 우월주의라고 생각한 것일까?

“내 충고하지. 당장 생각을 바꾸라고는 안 하겠지만, 대놓고 그런 소리는 안 하는 게 좋아. 이 도시도 조금씩 변해 가고 있으니까.”

“도시가, 변해요……?”

“지금 이 길드를 지휘하는 사람은 상위 중에서도 상위, 엔드레시아 마왕의 환생이 아니냐는 소문까지 있는 사람이야. 그분이 직접 『아이를 지켜라』, 『이웃을 사랑하라』라며 활동 중이지. 나는 두 손 들어 환영이지만, 반발해서 처벌받은 마족도 많아.”

그 말에 심장이 강하게 뛰었다. 혈액이 손끝까지 빠르게 순환하는 것처럼 열이 온몸으로 퍼지고 자연스럽게 기력이 샘솟았다.

“훌륭한 생각이네요. 분명 그 사람은 멋진 분이겠죠.”

“하하하, 생긴 건 무시무시한 양반이지만 말이야! 그래도 아가씨가 이 생각에 동의해 줘서 다행이야. 역시 다 같이 차별 없이 사는 게 제일이지.”

그는 마지막으로 그 말을 남기고 접수처로 의뢰서를 가져갔다.

그의 이야기를 듣고 나는 확신했다. 틀림없이 카이 씨다. 카이 씨가 움직이고 있다.

마치 등 뒤에 그가 서 있는 것처럼, 지켜봐 주는 것처럼 마음이 든든했다.

"……이미, 빼앗고 계시네요. 이 도시를, 사람들을—."

이러고 있을 순 없었다. 나는 내가 일하는 술집으로 급히 돌아갔다.

§§§

저녁. 저물어 가는 태양이 도시를 주황색으로 물들일 무렵.

나는 다시 술집으로 갔다. 낮에 주인아저씨에게 말한 내용을 오늘 방문한 많은 손님에게도 전하기 위해서였다.

하루의 피로를 풀기 위해, 같은 목적을 가진 동지와 뜻을 나누기 위해 방문하는 많은 사람들. 그런 이들을 접대하며 그들의 기쁨과 인생의 단편을 공유하는 행복.

내가 바란 타인과의 인연을 맺기 위해 처음으로 생각한 방법이 바로 접객이었다.

그리고 처음 내 가게를 가졌던 이 도시에서 나는 지금 다시 같은 일을 하고 있었다.

기쁜 반면, 마음이 무겁고 아프기도 했다. 그래도 나는 내가 직접 정한 『작전』을 위해 그것을 전부 받아들이기로 했다.

그리고 오늘— 스스로 상대에게 최대의 기회를 던져줬다.

"여러분, 안녕하세요?"

술집 뒷문으로 들어가 직원들에게 인사하자 저마다 기운차게 인사를 받아줬다.

"레이스 씨, 마스터에게 들었어요! 가게를 그만두신다면서요?!"

"아직 일주일도 안 지났잖아요……. 계약 기간이 그렇게 짧았어요?"

"손님이 몹쓸 짓이라도 했나요?! 아니면 마스터가?!"

"아니에요. 원래 여행 중에 여비를 벌려고 시작한 거였어요. ……갑작스럽게 그만둬서 죄송해요."

원래 주인아저씨와 단기 고용으로 계약했지만, 다른 사람들은 나를 동료로 인정하고 많은 일을 알려줬다.

그 마음을 배신하는 것 같아 괴롭기도 하고, 나를 위해주는 말들이 기쁘기도 했다.

모든 것이, 모든 것이 끝나면 다시 이곳에 오자. 이번에는 반드시 『세 명』이 함께…….

야간 영업이 시작되자 종족을 불문하고 많은 손님이 찾아왔다.

적어도 즐거운 자리에서는 서로 간섭하지 않고 즐기자는 암묵적 합의가 있어 특별한 문제는 일어나지 않았지만, 그래도 은연중에 『보이지 않는 벽』이 존재했다.

그래도 휴먼과 마족이 자리를 맞대고 앉았을 때 떠돌던 불편한 분위기가 얼마 전부터 분명히 사라졌다.

우연이라고 생각했지만, 오늘 들은 이야기로 『변하기 시작해서가 아닐까』라는 희망이 움텄다. 그리고—.

"오, 뭐야~! 분위기 괜찮네? 우리 이런 곳은 잘 안 오는데."

"아저씨, 약속대로 한잔 쏴. 알았지?"

"한잔만이야! 잠깐 도움을 받았는데 전부 사면 내 재산이 거덜 난다고!"

오늘은 마족 여성 두 명을 이끈 휴먼 남자까지 나타났다.

……어머, 저 사람, 낮에 길드에서 이야기한 사람이네?

젊은 여성을 두 명이나 데리고…… 능력도 좋으셔라.

바로 자리로 안내하려고 세 사람에게 다가갔다.

"호위 의뢰 수고하셨어요. 자리로 안내할게요."

"오, 고마— 앗, 낮에 그 아가씨잖아! 이 가게에서 일해?"

"네, 맞아요. 여긴 처음 오셨나요?"

"아니. 전에 딱 한 번 왔었어. 요즘 벌이가 시원찮아서 그럴 여유가 없었는데…… 오늘은 기분 좀 낼까 싶어서 왔지."

"와, 일하는 언니, 미인이네~. 아저씨랑 아는 사이야?"

"아저씨, 능력 있는데? 혹시 젊을 때 좀 놀았어?"

양옆에서 젊은 마족 여성들도 별꼴이라는 식으로 남자를 놀려 댔다.

세 사람을 자리로 안내하고 쉴 새 없이 올라오는 손에 대응해 주문을 받았다.

눈코 뜰 새 없이 바쁜 시간이지만, 보람은 확실히 있었다.

윙레스트에서는 오랜 기간 느끼지 못한 만족감에 즐거워져 이 시간이 더 이어졌으면 좋겠다는 생각마저 들었다.

오늘도 예쁘다, 같이 마시자, 다음에 놀러 가지 않을래? 그런 말들에 립 서비스로 대응하는 사이 조금씩 바깥 풍경이 어둠으로 물들어 갔다.

"레이스 씨, 이제 휴식 들어가도 돼요!"

그리고 그때가 찾아왔다. 동료에게 대답하면서 나는 가게 안에서 조금 높은 곳, 간혹 찾아오는 유랑 연주자를 위한 무대 위에 섰다.

"죄송합니다. 방금 말을 걸어주신 분을 포함해 잠깐 제 이야기를 들어주셨으면 합니다."

시끌벅적한 목소리가 오가며 모두 나를 돌아봐 줬다.

"사실 다시 여행을 떠나게 되어 오늘을 마지막으로 일을 그만두게 됐습니다."

"뭐?! 기껏 얼굴 기억해 줄 때까지 다녔는데!"

"레이스, 그냥 여기 정착해! 내가 돈은 얼마 못 벌어도 먹여 살릴게!"

선언하자마자 아쉬워하는 소리와 말리는 소리가 터져 나왔다.

그리고— 재빨리 자리를 뜨는 사람도 있었다.

"짧은 기간이었지만, 여러분이 친절하게 대해 주셔서 기뻤어요. 손님 여러분이 해주시는 말, 들려주시는 이야기는 제 인생의 큰 양식입니다. 제가 떠난 후에도 오래도록 사랑해 주시길 바라요."

마지막으로 인사를 맺고 손님들에게 수많은 격려의 말을 받았다.

고맙습니다, 저에게 그런 말을 해주셔서.

그 말들에 나는 용기를 받았다.

"……미끼는 뿌렸어. 자, 어떻게 나올 건가요?"

가게 입구를 바라보며 나직하게 중얼거린 나는 가게 안쪽으로 돌아갔다.

밤. 심야가 되기 전에 일을 마쳐도 된다는 허락이 떨어졌다. 나는 오늘까지 일한 급여를 받고 마지막으로 한 번 더 주인아저씨에게 머리를 숙인 후 가게를 나왔다.

언젠가 이 돈으로 저 가게에 가자고 마음먹으며 인기척이 적은 길을 골라 여관으로 향했다.

이 도시는 조금 일그러진 부분이 있지만, 치안은 나쁘지 않았다.

어쩌면 내가 마족이라서 그런 사고에 휘말리지 않을 뿐인지도 모르지만, 오늘도 밤길에 들리는 것은 새소리와 어딘가 멀리서 웃고 떠드는 소리뿐이었다.

그런데— 밤길의 끝에서, 내가 머무는 여관보다 더 먼 곳에서 마차 한 대가 다가오는 바퀴 소리가 들려왔다.

어둠을 가르는 랜턴을 흔들며 마차는 내가 머무는 여관 앞에 정차했다.

마부석에는 고급스러운 갑주를 입은 기사가 탔다. 견인하는 마물은 날개는 없으나 큰 체구로 묵직하게 땅을 밟는 용이었다.

객차도…… 아름답고 위압적인 장식이 들어간 칠흑색 차체였다.

그것들이 모두 이 마차 주인의 지위와 정체를 나에게 알려줬다.

있는 힘껏 손을 꽉 쥐었다. 치밀어 오르는 감정을 억누르고자 침을 삼켰다.

떨리는 무릎을 멈추려고 강하게 한 발 앞으로 나섰다.

그리고— 객차 창이 열리고 커튼 너머로 그 목소리가 들렸다.

마지막으로 들은 지 벌써 20년 가까이 지났는데도 불구하고 내 기억과 감정을 흔들어 놓는 절대강자의 부름이…….

"여행 준비는 마쳤나, 레이스."

"……오랜만이네요, 아캄."

"그래…… 정말로 오랜만이다. 그 여행의 행선지를 내게도 알려줬으면 좋겠구나."

뻔히 아는 주제에. 다 알면서 찾아온 주제에. 며칠이나 나를 감시했던 주제에.

언제든 짓밟을 수 있는 상황을 즐기면서 내가 도망치길 조용히 기다렸던 주제에.

"네 행선지는 내가 정하겠다. 곧 떠날 여행길, 나의 패도에 함께 따라와라."

"성미가 급하시네요. 예나 지금이나 똑같아요. 어른이라면 조금 더 기다릴 줄 알아야죠."

"그래. 그래서 기다렸다. 나는 움직이지 않고 언제나 이곳에 있었다. 너를 끼고 다니는 천박한 남자나 곁에 두고 그저 바라보기만 할 뿐인 무능한 남자와 똑같이 취급하지 말아다오."

괜찮아. 아직 괜찮아. 나는 참을 수 있어.

"말이 심하시네요. 부크는 마지막까지 신사였어요. 게다가—다른 한 사람도 무척 신사적이었죠. 물론 밤에도……."

부크 님과 카이 씨를 깔보는 언동에 속이 끓었다. 하지만 보여줄 성싶으냐. 설령 분노라 할지언정 이 남자에게 내 감정을, 내 마음을 보여줄 성싶으냐.

나는 그저 담담하게 사실을, 그들에 대한 평가를 있는 그대로 전했다.

……그리고 조금 허세를 더했다. 밤에도 신사…… 멋지네요.

"하지만 뭐…… 옛날부터 달라붙으면서 바라는 것만 많은, 사춘기 아이만도 못한 사람들이 많긴 했죠. 그런 사람들과 그 두 사람을 같은 선상에 놓는 건 실례예요."

"크크크…… 웬일로 말이 많군. 그래, 그 남자에게 그리도 빠져 있었나. 하지만…… 결국 네가 선택한 건 나다."

얼마든지 떠들어라. 뭐라고 하든지 상관없다. 그 자신감을 열심히 떠벌려라.

나는 안다. 당신이 얼마나 강하고 많은 것을 손에 넣어 왔는지.

만을 짓밟고 천을 복종시키는 당신은 분명히 한 명의 인간을 보잘것없는 왜소한 존재라고 단정하겠지. 하지만— 나는 안다. 세상에는 그 누구도 해할 수 없는 한 명의 인간이 존재한다는 사실을.

"당장에라도 데리고 갈 생각이었다만…… 천박한 냄새가 밴 너를 안고 싶진 않구나. 몸을 정갈히 하고 내일을 기다려라."

"정말이지 낭만도 모르고 감성도 없는 분이네요. 저도 당신을 상대해주기 피곤해요."

정말로 지친다. 지금 당장 소리치고 싶은 분노를 참는 것은…….

격정을 억누르는 것이 얼마나 힘든지 잊고 살았던 모양이다.

그래도 이제 행동할 수 있다. 드디어 나도 출발선에 섰다.

"아아, 이 얼마나 감미로운 밤인가. 이토록 내일이 기다려지는 게 얼마만인가!"

마차 안에서 정적을 찢는 환희가 울려 퍼졌다.

자신에게, 이 밤에, 그리고 나에게 취한 듯 미치광이 같은 소리를 내뱉는 그에게 나는 처음으로 『불쌍한 사람』이라는 감정을 품었다.

"밝아라, 어서 밝아라! 기대되는구나, 정말로 기대돼! 레이스, 기다리고 있겠다. 너에게 줄 선물을 많이 준비해 뒀다!"

"……기대는 하지 않을게요. 제가 실망해서 도망가지 않도록 주의하세요."

떠나는 마차에서 눈을 돌려 여관으로 들어왔다. 그리고 방에서 홀로 베개를 끌어안고 떨리는 몸이 진정되길 기다렸다.

카이 씨, 류에. 저도 힘낼게요…….

§§§

다음 날 아침. 나는 내 전투복인 『그 드레스』를 오랜만에 꺼내 입었다.

내가 이 세계에 내려왔을 때 입고 있던 옷.

한때 카이 씨가 나를 위해 구해줬다는, 나와 그를 잇는 인연의 기원.

찢어지면 안 된다, 더럽히면 안 된다, 라는 생각에, 아직 만나지 못한 『키다리 아저씨』와의 연결고리가 사라지면 안 된다는 생각에 윙레스트에 가서도 입은 적이 없었던 옷.

『레이스, 내가 옛날에 선물한 드레스를 꺼내줄 수 없을까? 거기에 가호를 부여하고 싶어.』

『드레스…… 설마 【홍옥실 스카 드레스】 말씀이신가요?』

『그래. 그건 최상급 장비니까 최고의 가호를 부여할 수 있어.』

노스아르에서 카이 씨는 그렇게 말하고는 내 드레스에 힘을 나눠줬다.

이것을 입으면 그가 항상 곁에 있는 것 같고 지금도 감싸 안아주는 것 같았다. 그래서 오늘 나는 이 드레스를 입었다. 나의 싸움을 시작하기 위해…….

여관을 나오자 이미 옆에 마차 한 대가 대기하고 있었다.

어제와는 다른 마차였다. 아마 나만을 위해서 준비했을 그것은 차체에 호화로운 장식이 들어가 있었다. 그것을 보고 그와 나의 미적 감각이 분명히 어긋나 있다는 사실을 알 수 있었다.

"마님, 오시러 왔습니다. 전속 메이드도— 뭐 하나, 어서 문을 열어드리지 않고."

"마님이라고 불릴 이유가 없어요. 게다가 문 정도는 제가 알아서 열어요."

마부 남성의 고압적인 말투가 비위에 거슬렸다. 그새 전속 메이드까지 준비하다니…… 저택 안에서도 날 감시하려는 생각이겠지.

앞으로 언제나 붙어 지낼 상대가 어떤 인물인지 보기 위해 객차 문을 연 그 순간이었다.

그만 크게 소리칠 뻔한 걸 간신히 막았다. 크게 벌어진 입을 서둘러 틀어막고 대신 눈을 크게 떴다.

메이드는 마부에게 보이지 않는다는 것을 알고 싱글벙글 웃으며 나에게 손을 살랑살랑 흔들고 있었다.

그러나 그 웃음 사이로 나오는 말은 연기를 위해서 몹시 사무적이었다. 그 크나큰 낙차에 무슨 재주라도 보는 것 같다고 생각했다.

"레이스 님, 처음 뵙겠습니다. 아캄 님께 명받아 오늘부터 레이스 님을 시중들게 된 류에라고 합니다."

"……! 자, 잘 부탁해요, 류에."

방긋이 웃으며 손짓하는 류에에게 안기듯 마차에 뛰어들었다.

그리고 류에 옆에 앉아 말없이 그 작은 몸을 끌어안았다.

"류에…… 아, 이렇게 든든할 수 없어요."

"쉿…… 아직 너무 큰 소리를 내면 안 돼."

"아, 죄송해요. 그렇지만…… 정말로 어떻게……?"

아무도 모르는 밤거리에서 미아가 된 내 손을 잡아주는 듯한 안도감을 얻었다. 나는 보는 사람이 없어서 그녀를 강하게 끌어안았다.

류에가 저택으로 침입한 것은 알고 있었다. 그래도 설마 언제나 나와 함께 있는 곳으로 침투했을 줄이야……. 내 언니는 정말로 믿음직한 최고의 언니였다.

마차는 멈추지 않고 저택으로 달렸다.

오르막길에 접어든 것을 느끼고 마침내 이때가 왔다며 마른 침을 삼켰다.

당신은 분명 자신의 곁으로 온 나를 보고 희열에 찬 표정을 보이겠죠.

그것을 상상하기만 해도 어금니에 힘이 꽉 들어갔다. 내가 세운 작전인데 굴욕으로 주먹이 떨릴 정도였다.

"류에…… 아캄에게 험한 꼴을 당하진 않았나요……?"

"응? 괜찮아. 게다가…… 험한 꼴은 내가 아니라 놈이 당했지."

"그게 대체 무슨……?"

"레이스를 마중 갈 예정이었는데 일어나자마자 치유술사에게 갔거든."

류에는 대수롭지 않다는 투로 말했다. 대체 무슨 짓을 한 것일까? 어제 봤을 때는 아무렇지도 않아 보였는데…….

그렇게 생각하던 그때, 기울어졌던 마차가 평행으로 돌아오고 철문이 열리는 소리가 들렸다.

내 옆에 있는 언니도 정신을 업무용으로 바꾸고 감정이 보이지 않는 표정으로 돌아갔다.

마차의 속도가 서서히 느려졌다.

"도착했습니다."

문이 열리고 나는 조심스럽게 마차에서 내렸다.

정원 중앙을 가로질러 저택으로 이어진 길. 그 양옆으로 메이드들이 주르륵 늘어섰다.

그 광경이 몹시 불편하고, 가슴을 무겁게 짓누르는 듯한 분노를 불러일으켰다.

"레이스 님. 저택으로 드시지요."

"……! 네. 알았어요."

뒤쪽에서 류에의 딱딱한 말을 듣고 천천히 걸어 나갔다.

양옆으로 정렬한 메이드들은 얼굴을 숙이고 있었다. 그렇지만 가끔 느껴지는 시선에는 어쩐지 안도와 같은 감정이 담겨 있었다.

마치 내가 여기 와서 그녀들의 부담이 줄었다는 듯한 그런 안도감…….

그때였다. 꿰뚫는 것 같은, 날카로운 살기마저 품은 시선을 느꼈다.

시선을 좇자 다른 사람들보다 고급스러운 복장을 한 마족 여성이 있었다.

아마 하우스키퍼나 메이드장 같은 인물이 아닐까 예상했다.

"어서 오십시오. 기다리고 있었습니다. 이 저택에서 하우스키퍼를 맡고 있는 로즈라고 합니다. 기억해 주시면 영광이겠습니다."

"……잘 부탁드려요."

아마도 질투……. 받아야 할 이유가 없는 악감정을 받으면서도 나는 그녀 옆을 지나 거대한 문 앞에 섰다.

류에가 문을 열자 천천히 저택의 전모가 드러났다.

세월이 느껴지는 목재를 아낌없이 쓴 벽과 매끈하게 깎인 대리석 바닥이 펼쳐진 현관 홀.

난간이 아름답게 닦여 빛나는 중앙 계단과 그곳에 깔린 진홍색 카펫.

그곳을 구성한 모든 요소가 일류— 분명히 꽃병조차 일류일 것이다. 분하지만, 그 아름다움에 감탄의 숨결이 나왔다.

……그래, 이것들을 만든 사람에게는 죄가 없지.

하지만 뭘 보게 되더라도 감상을 입에 담지 않으리라는 작은 고집을 피우며 저택 안으로 발을 들였다.

나에게 선물이 있다는 식으로 말했지만, 무엇을 받든 동요할 생각은 없었다. 다시 각오를 다지면서 허리를 곧추 펴고 한 발자국씩 앞으로 나아갔다.

그런데—.

"어서 오십시오."

중앙 계단에서 어떤 인물이 나타났다.

"마중이 늦어 정말로 죄송합니다, 레이스 님."

그 인물이 천천히 계단을 내려오는 모습을 보고 내 결의가, 각오가 허무하게 무너져 내렸다.

"이 저택의 집사를 맡은—."

"당신이, 왜……."

잊을 리 없었다. 그 아이, 스펠과 똑같이 태양처럼 눈부신 황금빛 머리.

긴 머리가 거추장스럽다고 자르려던 것을 말리고 알려준 땋은 머리.

에메랄드처럼 아름다운 심녹색 눈동자와 길고 아름다운 속눈썹.

마지막으로 헤어졌을 때보다 성장해 전보다 더 날씬해진 몸—.

"이크스……?"

"……기억해 주시는군요. 오랜만에 뵙습니다, 레이스 님."

잊을 수 없었다. 잊을 리 없었다. 당신을, 당신들을 어떻게 잊을까.

몇 번이나 함께 싸우고 서로 등을 맞댄 파트너이자— 가장 사랑하는 딸.

그 딸이 지금 나를 계단 위에서 내려다보며 천천히 다가왔다.

살아 있었다. 살아 있어 줬다. 단지 그것만으로 나는—.

계단을 내려온 그녀의 시선이 나와 마주쳤다. 그에 나도 그녀 곁으로 다가가—.

"류에. 레이스 님을 방으로 안내하세요. 나는 다른 메이드들에게 지시를 내리고 오겠습니다."

그녀가 피하듯이, 내 옆을 지나쳤다. 내가 아니라 류에에게 말을 걸고 그대로 저택을 나갔다.

"기다려요, 이크스! 이야기를, 들어줘요!"

"죄송합니다, 일이 있어서……. 류에, 레이스 님을…… 마님을 상대해주십시오."

"……알겠습니다."

문 너머로 사라지는 뒷모습이 마치 더 멀리 떠나는 것처럼 보였다.

그래도 명확한 거절이 그녀를 쫓아가려는 내 발목을 잡았다.

잠깐만. 당신이 왜 여기에 있나요? 왜, 왜—.

"……레이스, 방으로 가자. 거기라면 편하게 얘기할 수 있으니까."

"류에…… 저는…… 저는……."

의문과 자책이 소용돌이치며 머리가 이성적으로 대답을 끌어내지 못했다.

류에, 알려줘요. 저 아이는, 저 아이는 어떻게 지내고 있었죠? 지금 뭘 하고 있죠? 어떤 이야기를 했죠? ……부탁이에요, 알려줘요…… 류에.

§§§

“……그래? 이크스 씨가 스펠의 언니였어?”

“제가, 전쟁에 나갈 때 가게에 남겨 둔 장녀예요. 가게의 참상을 보고, 저는 그 애들이…….”

“이런 말 하기는 괴롭지만, 시체는 확인했어?”

“……아뇨. 그냥, 잔해에서 흐르는—.”

“미안. 안 떠올려도 돼. 그랬구나. 그럼…… 어쩌면 붙잡혔는지도 몰라.”

나를 위해 준비했다는 방에서 류에에게 이크스와 나의 관계를 이야기했다.

나는 나도 모르는 사이에 죄를 쌓아 가고 있었다. 산 채로 붙잡힌 딸을 지금까지 방치했다.

나는 그것도 모르고— 내 행복을 좇으며 살아왔다.

그래, 그랬군요……. 그런 뜻이었나요? 참 대단한 선물이네요. 내 마음에 깊숙이 못을 박는, 무섭도록 마음을 울리는 선물이에요.

“……이크스 씨는 계약에 묶여 있어.”

“……네?”

류에는 그렇게 말하며 허공에서 종이 한 장을 꺼내 보여줬다.

그곳에는 분명히 이크스의 필적으로 그녀의 이름이 적혀

있었다.

하지만— 이름 대부분이 해독 불가능한 암호로 변환되어 있었다.

……이 이름을 쓰는 법도 내가 가르쳤었다. 상식은 있지만, 자기 이름조차 쓸 줄 몰랐던 그 자매에게 내가 매일 밤 옆에 붙어 알려줬었지…….

"레이스, 이크스 씨의 진짜 이름을 알려줄 수 있을까? 어쩌면 계약을 해제할 단서가 될지도 몰라."

"계약을, 해제해요? 그게 가능한가요?"

"후훗, 내가 누구인 줄 알고? 마술 지식에 관해서는 둘째가라면 서러운 사람이야. 실은 이미 이크스 씨 외에는 마술 계약을 전부 해제했어."

류에는 그렇게 말하며 가슴을 펴고 내게 용기를 주려는 듯 웃어 보였다.

고용 계약과는 별개로 『행동 범위 제한』, 『강제 명령에 거스를 수 없는 복종 계약』 등이 걸려 있었고 류에 본인도 그것에 묶여 있었다고 했다.

그리고— 이 계약서 제작자가 이크스라고도 했다.

이크스의 마술 지식은 내가 알려준 것이 아니었다. 그녀가 처음부터 가지고 있던 지식이었다.

설마 아캄은 이 힘을 노리고 있었나……?

"이크스 씨를 옭아맨 술식은 하나가 아니야. 아무리 궁리

해도 그걸 해제할 수가 없어. 그래서 무슨 실마리가 없을까, 해서."

"아, 이름 말이죠? 이크스는 애칭이고 진짜 이름은—."

머릿속에 있는 그 이름을 말하려고 입을 열었다. 그런데— 소리가 나지 않았다.

아니, 떠오르지 않았다. 그녀의 이름을, 이크스의 이름을 떠올릴 수 없었다.

벽에 머리를 박아 버리고 싶은 충동에 휩싸였다.

왜, 왜 기억이 안 나?! 단 한순간도 잊은 적이 없는데, 왜!

믿기지 않았다. 어떻게 믿으란 말인가! 머리를 흔들고 이름을 끄집어내려고 눈을 질끈 감았다.

"레이스, 진정해. 내 눈을 봐."

"류에…… 어쩌죠……. 저는, 그 아이의 이름마저—."

"응. 알아. 안 떠오르는 거지?"

"……네."

"그럼 스펠의 이름은 생각나? 자매라면 같은 성을 쓸 거야."

"……스펠은 가게에서 일하면서 쓰는 애칭이에요. 그녀의 본명은—."

그 순간, 무언가 잘못됐다고 확실하게 깨달았다. 스펠의 이름조차 떠오르지 않았다.

이게 어떻게 된 일인가? 당황스러움에 류에의 얼굴을 봤다.

그러자 류에는 입술에 손을 대고 곰곰이 생각에 빠져 있었다. 그녀의 푸른 눈동자가 빛났다.

심연까지 들여다보는 듯한 깊은 눈동자, 빨려 들어갈 것 같은 표정으로 류에는 계약서와 내 얼굴을 번갈아 봤다.

"……레이스, 마지막으로 스펠의 본명을 부른 건 언제였어?"

"그건…… 그러고 보니 쭉 스펠이라고만 불렀어요."

"그럼 역시…… 이건 마술이 아니야. 더 깊숙한 곳에서 묶여 있어. 혼이나 존재, 근원 같은 부분에서 그녀는 이름을 빼앗겨 계약했어."

류에조차 모르는 계약으로 묶였다는 사실이 나를 짓눌렀다.

그래도— 그건 분명히 아캄이 한 짓이라고 류에는 말했다.

그렇다면 모든 것이 끝난 후에는…… 다시 나를 어머니라고 불러줄까?

일말의 희망을 품고 류에와 이 저택의 생활과 보고 들은 정보를 공유했다.

분명 류에와 나만으로는 해결할 수 없는 일이라도— 카이 씨가 있으면…….

지금도 힘을 축적해 때를 기다리는 그에게 모든 것을 맡기고, 나는 저택 생활을 시작했다.

"아, 참고로 아캄은 레이스에게 손을 못 댈 거야. 매일 아침, 점심, 밤마다 인간이 견디기 어려운 쾌감이 오도록 개조한 힐을 걸었으니까!"

“그 말은…… 어, 음, 무슨 뜻이죠?”

“세탁 담당인 아이에게 들었는데 차마 남 앞에 나가기 부끄러운 상태인가 봐.”

……아무래도 위험은 없다고 봐도 좋겠네요.

3장 원초의 마왕과 구국의 성녀

"고트, 금일 의뢰 수주 상황을 보고해."

"네. 오늘은 인근 숲에 약초를 찾으러 간 아이가 일곱 명에 마족, 휴먼 혼합 파티가 호위로 따라갔습니다. 그리고 도시 뒷산, 영주의 토지에서 온 것으로 보이는 마물 토벌에 열네 명이 파견됐고, 다른 이들은 행상인 호위나 보호 구역에 공사 인부로 나갔습니다."

"뒷산에는 뭔가가 있어. 예전부터 영주 저택에서 토목 공사 인력을 모집하던 것 같은데……."

"뭔지 모를 오두막을 짓는다고 하는데, 꽤 많은 사람들이 사라졌지요. 나중에는 어지간히 돈이 궁하지 않은 이상 안 받는 게 암묵적 규칙처럼 됐죠."

알비스에서 지내기 시작하고 벌써 3주가 흘렀다. 착실하게 길드 인간들의 의식을 개혁하고 모험가들의 가치관을 바꾸어 갔다.

물론 모든 것이 잘 풀리지는 않았고 반발하는 사람도 적지 않았다. 게다가— 겉으로는 따르는 척하면서 속으로는 뭐라고 생각할지…… 솔직히 의심스러웠다.

그래도 적잖은 사람들이 휴먼을 대하는 태도를 다시 생각하고 적극적으로 교류하려는 흐름도 분명히 존재했다.

애초에 이 박해에는 명확한 이유가 없었다. 그저 해묵은 사고방식에 따르던 인간과 영주의 의도에 놀아나거나 주변 사람들을 따라 했을 뿐인 사람이 대부분이었다.

다시 말해— 확고한 이념과 의지를 바탕으로 한 문화가 아니라면 확고한 이념과 의지, 그리고 힘을 가진 시류에 쉽게 쓸려간다.

결국은 힘이다. 아무리 고결한 척하려고 해도 나는 힘을 휘두르는 방법으로밖에 사람을 움직이지 못했다.

하지만 그래도 상관없었다. 그렇게 해서 세계가 변한다면, 그렇게 해서 사람들을 구할 수 있다면 나는 얼마든지 마왕이 되겠다. 그 미래에 그녀의 소원이 이루어진다면…….

길드 홀로 나가면 지금도 모든 이가 머리를 숙이고 무릎을 꿇은 사람까지 있다.

내가 내린 지시는 『휴먼을 차별하지 말자』, 『아이들을 지키자』, 『부당한 폭력을 쓰는 인간은 처벌한다』뿐이었고, 그들을 지배하려고는 하지 않았다.

기본적으로 의뢰를 받든 안 받든 자유의지에 맡겼다.

그러자 처음 야맘바 갸루 두 명을 시작으로 짭짤한 보수와 길드 포인트에 끌린 마족이 의뢰를 받기 시작했고, 호위 대상에 대한 부당한 대응은 길드에서 처벌하기 때문에 손을 대지 못하는 일련의 흐름이 만들어졌다.

그리고 손을 댄 인간은 반드시 그에 합당한 대가를 치러야 했다.

딱히 내가 전면에 나서서 압박하지는 않았다.

그런데도 불구하고—.

"각하. 오늘 예정은 어떻게 되십니까? 괜찮으시다면 동쪽 산악 지대에 시찰을 가시는 건 어떻습니까? 얼마 전 아이들이 골짜기에서 큰 꽃밭을 발견했다고 합니다."

"마왕님. 어제 아이들에게서 약초를 매입한 행상인을 습격한 건 마족이었습니다. 범인을 잡아 지하 감옥에 투옥했는데 어떻게 처벌하시겠습니까?"

"카이본 님. 노스아르에서 소문을 들은 휴먼이 보호 구역으로 이주를 희망합니다. 어떻게 할까요?"

이 모양 이 꼴이야! 다들 날 진짜 통치자처럼 바라본다고! 특히 마지막 안건은 진짜 영주한테 말할 문제잖아.

하지만 실제로 난민을 받아들일 정도로 땅에 여유는 없었다.

그리고 그런 탄원을 아캄에게 보낸다면 당장 뭉개 버리리라.

그 신청도 난민도 깡그리…… 주민들도 그것을 다 알고 있었다.

그래…… 놈의 지배력은 지금도 주민들의 의식 저변에 깔려 있었다.

그렇기에 그 공포의 대상에게 대항할 수 있는 인간, 즉, 나에게 모든 기대를 모았다.

물론 나도 한쪽에서는 공포의 대상일 것이다. 실제로 나는 이미 갱생의 여지가 없다고 판단한 마족을 본보기로 몇 명 살해했다.

거듭된 경고를 무시하고 자기네 욕심을 채우기 위해 휴먼에게 손을 댄 마족이었다.

그런 자들을 수용할 정도로 길드의 지하 감옥은 넓지 않았다.

그 결과, 이제는 종족에 관계없이 나를 떠받들며 지시를 바라게 됐다.

……기대감은 부담스럽지만, 이건 바라던 결과이기도 했다.

슬슬 다음 단계로 이행해야 할 때일지도 모르겠다.

"우선 투옥한 마족과 면회하겠다. 그리고 현재 상황에서 난민 수용은 어렵지만…… 추후 내가 보호 구역 대표와 이야기해 보지. 그리고 아이들이 골짜기에 간다면 위험한 짓을 하지 못하게 철저하게 감시하도록 호위 모험가에게 전달해라."

지시를 내리자 모험가들은 설령 간단한 말이라도 기쁘게 받아들이며 달려갔다. 그것을 보자 기분이 묘했다. 뭘까…… 내게 지시받는 걸 기뻐하는 것처럼 보이는데…….

"역시 변하고 있군요. 지금까지 타성에 젖어 살던 녀석들인데 말이죠."

"……그렇군. 자기 아래에 있다고 생각하는 자에게 모든 일을 맡기고 그저 시간만 축낸다면, 그건 휴먼만큼이나 불건전한 삶인지도 몰라."

아캄. 너는 무엇을 바라고 영지를 이 꼴로 만들었지? 주민, 영지, 그리고 마족이란 너에게 있어 무엇이냐? 이 지위에 서고 비로소 그런 의문이 떠올랐다.

일시적이라고는 하나 주민들 위에 선 지금 내가 바라는 것은 모든 이의 평화와 안녕이다.

하지만 너는— 대체 어떤 세계를 목표로 했지?

그 의문을 가슴에 품으며 홀로 지하 감옥으로 내려갔다. 이 일그러진 세상에 태어난 가엾은 마족의 이야기를 듣기 위해…….

"카이본 님, 현재 구류 중인 두 명은 모두 상위 마족입니다. 혹시 모르니 모쪼록 주의하시기 바랍니다."

"알겠다. 그러면 여기서부터는 나 혼자 가겠다. 문을 닫고 유사시에 대비하라."

어두운 지하로 이어진 계단을 천천히 내려가자 발소리가 지하 감옥에 울려 퍼졌다.

분명 이 발소리로 수용인을 견제하려는 의미도 있겠지. 그렇게 생각하면서 행상인을 습격한 두 마족을 찾아갔다.

어두컴컴한 감옥에서는 마도구가 아니라 랜턴의 촛불이 일렁거렸다.

그것이 비춘 것은 나를 노려보는 마족과 고개를 숙인 마족이었다.

두 사람 모두 아직 젊었다. 연한 금발을 길게 기른 두 사람 중 눈을 치켜뜨던 청년이 나를 보자마자 비명 질렀다.

"헉! 너, 너는 뭐야?! 마족인가? 마족이로군?! 우리를 구하러—."

"닥쳐라."

청년은 왼쪽 어깨에 까마귀 같은 거대한 날개가 나 있었다.

그리고 오른쪽 눈동자는 마치 은 세공품 같은 색을 띠어, 아마 마안일 거라 추측했다.

상위 마족…… 그것도 이 도시에 와서 봤던 마족 중 최상위 마족 같았다.

이어서 긴 머리카락을 앞으로 드리운 다른 한 사람도 천천히 나를 쳐다봤다.

얼굴은 청년과 닮았지만, 이쪽은 여성 같았다.

그녀는 오른쪽 어깨에 똑같은 날개가 달렸고 왼쪽 눈이 청년과 같은 마안이었다.

그 모습에 이 두 사람은 쌍둥이가 아닐까 예상했다.

"너희 두 사람은 길드 소속원이 아닌 것 같다만, 길드 쪽 상인을 습격해 이곳에 투옥됐다. 그건 이해하는가?"

"하, 왜 우리가 갇혀야 하는지 모르겠군. 그 녀석은 휴먼이었어. 우리가 곤란하면 마땅히 도와야지."

"흠, 왜 곤란했지? 뭘 요구했나."

청년은 마치 당연하다는 양 정신 나간 가치관으로 주절댔다.

돈이 없으니까 내놔라. 이동 수단이 없으니까 마차를 넘겨라. 쉴 만한 곳으로 안내해라. 그런 요구를 아무런 보상도 없이 늘어놨다고 했다.

하지만 왜 그런 짓을 했는지를 물으면 입을 다물어 버렸다.

"네놈은 자기 처지를 모르나? 내가 말하라고 했다."

"흥, 부위를 과시할 뿐 어디서 굴러먹던 놈인지도 모를 녀석이 누구 앞에서 잘난 척이야? 그 가면은 또 뭐야? 눈을 보여주기가 그렇게 창피한가?"

그 대답에 내심 찬사를 보냈다. 대단하군. 이 모습을 보고 이토록 강하게 나온 인간은 지금까지 없었다.

하지만 사실 최근 휴먼 여러분과 교류할 기회가 늘어도 나를 무서워하는 사람이 전혀 줄지 않아서 가장 큰 원인이라고 생각하는 마안을 해제했었다. 솔직히 검은 눈에 빨간 홍채는 무섭잖아?

"말을 잘하는군. 과시할 생각은 없었다만…… 원한다면 보여주마."

가면을 벗으며 양쪽 눈에 마안을 발동했다. 그리고 하는 김에 가면을 벗어 비어버린 액세서리 칸에 옛날에 쓰던 액세서리를 장비했다.

지금은 『엘더 윙』을 장비했지만, 옛날에는 다른 날개를 달고 있었다.

그 이름하야 『더스터 윙』. 지금 생각해 보면 내가 게임 마지막 날 가장 먼저 해치운 칠성은 한때 주구장창 사냥하던 녀석이었다.

주로 날개 액세서리를 모으기 위해 잡았었지…….

어두운 지하 감옥에 『검은 빛』이라는 모순된 존재가 발현했다.

제3의 날개, 불을 두른 날개가 내 모습을 한층 선명하게 비추었다.

"과시한다란, 이런 것이다."

청년에게 그렇게 말하자— 음? 이 녀석, 왜 난데없이 자고 있지?

그때, 조금 전까지 입을 다물고 있던 여자애가 청년의 몸을 흔들더니 포기한 것처럼 팔을 멈추고 나를 돌아봤다.

감정이 보이지 않는, 표정이 없는 얼굴을 보인 그녀의 눈동자는 그저 거울처럼 무기질적으로 내 모습을 비추고 있었다.

"죄송합니다. 동생은 정신을 잃은 것 같네요."

"그래? 너도 말을 할 수 있었나 보군. 네가 대신 말해 봐라."

"……저희는 살던 집에서 쫓겨나 금품을 손에 넣으려다가 범행을 저질렀습니다."

"그랬군. 상위 마족이란 자들이 길거리에 나앉아 강도질을 했다면, 그야 묵비하고 싶었겠지."

"네. 동생은 자존심이 강하고 막무가내니까요."

같은 죄로 잡힌 그녀는 마치 자기랑 상관없는 일처럼 담담히 이야기했다.

그것이 왠지 꺼림칙하고…… 불쌍하다고 생각했다.

"너는 아니라는 것처럼 말하는군. 동생의 범행을 말리지 않은 시점에서 너도 공범이다."

"네. 하지만…… 변해 가는 도시의 중심에 다다르려면 이게 가장 확실한 방법이라고 생각했습니다. 동생과 그 상인에게는 미안하지만요."

"……뭐라고?"

그녀는 끝까지 평탄하게, 그저 자기 생각을 전하면 된다는 식으로 말을 이었다.

그녀는 이 도시가 변해 간다는 사실을 알면서 동생의 범행을 말리지 않았다.

변혁의 중심, 나를 만나기 위해서…….

"먼저 이름부터 밝히죠. 제 이름은 지니아. 그리고 동생은 리네아. 우리는 아캄 님의 자식입니다. 며칠 전까지 저택에서 함께 살았죠."

"뭐라고? 그럼 왜 이런 곳에 있지?"

또다시 충격 고백이 나왔다. 예사롭게 폭탄 발언을 던지는 아이였다.

"……우리가 거추장스러웠겠죠. 우리는 굳이 말하자면 첩의 아이입니다. 마님이 계시지 않는 동안 생긴 사생아나 다름없으니까요."

"……부인이 있다는 소리는 금시초문이군."

"오랜 세월 자유롭게 풀어 줬다. 아캄 님은 그렇게 말씀하셨습니다."

오만하기 짝이 없다. 이미 자기 것이었다고? 레이스가 이미 자기 아내였다고 말하고 싶은 것인가? 멍청한 놈. 레이스는…… 태어난 그 순간부터 그녀 자신만의 것이다.

그런데도 만약 타인이 그 소유권을 주장한다면— 나도 오만해지겠다.

레이스는 나의, 나만의 레이스다. 그 누구에게도 양보한 기억은 없다.

거칠어지는 감정을 다스리는데 내 마음을 아는지 모르는지 그녀는 나를 빤히 바라봤다.

무슨 말을 하고 싶은지, 무슨 생각을 하는지 전혀 느껴지지 않는 그 공허한 눈동자에 등줄기가 싸늘해졌다. 뭘 보는 거지? 넌 내 안에서 뭘 보고 있지?

"……카이본 님이라고 하셨지요? 당신은, 저를 벌해 주실 건가요?"

"……무슨 뜻이지?"

그녀는 망가진 것처럼 무덤덤하게 말했다.

"죄란 무엇인가요? 우리는 뭘 잘못했나요? 왜 사람들이 휴먼 아이를 지키는 거죠? 그건 어떻게 하면 얻을 수 있나요? 알려주세요. 저는 한때 처단하려고 한 아이를 자기 몸을 던져 감싼 부모를 본 적이 있습니다. 그 아이들은 어떻게 부모의 신뢰를 얻고 보호받았나요? 지금 그들은 마족의 비호까지 받고 있습니다. 왜죠? 그들이 그것을 쟁취할 힘을 가졌던가요? 우리 부모는 왜 우리를 지켜주지 않죠? 왜 쉽게 내치는 건가요? 우리가 무지하기 때문인가요? 벌이 우리를 바른길로 이끌어주나요? 우리도 비호를 얻을 수 있나요? 그건 카이본 님께서 내려주시나요? 모르겠어요. 저는 모르겠어요. 저는 세상 물정을 너무 모릅니다. 알려주세요. 지금 이 도시는 어떻게 변해 가고 있나요? 무언가가 다르다는 건 저도 압니다. 하지만 그것이 무엇인지, 왜 사람들이 변하려고 하는지, 무엇에서 탈피하려고 하는지 모르겠습니다."

눈썹 하나 까딱하지 않고 쏟아진 말에는 알고 싶다는 갈망이 분명히 존재했다.

그리고— 이 아이는 그저 굶주리고 부러워하고 있다는 생각이 들었다.

그리고 무엇보다 자신이 바라는 것의 본질을 알고 싶어 한다는 생각이 들었다.

"……미안하지만, 내가 너희를 보호하지는 않는다."

"그런가요. 그럼 우리는 당분간 이곳에 있겠습니다."

"……알았다. 허나 네가 바라는 것은 원래 너희에게도 주어졌어야 하는 것이다. ……어쩌면, 앞으로 얻게 될지도 모르지."

"알겠습니다. 그럼 지금은 잠깐 잠들겠습니다. 이곳은 편안하니까요……. 뒷골목보다…… 그 저택보다 훨씬……."

그렇게 마지막 말을 남기고 그녀는 동생에게 기대어 몸을 웅크리고 잠들었다.

……나에게는 지금 이 두 명의 모습, 순수한 아이들처럼 잠든 이 모습이 지금 이 영지에 사는 마족들의 본질을 드러내는 것 같았다.

뒤틀렸다. 이 여자아이는 단단히 뒤틀렸다. 틀림없이 이 일그러진 영지의 중심, 아캄의 아래에서 누구보다 오래 살아온 탓이리라.

동생 쪽은 정직하고 올곧게 자랐겠지. 지배자가 되기 위해…….

하지만 누나 쪽은…… 현명했다. 일그러진 환경의 중심에서 자라며 바깥에서 들어오는 적은 양의 정보만으로 자신들이 이상하다는 사실을 깨달을 정도로.

그리고 저택에서 쫓겨나 이 변해 가는 도시를 보고 그 지나치게 현명한 머리로 고민해 왔던 것이다.

원래는 바로 도출할 수 있을 해답. 『아이를 지킨다』, 『타인을 배려한다』라는 사상.

그런 흔하디흔한 가치관조차 가지지 못했으면서, 그 가치관 아래 보호받는 이들을 이해하고 자신도 그렇게 되길 바라며 어떻게 하면 그 자격을 얻을 수 있을지 고민했다.

너무 불쌍하다. 이건 해도 너무하다. 이렇게 슬픈 경우가 있는가. 이게 뭐냔 말이다.

이 일그러진 세계를 고스란히 눌러 담은 듯한 어둠을 품은 아이…….

혹시 아직 이 아이처럼 괴로워하는 마족이 있을까?

상상 이상으로 깊은 어둠을 보고 우울해진 기분으로 어두운 지하 감옥을 뒤로했다.

……아캄의 저택에서 나왔다면 더 들을 말도 있었다.

하지만 나답지 않게 적의 가족에게 동정심을 가지고 말았다.

아니— 버려졌다면 이미 가족조차도 아닌 것인가?

"내일 다시 이야기를 들어야겠군……."

직원에게 그 쌍둥이에게 하다못해 모포와 베개를 주라고 지시하고, 어둠 속에서 갑자기 밖으로 나온 탓에 찌푸린 눈으로 빛에 익숙해지고자 주위를 돌아봤다.

그러자 로비 한쪽에 커다란 바구니를 짊어진 아이가 보였다.

이제 저렇게 큰 바구니를 짊어진 아이는 없을 줄 알았는데 왜? 설마 또 부당한 취급을 받는 건가 싶어 급히 그 아이에게 다가갔다.

"아, 카이본 님. 오랜만이에요."

"응? 케쥬 아니냐."

그 아이의 정체는 내가 이 변혁을 시작하는 계기를 만들어준 소년이었다.

그때는 깜빡하고 이름을 못 물었지만, 내가 직접 호위 의뢰를 맡았을 때 다시 만나 이름을 들을 수 있었다.

"큰 짐을 졌군……. 채집 의뢰는 아닌 것 같구나."

케쥬의 등을 보자 큰 바구니에 많은 식자재가 보였다.

채소와 과일, 고기와 허브 다발. 그밖에도 다시마 같은 해초부터 건면까지 온갖 먹거리가 통일성 없이 들어 있었다.

"네! 지금 노점을 돌며 남은 재료나 싸게 파는 음식, 길드에서 팔지 못한 마물 부위를 받아왔어요!"

"흠, 급히 음식이 필요한가? 연유가 있다면 말해 보아라."

"저기…… 사실 영주님 저택에서 일하는 누나들이 오늘 휴가를 받아서 돌아와요. 그래서 격려도 할 겸, 모험가 여러분 덕분에 생활도 개선됐으니 구역장님이 감사의 마음을 전하는 자리를 마련하자고 하셨어요."

"그거 좋은 생각이로군. 좋다, 뭔가 도울 일이 있을지도 모르니 나도 동행하마."

"네?! 정말로 소소한 자리인데요? 카이본 님을 초대하기에는……."

"흠, 폐가 되나?"

보호 구역 사람들이 자발적으로 뭔가를 하려고 행동하고 있었다. 마족을 시작으로 한 모험가를 격려하고자 환대 파티를 연다는 것이었다.

변하기 시작한 것은 마족만이 아니었다. 그 증거라고 할 수 있는 축제에 참여하고 싶은 것은…… 어쩔 수 없는 일이겠지?

내가 있으면 어려워할 게 뻔한데…… 조금 간편한 복장으로 가야 할까?

지금 막 보고 온 이 도시의 어둠을 거두어 줄 이벤트에 마음이 설렜다.

그리고 동시에…… 이렇게 계속 간다면 이 일그러진 도시에 뿌리내린 어둠을 주민들의 손으로 거둘 수 있지 않을까 하는 희망이 보였다.

이제는 기회를 기다릴 뿐이었다. 아캄을 신봉하는 많은 마족, 옛 전쟁에서 아캄을 따르고 지금은 오잉크가 제창하는 새로운 이념에 반대하는 인간들에게 우리가 승리한 모습을 보여줄 수만 있다면……!

§§§

우선 복장을 바꿔 날개와 가면, 그리고 마안…… 한마디로 뿔을 제외한 부분을 해제했다.

사복 중에서도 고급스럽게 보이는 의상을 고르고 뿔이 자란 점 외에는 휴먼과 차이가 없게 꾸민 나는 케쥬와 함께 보호 구역으로 갔다.

이 주변도 전과는 많이 달라졌다.

얼마 전까지는 고아 같은 행색의 아이들이 의뢰 대행을 바라며 길거리에 앉아서 기다리는 광경이 펼쳐져 있었다.

그러나 지금은 그 길가에 시트를 깔고 직접 만든 수공예품이나 마물 고기를 가공한 훈제 고기, 그리고 약초를 스스로 조합했는지 약을 파는 아이들이 있었다.

모험가들이 그것을 사고 가끔 품질이 좋은 물건을 행상인이 대량 구매하기도 했다. 그들도 이제 엄연한 경제 주체로 자리 잡았다.

경제 순환이 활발해지자 자연스럽게 도시 밖에서도 사람이 모였다. 모험가나 밖으로 나가는 아이를 위한 간편식을 판매하는 노점, 여기서 간이 승합 마차를 운영하려는 사람도 있었다.

보호 구역을 중심으로 하나의 생활권이 형성된 셈이었다.

이렇게 되면 본래 이득을 취하던 주민, 부유층이 해코지를 할 만도 했다. 하지만 이 도시의 부유층은 큰 수익도 없는 약탈과 착취를 자행하던 마족이었다. 그들은 경제에 활력을 불어넣는 새로운 흐름을 마다하지 않았다.

이 흐름을 이룬 것은 휴먼이며, 부유층도 그들을 지지하는 상황이었다. 한마디로— 방해할 인간이 존재하지 않았다.

굳이 따지자면 도시 경비를 맡은 병사가 아캄 쪽 세력이지만…… 이 평화로운 상황과 자유롭게 웃는 주민들을 가까이서 보고, 감히 어쩔 수 없는 나라는 존재를 알게 되자 이러지도 저러지도 못하고 그저 방관할 수밖에 없는 가련한 처지로 전락했다.

……뭐, 그런 그들도 이 근처 노점에서 밥을 먹으면서 모험가들과 웃고 떠들고 있지만.

얼마 전까지 느끼던 의무감이나 충성심? 그런 것들이 옅어졌다나 뭐라나. 이 광경을 보고 그들에게도 심경의 변화가 있었던 걸까?

"아! 마왕님이다! 마왕님, 우리가 사는 곳에 올 거예요?"

"카이본 님, 보호 구역에 오세요? 오늘 다 같이 잔칫상을 만들어요!"

"그래. 그럴 생각이다. 나도 미력하나마 도우마."

길을 걸으면 많은 아이들이 웃으면서 말을 걸어왔다.

보호 구역 입구로 가자 전에 있던 바리케이드는 철거되고 대신 많은 사람을 환영하는 넓은 문이 서 있었다.

자신들을 부끄럽게 여기듯 모습을 감추고 생활하던 그들의 생각이 변해 간다는 증거 같아서 말로 하기 힘든 기쁨에 아이들의 머리를 마구 쓰다듬고 싶어졌다. 근처에 있는 케쥬에게 이 감정을 풀자.

"어, 어어?"

"……용서해라. 훌륭하게 발전한 너희 휴먼이 자랑스러워서 그러니……."

§§§

"내가 오늘 요리를 돕겠다. 이 중에서 요리 경험이 있는 자는 누구냐?"

보호 구역 안 광장에는 이미 조리 기구와 각종 재료가 준비되어 있었다.

주민들은 지나치게 다채로운 식자재가 산더미처럼 쌓이니 어떻게 해야 좋을지 몰라 우왕좌왕하고 있었다. 평소 궁핍하게 살아온 폐해였다.

그것을 보다 못한 일부 모험가가 도와주겠다며 나섰고 나도 입후보했다.

현재 나는 뿔 때문에 요리 두건을 제대로 쓰지 못한 마왕님의 모습이었다.

"호위를 나간 모험가, 그리고 아이들, 영주 저택에서 일하는 사람들이 돌아올 때까지 완성할 필요가 있다. 각자 역할을 정해 효율적으로 움직여라."

"옛! 알겠습니다!"

"그런데 요리 경험이 있는 사람이…… 설마 너뿐일 줄은 몰랐군."

"……왠지 형씨한테 미안하구만."

또 고트다! 또 고트라고! 이 사람 대체 뭐야? 왜 안 끼는 데가 없어? 서류 작성부터 의뢰 관리, 보고 전달에 요리까지!

당신 정말로 모험가야? 사실 다른 곳 스파이나 어느 조직 간부 아니야?

"그럼 고트를 제외한 모험가는 칼을 쓰는 재료 손질, 아이들은 재료를 종류별로 나눠라. 채소는 채소끼리, 고기는 고기끼리."

어디 그럼, 이 세계에서 처음 하는 단체 요리를 시작해 볼까.

"버섯은 가능한 한 손으로 찢어라. 식칼로는 홈만 넣으면 된다."

주변 사람에게 시범을 보이며 분류되어 가는 재료들을 바라봤다.

이만큼이나 있으면 요리를 몇 가지나 만들 수 있겠다. 뭐가 좋을까?

"류에, 레이스, 먹고 싶은 거—."

평소라면 옆에 있을 두 사람을 찾고 말았다.

기대하며 요리를 훔쳐보는 류에와 열심히 기술을 배우려는 레이스.

이곳에 그녀들은 없었다. 단지 그것만으로 이렇게나 가슴이 허전해지다니…….

……본본 쿠킹은 그 두 사람이 없으면 시작되지 않는다.

"응? 무슨 말 하셨습니까?"

"……아니. 그냥 혼잣말이다. 작업을 계속해라."

대신 있는 사람은 머리에 요리 두건을 쓴 우락부락한 마초맨이었다.

……오늘따라 두 사람이 더 그립다!

그렇게 요리가 진행되어 결국 큰 냄비 다섯 개 분량의 요리가 완성됐다.

근처 숲은 1년 내내 빛이 잘 들지 않아 희귀한 식용 버섯이 많이 자라는데, 그것을 사용해 파스타 소스를 만들어 봤다.

그밖에도 고기와 함께 꼬치구이를 만들거나 채소를 아낌없이 써서 포토프와 샐러드를 만드는 등 어느샌가 수십 명이 배불리 먹을 수 있는 요리가 잔칫상에 올랐다.

"다들 잘해주었다. 이제 슬슬 채집 의뢰에 나간 아이들과 호위 모험가도 돌아오겠지. 저택에서 일하는 이들은 언제 돌아오나?"

"언제나 저녁 늦게 돌아오니까 오늘도 그때쯤 오지 않을까요?"

그렇다면 나는 사람들이 오기 전에 잠깐 자리를 떠나 있자.

지쳐서 돌아왔는데 내가 있으면 이 잔치보다 나를 보고

놀랄지도 모르니까.

고트에게 그 뜻을 전하고 잠깐 시간을 때우고자 홀로 보호 구역 안쪽으로 들어갔다.

보호 구역의 메인 스트리트에는 전보다 많은 건물이 수리됐고 새로운 집도 늘었다.

다들 오늘 잔치에 참가하러 갔는지 평소라면 즐겁게 뛰어다니는 아이들도 보이지 않았고, 그 외관 탓에 고스트 타운 같은 분위기가 떠돌았다.

"……이곳도 다시 도시의 일부가 되어 가고 있어……."

낡은 벤치에 앉아 한숨을 쉬었다. 이런 모습을 다른 사람에게는 보일 수 없지.

……정신적 피로. 중압감. 불안감. 그리고 수면 부족. 레이스가 아캄의 저택으로 간 이후 나는 매일 밤늦도록 내 HP가 줄어들지 않는지 감시하고 동도 트기 전에 일어나 밤새 HP가 줄지 않았는지 또 확인했다.

나는 나에게 부여한 [생명력 극한 강화]를 잘 때 해제해 뒀다.

잠든 사이 회복해 버리면 [새크리파이스]의 영향을 눈치챌 수 없으니까.

나는 레이스의 드레스에 [도주 성공률 +50%]라는 어빌리티를 부여해 뒀다.

그리고 그 저택에는 지금 류에가 숨어들었을 것이다.

비유하자면 홀로 여행을 떠난 레이스에게 실력파 경호원을 한 다스로 붙여 놓은 상태였다.

하지만 그럼에도 걱정은 가시지 않았다. 다름 아닌 오잉크가 해치우지 못한 인간이었다.

그녀의 게임 시절 레벨은 199. 최고 레벨 달성 일보 직전이었다.

그런 오잉크조차 이기지 못했다고 하는 상대……. 어떻게 걱정하지 않을 수 있으랴.

"……그만 돌아갈까."

혼자 있으면 안 좋은 상상만 하게 된다. 의식을 전환하고 벌떡 일어났다.

그러고는 크게 기지개를 켠 순간이었다. 보호 구역 안쪽에서 사람 그림자를 본 것 같았다.

지금 내가 있는 곳은 보호 구역 대표의 집 바로 옆이었다. 거의 가장 안쪽이라고 해도 무방했다.

하지만 지금 한순간 보인 그림자는 막다른 길인 안쪽으로 사라진 것처럼 보였다. 대체 이 앞에 뭐가 있기에…….

"아, 찾았다! 카이본 님, 사람들이 돌아왔어요! 음식 드시러 오세요!"

그 외침이 길 안쪽으로 들어가려던 내 발걸음을 붙잡았다. ……궁금하긴 하지만, 부르는데 안 갈 수도 없지.

나를 데리러 온 케쥬를 따라서 찜찜한 기분으로 발길을

돌렸다.

나중에 한 번 더 와 봐야겠어.

"미안하다. 늦었군."

잔치로 돌아오자 여러 개나 준비된 긴 테이블을 전부 메울 만큼 많은 사람들이 참석해 웃고 떠들면서 음식을 맛보고 있었다.

잘 보니 낯선 여성들도 있었는데, 그녀들은 마족 모험가에게 불편한 시선을 보내고 있었다. 분명 그녀들이 저택에서 일하는 아이들이겠지.

그렇게 잔치를 즐기던 사람들이 내 목소리를 듣고 일제히 일어나려고 했다.

잔치를 중단할 생각은 없다며 손을 들어 제지하고 다시 자리에 앉혔다.

"앉은 채로 들어라. 이미 들었을지도 모르겠지만, 이 음식은 보호 구역 주민들이 평소 그대들에 대한 감사를 담아 만들었다. 나도 부족하나마 도왔다만, 맛이 어떤가?"

"맛있습니다! 각하께서 도와주신 음식을 먹을 수 있어 영광입니다!"

다들 웃으면서 대답해줬다. 조금이라도 거리가 줄어들면 좋겠는데…….

저택에서 돌아온 아이들은 이 도시의 변화가 마냥 낯선지

안절부절못하며 주위 눈치를 살피고 자기 가족에게 어떻게 된 일이냐고 정황을 물었다.

그런 가운데 케쥬와 그 옆에 앉았던 여성이 함께 나를 찾아왔다.

"카이본 님. 저희 누나가 인사를 드리고 싶대요."

"카, 카이본 님, 처음 뵙겠습니다. 전에 제 동생을 구해 주셔서 정말로 감사합니다."

그녀는 약간 공포가 깃든 목소리로 감사하며 머리를 깊이 숙였다.

메이드로서 예절을 철저히 교육받았는지, 몸동작이 자연스럽고 우아했다.

"제 소개가 늦어 죄송합니다. 케쥬의 누나인 로리에라고 합니다. 영주님 저택에서 메이드 일을 하고 있습니다."

"가족을 지탱하기 위해 근면하게 일하나 보군. 훌륭하다. 마음껏 즐기도록 해라."

"아뇨, 그…… 분에 넘치는 말씀입니다."

순박하고 솔직한 아이다. 그런 점이 동생이랑 빼닮았다.

그러고 보니 그녀라면 최근 저택의 동향을 알지 않을까?

저택 내부의 이야기를 발설하면 계약 위반일지도 모른다. 하지만 밑져야 본전으로 물어보는 정도는 괜찮겠지.

그녀와 케쥬에게 근처 자리에 앉아 이야기를 나누자고 했다. 아니나 다를까 두 사람은 황송해했지만, 꼭 묻고 싶은 일이 있다고 무리하게 부탁했다.

……왜 사람들이 부러운 듯이 쳐다보지? 여성들이라면 그나마 이해하겠는데, 남자들까지 같은 시선을 보내진 말아주시죠?

"저택에서 일한다고 들었다만, 최근 특이한 일은 없었느냐?"

"아…… 저, 그게……."

"안다. 고용된 곳의 정보를 생면부지의 사람에게 말하는 건 거부감이 있겠지. 하지만, 나는 이대로 있으면 안 된다고 생각한다."

그때가 다가오고 있는 것 같았다. 의식을 주위로 돌리자 다른 이들이 내 말을 기다리듯 손을 멈추고 주목하고 있었다.

생각이 바뀌어 휴먼과 손을 잡은 지금 상황이 정상적인 모습임을 깨달았기에 다들 기대하는 것이리라.

그것은 다시 말해—.

"지금 영주는 백성을 잘못된 방향으로 이끌고 있다. 나는 종족에 관계없이 모든 인간은 손을 잡고 공존해야 한다고 생각한다. 다들 이 단기간에 깨달은 바가 있을 테지. 우리는 다르지 않고, 손을 잡으면 지금보다 훨씬 행복한 미래로 나아갈 수 있다는 것을."

그들이 무엇을 기대하는지는 잘 알고 있었다. 그렇게 되도록 행동하고 일을 진행해 왔으니까.

"그러므로 나는, 이 도시를…… 이 영지를 아캄의 손에서 빼앗을 것이다!"

그것은 『찬탈』. 다들 내가 아캄을 실추시키고 새로운 영주로 등극하길 바라고 있었다.

하지만 아쉽게도, 그 소원을 이루어줄 수는 없다. 그렇지만 적어도 아캄만은 타도하고 좋은 통치자에게 이 땅을 맡기겠다.

내 선언에 로리에 양뿐만 아니라 주위 사람들이 모두 귀를 기울였다.

모두 하나같이 「역시 그랬구나」, 「드디어 선언하셨다」라며 마음속으로 내가 이 말을 꺼내길 기다렸다는 것처럼 반응했다.

사람들의 얼굴에는 기대와 열의, 그리고 약간의 광기 어린 표정이 떠올랐다.

이들은 열광하고 있었다. 만약 내가 싸우기 시작하면 기꺼이 전열에 합류할 것이 쉽게 상상될 만큼.

……그래. 이것을 바랐다. 딱히 병력으로 기대하지는 않았다. 많은 찬동자를 거느리고 영주에게 대적하는 모습에 의미가 있는 거니까.

"로리에 양. 부탁하마. 내 비원…… 그리고 이 땅의 미래를 위해 알려 다오."

"아…… 네, 넷!"

주위 반응, 내가 만든 도시의 새로운 시류, 그리고 이곳의 분위기에 휩쓸린 것처럼 그녀도 얼굴이 상기되어 힘차게 고개를 끄덕였다.

……어째 내가 점점 협잡꾼이나 선동가가 되어 가는 기분인데.

"저택에서 최근 큰 사건이 있었어요. 우선…… 영주님께서 『부인』이라고 부르는 분이 저택에 오셨죠. 듣기로는 오랜 세월 기다리셨다고 해요."

"……그래?"

"네. 그래서 조만간 약혼을 발표한다며 저택 새 단장을 위해 대규모 공사와 장식품 교체가 이루어지고 있어요. 제가 오늘 휴가를 얻은 것도 그거 때문이고요."

왔다. 이거다. 이것이 바로 레이스가 생각한 작전. 최대의 타격을 줘서 권위를 실추시키기 위해 필요한 마지막 열쇠다.

"친분이 있는 전(前) 귀족분들을 초대해 대대적인 행사를 연다고 해요……."

"그 외에는? 사소한 것이라도 상관없다."

"다른 거라면…… 메이드들 사이에서 영주님이 누군가에게 저주받은 게 아니냐는 소문이 퍼지고 있어요. 그, 영주님께는 밤에 메이드를 불러들이는 버릇이 있으신데……."

이번에는 목소리를 죽여 부끄럽게 말했다. 그 순간 주변 사람들이 거북한 듯이 고개를 숙였다.

"그런데, 그, 밤일을 안 하게 되셨다고 들었어요. 매일 세 번 무시무시한 비명을 지르시는데 그게 계속 이어지더니 부쩍 수척해지셨거든요…….”

“……크크크, 그래? 그것참 가관이었겠군. 그래서는 아내에게 손을 댈 수도 없겠지.”

“아, 맞아요. 실은 저와 같은 방을 쓰는 메이드가 마님 전속 메이드가 됐는데, 전에 싱글벙글 웃으며 말해줬어요. 밤에 마님의 방을 지키고 있을 때 영주님이 오셔서 막무가내로 방에 들어선 순간…… 또 그 발작이 일어났다고…….”

한심하기 짝이 없는 그 이야기에 사람들은 웃어야 할지 말아야 할지 몰라 애매한 표정을 짓고 있었다. 물론 나도 마찬가지였다.

“그때 마님께서 이렇게 말씀하셨다고 해요. 『어머…… 설마 방에 들어온 순간 끝나다니…… 빠르다는 수준을 넘어서셨네요』라고.”

“……그, 그래?”

미안. 솔직히 그건 같은 남자로서…… 조금, 정말로 아주 조금이지만…… 불쌍했다.

“그리고…… 저택에 살고 계시던 영주님의 자녀분들, 도련님과 아가씨가 저택에서 쫓겨나셨어요.”

“그건, 알고 있다. 어쩌다 그리되었지?”

그러자 오늘 알게 된 두 사람의 이야기가 나왔다.

하지만 이 화제가 나온 순간 일부 마족들의 입에서 모욕으로 범벅된 말이 쏟아졌다. 꼴좋다, 속이 다 시원하다, 어차피 첩의 자식이지…….

지금까지와는 다른 반응을 보이는 일동을 이상하게 여기며 왜 그러냐고 물었다.

"……정도의 차이는 있지만, 우리에게도 영주님의 피가 흘러요. 이 도시에 사는 젊은 마족 대부분에게요."

"저는 마족으로 태어나서 지금까지…… 그런 식으로 살아왔지만, 휴먼으로 태어나면……."

일부 모험가는 그렇게 말하며 입을 다물었다. 그리고 왜 그 쌍둥이에게 그런 소리를 했는지 어렴풋이 이유를 알 것 같았다.

……쉽게 말해 질투였다. 자기들과 같은 처지면서 저택에서 자라고 지금까지 누구보다도 축복받은 환경에서 생활한 것에 대한 질투. 그리고— 어쩌면 자신들에게는 없는 아버지를 가까운 곳에서 보면서 산 것에 대한 질투.

분명히 그 동생 쪽은 그랬을지도 모른다. 하지만 나에게는 누나인 지니아가 축복받았다고는 도저히 생각할 수 없었다.

그리고 그런 그들을 지저분하게 욕하는 일동을 보는 것이 괴로웠다.

"……거기까지만 해라. 많든 적든 다들 자기 행실에 켕기는 구석이 있지 않은가. 그 둘을 욕하는 건 자신과 동료를 욕하는 것과 같다. 나는 내 동포를 욕하는 것을 가만히 듣고 넘길 정도로 관대하지 않다."

내가 타이르자 그들도 느끼는 바가 있는지 입을 다물고 머리 숙여 사과했다.

아캄이 여는 행사의 구체적인 일정은 아직 모른다고 했다.

그래도 준비는 해 둬야 했다.

다른 이들에게도「때가 올 때까지 들키지 않게 힘을 키워라」라고 선언하고 계속해서 잔치를 즐기라고 말했지만, 이미 사람들의 마음에는 불이 붙고 말았다.

아이들이 어른들의 변화를 쫓아가지 못하고 갈팡질팡했다.

나는 미안한 마음으로 아이들에게 다가갔다.

"내가 소리를 질러 놀라게 했구나. 너희는 먹고 싶은 걸 먹으며 즐기면 된다."

"아, 카이본 님. 그게 아니라 할머니한테도 나눠드리고 싶어서요."

한 소녀가 요리가 든 냄비를 든 채로 알려줬다.

할머니? 그러고 보니 이 구역에서 연배 있는 사람을 거의 못 봤는데…….

주위를 돌아봐도 노인은 없었다. 어떻게 된 거지?

"할머니들은 밖으로 거의 안 나오지만, 우리에게 약 만드는 법이나 목걸이 만드는 법을 알려줘요!"

"그래……. 그럼 그 요리를 가져다드려라."

혹시 다리가 불편하신가? 아이들을 위해 힘이 되어 준다면 그 할머니들에게도 꼭 이 요리를 대접해드리고 싶다.

“고맙습니다, 카이본 님!”

보호 구역 안쪽으로 달려가는 아이들을 바라보며 나는 자리로 돌아왔다.

……어느새 석양이 사람들을 붉게 물들이고 있었다. 어두워지기 전에 그만 자리를 파하도록 할까?

사람들에게 아이들을 돌려보내도록 지시하고 나도 돌아가겠다고 전했다.

그러나 어른들은 아직 잔치를 즐기고 싶을 거라고 생각해 내가 가진 술 몇 병을 나눠주고 적당히 즐기라고 한 후 보호 구역에서 떠났다.

§§§

다음날. 하룻밤이 지난 지금이라면 차분하게 이야기할 수 있을 거라는 생각으로 다시 지하 감옥에 갇힌 아캄의 쌍둥이에게 갔다.

저택 안에도, 그리고 저택 밖에도 그들의 편은 없었다. 어제 잔치에서 도시의 마족들이 그들을 어떻게 생각하는지 알게 되었다. 이들을 어떻게 대할지 고민하며 계단을 내려가는데, 어쩐지 어제보다 밝은 느낌이 들었다.

“……조명을 바꿨나?”

쌍둥이의 감옥 앞이 한층 밝아진 사실에 의문을 품으며

그쪽으로 다가갔다.

"……안녕하세요?"

"으, 으악! 너너너, 너, 이번엔 또 뭐 하러 왔어!"

"리네아, 말을 함부로 하지 말아요."

그곳에 펼쳐진 광경을 보고 입이 다물어지지 않았다.

철창 안쪽이 단 하루 만에 우아함이 흐르는 살롱으로 탈바꿈했기 때문이었다.

난색(暖色) 카펫과 작은 티 테이블, 그 위에는 한눈에 봐도 알 수 있는 고급스러운 티 세트가 놓여 있었고 장소에 어울리지 않는 진한 홍차 향이 감돌았다.

벽에는 아름다운 자수로 회화 같은 그림이 들어간 태피스트리가 걸렸고, 천장에는 어떻게 달았는지 호화로운 샹들리에가 어두운 지하 감옥을 빛내고 있었다.

"……베개와 모포는 준비하라고 했지만, 이게 다 웬 거냐?"

"네. 기왕 지내게 됐으니 다른 물건도 준비하도록 돈을 드렸어요."

"누나…… 돈이 있었구나……. 그럼 왜 굳이 행상인을 습격하게 했어?"

"……사비로 구입해 설치를 부탁드렸는데, 잘못됐나요?"

지니아는 동생의 물음은 완전히 묵살하고 그저 담담하게 질문했다.

투옥된 죄수일 텐데 길드가 그런 짓을 허가했다고?

그 점을 지적하자 피해자였던 행상인에게는 이미 배상금으로 적지 않은 액수를 지불했다고 한다.

그럼 이제 감옥에서 나와도 되잖아?

"살 곳이 없으면 그 돈으로 여관이라도 잡으면 되잖느냐?"

"아뇨. 저는 여기가 마음에 들었어요. 만약 허용된다면 집세를 내고 여기서 살고 싶어요."

"누나, 갑자기 왜 그래……? 야, 너! 누나한테 무슨 바람을 넣은 거야!"

왜 애꿎은 나를 걸고넘어지지? 설마 이 아이는 여기 있는 한 길드가 지켜 준다고 생각하나? 상식이 없는 것도 이쯤 되면 불쌍한 수준이다.

……아차, 본래 목적을 새까맣게 잊고 있었다.

"오늘은 너희에게 묻고 싶은 것이 있어 왔다."

분위기를 환기하고 두 사람에게 용건을 밝혔다. 고상하게 차를 마시던 지니아가 잔을 조용히 내려놓고 느릿하게 일어났다.

그리고 잔을 하나 더 준비하더니 철창 너머로 막 끓인 홍차를 건넸다.

"드세요. 이야기가 길어질 것 같으니까."

정말 자기 집 안방인 줄 아나.

"……잘 마시마."

따뜻하고 고급스러운 향을 풍기는 잔을 받아 가볍게 입에 머금어 지금부터 혹사할 목을 축였다. 그리고 가까운 곳에 있는 간수용 의자에 앉았다.

"아캄의 병력에 관해 듣고 싶다. 어느 정도 병사를 거느렸고 어떻게 배치되었는지를."

이 쌍둥이는 범행 당시 아름다운 장식이 들어간 갑옷을 입고 있었다고 한다.

지금은 왠지 옥중에 있는 갑옷 걸이에 걸쳐 놓았지만, 적어도 이 두 사람은 싸움터에 나가 싸우는 인간일 것이다. 그렇기에 물었다.

그러자 동생 리네아가 노골적으로 반응을 보였고, 지니아는 여전히 눈썹 하나 까딱하지 않았다.

"그걸 물어 어쩌려고?"

"그거야 뻔하죠. 아캄 님을 쓰러뜨릴 생각이신가요?"

"그렇다. 그의 자식들인 너희에게 묻는 건 미안하지만, 설령 대답하지 않아도 결과는 변하지 않는다. 나는 반드시 그 자를 타도할 거다."

내 대답을 듣고도 지니아의 표정에 변화는 나타나지 않았다. 그러나 그를 대신하듯 리네아의 표정이 극적으로 변했다. 하지만 그건 비장감이 느껴지는 표정이 아니라 복잡한 모습이었다.

마치 내 대답에 깊이 생각하는 듯한, 고뇌하는 듯한 표정……

"……저는, 사병 부대를 지휘했어요. 아캄 님 직속 부대도 있었지만, 얼마 전에 괴멸했다고 들었습니다."

"누나…… 말할 거야……?"

지니아는 아캄의 전력을 담담하게 설명했다. 놈은 저택 내에 남자를 두려고 하지 않으며 부지 내에는 최소한의 감시병과 문지기만 배치한 채 남은 인원은 뒷산 막사에 살게 했다.

그렇다면 뒷산에 파견된 모험가들은 어떻게 됐을까? 그 점을 물어봤다.

"아캄 님과 계약한 마물의 오두막을 지은 후 모두 먹이가 됐습니다."

또 눈썹 하나 까딱하지 않고 무시무시한 사실을 담담하게 고했다.

왜 그런 잔혹한 짓을 했는지 묻자 리네아가 답했다.

"놈들은 제법 경험을 쌓았어. 그런 인간을 잡아먹은 마물은 힘이 붙지. 휴먼 모험가의 이점이야."

분노가 흘러나왔다. 그렇다면 보호 구역에 있는 아이들의 아버지들은 이미…….

"말조심해라. 휴먼이라도 내 동포다. 영주민을 아무렇지 않게 죽이고 자랑하는 건 자신의 멍청함을 드러내는 짓이다. 너도 짐승 먹이가 되고 싶은가?"

"……죄송합니다, 카이본 님. 리네아는 또 정신을 잃은 것 같습니다."

"그냥 그대로 둬라. 그는 휴먼을 뭐라고 생각하는 거지?"

"……저희에게는 하인이자 대체 가능한 비품이라는 인식이었죠."

"이었다, 라……. 그럼 너는 그게 아니라고 깨달았단 말이냐?"

"저는 밖으로 나올 임무가 많았으니까요. 깨달아 봤자 어떻게 해야 할지도 모르는 바보였지만요."

그래도 그녀는 그녀 나름대로 고뇌했었던 것일까?

"……그럼 넘어가지. 그렇다면 뒷산에 있는 병사가 놈의 전력이란 말인가?"

"아뇨. 그밖에도 영지 내…… 지금보다 영지가 세분됐던 시대의 전(前) 영주들의 도시에 병사를 파견해 두었습니다. 유사시에는 그들이 모두 밖에서 모여들겠죠."

원래 지켜야 할 주인 곁을 떠나 외부에 배치된 병력.

그것을 멍청한 배치라고 웃을 수는 없었다. 그 무엇보다 강한 전력은 아캄 본인이니까. 그렇다면…… 큰 행사가 있을 때는 내부와 외부 병력에 포위당할 가능성도 있다.

……이대로 싸웠다가는 최악의 경우 도시 주민에게 피해가 나올지도 모르겠다.

모험가를 도시에 배치하는 것만으로는 대처하기 벅찰 듯했다.

"마지막으로…… 한 사람. 아캄 님을 제외하면 아마 도시에서 가장 강한 사람이 저택에 있습니다."

거기서 엎친 데 덮친 격으로 새로운 사실이 밝혀졌다.

"저택 집사를 맡고 있는 이크스라는 엘프 여성이 있습니다. 아캄 님이 저택에 최소한의 병력만 두는 가장 큰 이유는 그녀가 있기 때문이지요."

"……그렇게 강한가?"

그녀가 말하길 지니아가 이끄는 부대와 훈련하며 1대 50으로 싸워도 속수무책이었다고 한다.

탁월한 마술사이며 마술의 발동 속도와 사용법, 신체 능력, 전술, 어느 면을 놓고 봐도 일류…… 또 조금이라도 거리를 두고 상황을 살피면 마도까지 날아온단다.

그렇게 말하는 지니아 본인의 스테이터스는 얼마나 될까? 확인해 보자.

【Name】 지니아

【종족】 상위 마족(그랑 데몬)

【직업】 검사(38), 마술사(22)

【레벨】 59

【칭호】 월안(月眼)의 마검사

……강하다. 적어도 길드에 소속한 모험가는 손끝 하나 못 댈 정도로.

그리고 스테이터스 수치도 레벨에 비해 높았다.

이것이 종족의 차이일까?

하지만 이런 지니아조차 그 이크스라는 인물에게는 이길 수 없다면…….

"그자는 마도사라도 되나 보군. 근접전으로 끌고 가도 안 되는 건가?"

"네. 그녀는 격투에도 능합니다. 저도 그 사람에게 가르침을 받았을 정도니까요."

……전에 아기다르에서 만난 자객도 그렇고, 그 이크스라는 인물도 그렇고, 정말로 우수한 부하를 많이 가졌군, 아캄.

"그럼 놈의 전력은 그게 전부겠지?"

"……아닙니다. 최근 조금 신경 쓰이는 사람이 저택에 들어왔습니다."

아직 더 있어?! 아무리 그래도 이 이상은 작전에 지장을 줄 수준인데?! 미치겠네. 그냥 밖에서 저택을 한 방에 날려버리고 싶어졌다.

"최근 들어온 메이드가 아마도 마도사입니다. 다른 사람들은 눈치채지 못했지만…… 제 마안은 사람의 마력 흐름을 감지해요. 저택에는 특정 인원을 제외하면 마력 사용을 금하는 결계가 있는데 그분은 그걸 무시하고 마력을 두르고 있었죠."

"……설마 그 결계를 유지하는 사람이 이크스인가?"

"네. 최소한 이크스 이상의 실력을 가졌다고 생각됩니다."

흠…… 최근 들어온 메이드라……, 설마……?!

"그 메이드의 특징은?"

"머리가 흰 엘프입니다. 눈동자가 푸르고 겁이 없는 분이었죠. 무척 귀여워 마음에 들었던 터라 제 전속 메이드로 삼았는데, 하필 그날 저택에서 쫓겨났습니다."

"잘 알았다. 그 메이드는 신경 쓰지 않아도 된다."

아, 그거 우리 집 애다. 대단한데? 설마 메이드가 되었을 줄이야.

꼭 한번 보고 싶은데 가능하면 그 메이드복 가지고 돌아오실 수 없을까요? 염치없지만, 레이스 것도 부탁합니다.

그나저나 그랬군. 류에는 저쪽에서도 제대로 싸울 수 있는 상태다. 심지어 이크스라는 인물에게도 지지 않는다고 했다. 그렇다면 결전의 그날 방해받을 일도 없으리라.

그래도 밖에서 모여들 병력이 성가시군.

원래 외부에 있는 아캄 신봉자에게는 아캄의 패배와 도시 주민들의 의지를 보여서 흔들어 놓을 작정이었다. 그런데 그 신봉자가 최대 전력이라면…… 놈들을 막아줄 사람이 필요했다. 뭔가, 뭔가 방법이 없을까…….

"……제가 할 수 있는 이야기는 전부 했습니다."

"그런가? 고맙다."

생각에 빠진 나에게 지니아가 조그맣게 말했다. 그녀에게 감사하며 더는 할 이야기가 없다는 뜻으로 찻잔을 돌려주고 자리에서 일어나려고 했다.

그러나 왠지 지니아는 아직 나를 그 특유의 무표정으로 빤히 바라보고 있었다.

무슨 말을 하지는 않았다. 그저 내 눈동자를 들여다볼 뿐이었다.

그 시선에 무슨 의미가 있는 것 같아서 나는 눈을 돌리지 못했다.

"아직, 할 말이 남았나?"

"아니요. ……저는 카이본 님의 도움이 되었나요?"

"그래, 물론이지. 유익한 정보였다."

"그런가요."

지니아는 잔을 돌려받으러 다가왔다. 그리고 생각보다 키가 큰 그녀는 살짝 올려다보듯 내 눈동자를 더 깊이 들여다봤다.

무슨 일인가요, 아가씨. 미인이 그렇게 쳐다보면 제가 곤란하거든요?

"역시 어렵네요. 비호나 신뢰란 바로 얻을 수 없는가 봐요."

그러더니 먼저 시선을 떼고 자리로 돌아가려고 했다.

아, 그런가. 그녀가 바라는 건 감사가 아니었다.

……어쩔 수 없지. 안 그래도 요즘 우리 집에 머리를 쓰다듬어 줄 사람이 없어서 손이 심심했다.

뒤로 돌아 그녀의 머리에 손을 얹고 조금 난잡하게 흐트러뜨렸다.

"……지니아, 잘해 주었다."

칭찬받고 싶었던 것이다. 부모가 아이에게 해주는 것처럼. 그녀에게는 분명 그런 경험조차 없었다.

"……네."

지니아는 그대로 굳은 것처럼 움직이지 않았다.

그런 그녀를 두고 나는 조용히 지하 감옥을 떠났다.

두 사람 덕분에 아캄이 보유한 병력을 파악했다.

놈이 행사를 열면 반드시 신봉자가 이곳에 모인다.

하지만 병력이 집결해 버리면 나도 아캄과 충돌했을 때 주민과 모험가를 끌어들여 그들과 전면전을 펼쳐야 하지 않을까?

그것만은 피하고 싶었다. 레이스의 고향을, 그리고 겨우 다시 태어난 이 도시를 또 전쟁의 불길로 태워 버리고 싶지 않았다.

"결전의 순간까지…… 그들을 막아줄 병력이 있다면……."

뭔가, 뭔가 놓치고 있지는 않은가? 작전에 이용할 수 있는 무언가를…….

……어차피 난 돌머리다. 이 머리를 쥐어짠다고 좋은 생각이 나올 것 같지는 않다.

그러나— 곤란할 때 남에게 의지할 머리는 있다.

지하 감옥에서 나오자마자 길드 직원에게 갔다. 용건은

물론—.

§§§

『네. 엔드레시아 모험가 길드 라크 총본부입니다. 그쪽은…… 세미피나르 모험가 길드 알비스 지부인가요? 별일이네요.』

"원래는 거의 연락을 안 했나 보지? 내 길드 카드 넘버를 말하겠다. 1878237564다."

그렇다. 나는 다시 통신 마도구를 빌렸다. 그녀의 지혜를 빌리기 위해서.

전에는 출장 중이라고 했지만, 이제는 돌아오지 않았을까?

『확인했습니다. 랭크SS 카이본 님. 긴급한 용무가 있으신가요?』

"그래. 오잉크 총수와 당장 이야기하고 싶다."

『그게, 총수님께서는 아직 출장에서 돌아오시지— 아, 마침 총수님께 통신이 들어왔습니다.』

수화기 너머로 미안해하던 음색이 바뀌고 통신이 한순간 끊겼다.

내가 딱 맞춰 걸었군. 역시 능력 있는 돼지는 뭐가 달라도 다르다. 오랜만에 들을 그녀의 목소리를 기대하며 수화기에 귀를 댔다.

그러자 가장 처음 들린 소리는—.

『여보세요, 나 란란이야. 지금 네 뒤에 있어…….』

그 끈적한 목소리와 동시에 뒤에서 다가오는 인기척을 느꼈다.

돌아보면서 롤링 소배트! 정통으로 꽂힌 감각이 전해졌다.

"삐갸!"

『삐갸!』

그리고 수화기 너머와 이곳에서 거의 동시에 그 소리가 들렸다.

틀림없다. 이 감촉, 이 목소리……!

"가, 갑자기 발로 차실 건 없잖아요?"

"……그럼 평범하게 등장해."

눈길을 아래로 떨어뜨리자 우리의 총수님이 멋지게 바닥을 나뒹굴고 있었다.

치마 입고 그렇게 넘어지지 마시죠. 다 보이잖아요.

그리고 그게 옷입니까, 검은 끈입니까? 고기 묶는 끈이랍시고 입었답니까?

야하다. 이렇게 야하면서 기쁘지 않은 팬티는 처음 봤다.

"뭘 보시는 거에요. 어쩔 수 없구냥…… 좋아."#2

"좋긴 개뿔."

#2 어쩔 수 없구냥…… 좋아 게임 『라그나로크 온라인』 일본 서버에서 퍼진 유행어. 한 여성 캐릭터가 다른 유저에게 성적인 요구를 받았는데 여자 흉내가 너무 어설퍼서 인터넷 밈이 되었다.

시선을 깨달았는지, 오잉크는 장난치면서도 허둥지둥 치마를 매만지며 일어났다.

그리고 상황을 수습하려는 듯 진지하기 짝이 없는 표정으로 나를 돌아봤다.

마지막으로 만났을 때부터 변하지 않은 붉은빛을 띤 검은 눈동자. 아름답게 뻗은 콧등과 앙증맞은 속눈썹. 그리고 하얀 피부와 찰랑이는 검은색 긴 머리카락.

"……기다렸다, 다시 만날 날을."

"그것참, 제 마음을 살살 녹이는 대사네요. 오랜만이에요, 본본."

갑자기 길드에 나타난 오잉크의 등장에 한순간 주변이 술렁거렸다.

이곳은 오잉크에게 적진이나 다름없는 곳이었다. 너무 시끄러워지면 곤란했다. 그래서 이곳에 있는 사람 모두에게 들리도록 선언했다.

"오잉크 총수에 관한 정보를 외부에 발설하지 마라! 알겠나!"

나를 진짜 마왕처럼 취급하는 일동은 내 호령에 목소리를 맞춰 「알겠습니다!」라고 답하고 아무 일도 없었던 것처럼 평소대로— 돌아가지 않았다.

"카이본 님이 오잉크 님과 함께…… 역시 이 땅을 구하시려고……."

"진짜 총수님을 내 눈으로 보게 되다니……. 아아, 지금 같은 공기를 마시고 있어."

어째 사람들의 감상과 시선이 평소와 달랐다.

"권한으로 길드를 장악하셨나요? 오랜만에 하고 싶은 이야기도 있으니까 방을 빌릴까요?"

"그, 그러지. 나도 하고 싶은 이야기가 산더미처럼 많다."

정말로 묻고 싶고, 하고 싶은 이야기가 너무 많았다.

참을 수 없이 불안해 조금 화풀이하고 싶기도 했다.

그런 내 마음속 갈등을 아는지 모르는지, 그녀는 살포시 눈을 내리깔고 미소 지었다.

마치 미안하다고 말하듯이…….

그 후 우리는 말없이 지부장실로 자리를 옮겼다.

방에 들어오자마자 우리 얼굴을 본 지부장이 의자에서 일어나 물 흐르듯 자연스럽게 머리를 땅에 박았다. 누가 봐도 석고대죄의 자세였다.

"오잉크 님! 역시, 역시 그랬군요. 죄송합니다! 이번 불미스러운 사태는 제 부덕의 소치입니다. 저 한 명을 벌하시는 걸로 책임을—."

"지부장, 고개를 드세요."

오잉크가 한 걸음 앞으로 나갔다. 그리고 내가 들어본 적 없는 자애로 넘치는 다정한 목소리로 말했다. ……와, 소름

돈았어. 이 녀석 연기하는 것 좀 봐.

“저는 당신을 벌하러 온 게 아니에요. 당신은 다른 길드의 협력을 얻기 어려운 상황에서 최선을 다하셨어요. 저는 당신이 지킨 이곳을 구하러 왔답니다.”

“쉽게 말해 비밀스럽게 할 이야기가 있으니 이 방을 빌리고 싶다는 말이다.”

왜 이렇게 말을 꾸며? 이따가 엄청 우쭐해할 것 같은 예감이 들어서 용건만 간결하게 말해 버렸다.

이것 봐. 『제 활약을 빼앗지 마세요』라는 얼굴로 날 쳐다보잖아.

지부장이 떠난 것을 확인하고 오잉크는 제 자리인 양 지부장의 의자에 앉았다.

아니나 다를까, 그 얼굴에 떠오른 표정은—.

“총수로서 위엄과 멋진 모습을 보여주고 『어떤가요, 제 카리스마가?』라며 아주 흡족해하는 얼굴이군.”

“……너무 족집게 같아서 무섭네요.”

“하루 이틀 보고 살았어? 그나저나…… 이 타이밍에 왔다면 뭔가 들려줄 이야기가 있겠지?”

그러자 오잉크도 장난스러운 분위기를 거두고 살짝 가늘어진 눈으로 나를 봤다.

조직의 우두머리가 숙적의 본거지에 들어왔다. 그만한 각오와 이유가 있겠지.

"시기상 슬슬 당신이 행동할 거라고 생각했으니까요. 준비하고 있었죠."

"구체적으로 어떤?"

"당신이 엔드레시아 국왕에게 얻은 권리…… 그걸 행사할 허가를 받았어요."

그건 이름 그대로 『살인 허가』. 죄인을 단죄할 권리를 행사하겠다는 허가였다.

그런 게 있든 없든 때가 되면 죽일 생각이었다. 하지만—의미가 있겠지. 아마 오잉크는 국왕과 면담을 가졌을 것이다. 거기에 어떤 의미가…….

"당신은 진짜 마왕이 되어주셔야 해요. 엔드레시아에서 온 사자로서."

"마족은 옛날 엔드레시아에서 넘어왔다고 들었어. 그것과 관련 있어?"

전부터 궁금했다. 나를 『엔드레시아 마왕의 환생』이라고 부르는 사람도 있었지만, 주민들에게 구체적인 이야기를 묻진 못했다.

"말 그대로예요. 원래 엔드레시아 북쪽, 류에가 살던 숲보다 더 북쪽에 있는 계곡을 넘은 곳에 작은 나라…… 아니, 부락이라고 불러야 할까요? 먼 옛날 그곳에 길드의 원형이 된 조직을 만든 마족이 있었어요."

오잉크의 말에 따르면 이 땅, 세미피나르 대륙으로 넘어온 마족 사이에는 그 일화가 일종의 전설처럼 전해져 내려온다고 했다. 『우리를 하나로 뭉친 최초의 왕, 마왕님이 있었다』라는 식으로.

그것을 모방하듯 이 땅으로 건너온 마족도 나라를 세웠고 오랜 세월을 거치며 변화했다. 그사이에 삐뚤어진 사상이 태어나고 이윽고 멸망의 길을 걷게 됐다.

"마왕이란 칭호, 그리고 당신과 아캄의 모습은…… 아주 무거운, 아마 당신의 상상 이상으로 무거운 의미를 가져요."

"그런 내가 이 대륙으로 오는 걸 너는 말리지 않았지."

"……네. 레이스에 관한 일은 저도 전혀 예상하지 못했지만, 당신의 존재가 이 대륙의 종양을 적출할 기폭제가 되어줄 거라고는 생각했어요."

이용당한 것이 화나지는 않았다. 어떤 길을 갔든 분명히 나는 이곳에 오게 되었을 테니.

"알았어. 그럼 하나 더 물을게. 오잉크, 너는 이 영지의 현재 상황을 얼마나 파악하고 있지? 거짓 없이, 가감 없이 대답해줘."

나는 하나 더 질문을 던졌다. 그녀를 상처 줄지도 모르는 사실을 들이대기 위해.

"……아캄의 힘이 상당히 강하고 길드 기능 일부가 마비된 건 알아요. 그것만이 아니군요. 물류 이동이 제한되어 빈부격차도 심하다고 들었어요."

"그래, 대략적으로는 그렇지. 그럼…… 알비스 전투 뒤에서 일어난 일은?"

"……! ……알고 계셨나요?"

이야기가 갑자기 과거의 전쟁, 그것도 핵심을 찌르는 부분으로 옮겨 가자 오잉크의 표정에 당황스러움이 번졌다. 무언가 켕기는 것처럼…….

"맞춰 보지. 왕국 쪽 병사가 혁명군의 허를 찔러 알비스를 파괴했어. 그 책임을 추궁 받아 일부 권리를 아캄에게 양도하고 광대한 토지를 놈의 영지로 배분했지."

내 상상이었다. 가령 레이스의 말대로 아캄이 암약했고, 그 사실을 길드가 눈치챘었다면 아캄이 지금처럼 거대한 힘을 가지지는 못했을 것이다.

아마 아캄은 자기 병사를 왕국 병사로 변장시켰겠지.

그리고 길드와 혁명군의 힘이 부족해 자기 도시가 파괴됐다며, 마치 폭력배처럼 손해 배상을 요구했을 것이다.

"힘이 약해진 길드를 다시 일으키느라 거기까지 조사할 여력이 없었다, 맞지?"

내 망상은 아무래도 오잉크에게는 날카로운 비수가 된 모양이었다.

고통으로 인상을 찌푸리며 그녀는 머뭇머뭇 한 번 더 물었다. 무슨 일이 있었냐고.

내 이야기도 레이스의 상상에 불과했지만, 이 도시에서 지내는 사이 그것이 실제로 일어난 일이었다고 생각하게 됐다.

그러니까 괴롭더라도 마지막까지 들어줘.

길드와 왕가의 전쟁에 징집되어 고향을 잃은 그녀의 이야기를, 그리고— 뒤틀려 미쳐 버린 이 영지의 이야기를…….

§§§

"……거짓말이죠? 제가 지금까지 이 영지에 몇 번이나 왔었는데…… 그런 주민이 있었다니……."

"나는 내 눈으로 봤어. 돌아오지 않는 아버지를 찾아 매일 숲에서 혹사하는 아이. 일할 수 없게 된 어머니를 위해 매일 팔이 안 움직일 때까지 약초를 따는 아이. 오잉크, 너 혹시 이 도시까지 들어온 건 처음 아니야?"

"……전에 딱 한 번 왔었어요. 복구가 끝난 도시를 보여주겠다며 아캄이 초대했었죠."

……그랬군. 보호 구역은 오잉크에게서 휴먼의 실정을 감추기 위한 역할도 있었나. 그래서 그 잔해더미로밖에 보이지 않는 바리케이드가 있었는지도 모른다.

오잉크는 책상에 팔꿈치를 대고 양손으로 이마를 짚은 채 입술을 떨었다.

크게 뜨인 눈이 초점을 어디에 둬야 할지 몰라 흔들렸고 매달리듯이 나를 봤다.

거기에 내가 돌려줄 수 있는 것은 침묵뿐이었다. 이것은 사실이다, 실제로 일어난 일이라는 의미의 침묵.

"저, 저는 그저 이 대륙에서 싸움을…… 슬픔을 없애고…… 평화를 이루려고……."

"실제로 도움을 받은 사람도 있어. 나라가 멸망해 평화를 얻은 주민에게 너는 틀림없이 영웅이야."

"……그게 무슨 영웅인가요. 제가 전쟁을 일으켜서 레이스가 불행해지고 말았잖아요. 아이들을 잃은 것도……."

미인은 비겁하다. 하지만 나도 비겁하다.

남자의 비겁한 무기인 완력으로 여자의 무기를 참는 그녀의 얼굴을 붙잡아 억지로 나를 돌아보게 했다.

떨어진 무기가 책상을 적셨다. 나는 그녀의 눈을 강하게 바라봤다.

"네가 일어서지 않았으면 더 많은 피가 흘렀을 거야. 그건 틀림없어. 그리고 분명 레이스는 진작 아캄의 손아귀에 떨어졌겠지."

"……어떻게 장담하나요?"

"틀림없으니까. 나는 안 틀려. 이런 상황에서 나는 틀린 말은 안 해."

"……어디서 오는 자신감이에요? 당신은 항상 자신감이 과해요."

"내가 믿는 건 네 능력이야. 네가 이 대륙을 보고 필요하다고 판단해서 혁명을 일으켰어. 내 말 틀려? 나는 사람을 보는 안목만은 너에게도 안 져."

오잉크라면 꺾이지 않는다. 그러나 그녀도 각오를 다져야만 했다.

지금 이 도시에는 큰 각오를 다진 사람이 세 명 있다.

아캄의 저택에 잠입해 레이스를 반드시 지키겠다고 맹세한 류에.

아캄의 완전한 실각을 위해 제 발로 범의 입속에 뛰어든 레이스.

전 주민을 이용해서라도 반드시 레이스의 소원을 이루겠다고 약속한 나.

거기에 또 한 사람, 마지막 한 사람이 필요했다.

우리가 질 수 없는 책임을 져줄 절대적인 힘을 가진 누군가가.

비겁하다 할지도 모른다. 교활하다 할지도 모른다. 하지만 그 정도는 짊어져라. 최강의 카드인 나를 꺼내겠다면 그 정도 책임은 감수하고 함께 싸워야 하지 않겠는가.

"아직 끝나지 않았던 거야. 네가 일으킨 전쟁과 혁명은……."

고개 숙인 오잉크에게 들려줬다. 아직 계속되고 있다고.

고개를 든 오잉크의 눈이 미세하게 흔들렸다. 분명히 그 마음도 흔들리고 있으리라.

"이번에는 끝내겠어. 언제든 싸움을 끝내는 건 내 역할이었잖아?"

"그건 팀 대항전 때 이야기잖아요……. 당신은 정말로, 골치 아픈 사람이에요."

오잉크는 표정을 풀고 일어섰다. 가까이 다가온 그녀가 내 앞에 섰다.

아름답게 꼿꼿이 선 그녀가 양쪽 눈동자에 내 모습을 선명하게 담았다.

"작전을, 당신이 지금 세운 작전을 말해주세요. 제가 완성해 드릴게요."

네 번째 인원이 일어났다. 그녀가 옆에 선 것만으로 미미하게 남아 있던 먹구름이 걷혔다.

자, 지시해줘. 나는 너에게 지시받는 걸 썩 싫어하지는 않는 모양이니까.

§§§

홀로 휴먼 보호 구역 가장 안쪽으로 걸어갔다.

원래는 어제 본 그림자의 정체를 찾으려고 생각했었지만, 오잉크 또한 아무래도 이곳에는 뭔가 중요한 작전의 열쇠가 있지 않을까, 하고 예상했다.

『망가진 땅에서 미친 사상에 물들었어도 모든 사람이 그렇다고는 할 수 없어요. 그렇게 쉽게 사상을 통일할 수 있으면 인류가 전쟁을 일으키지도 않겠죠. 반드시 어딘가에 있을 거예요. 현 세태를 우려하고 상황을 타개하려고 힘을 키우는 자가…….』

내 작전을 들은 오잉크가 가장 먼저 지적한 점은 그거였다. 분명 나와는 다른 방식으로 궐기하려던 자가 있을 거라는 말이었다.

"아! 카이본 님이다! 오늘도 놀러 오셨어요?"

"이거 보세요! 이거 오늘 내가 만들었어요!"

길을 걷자 바로 아이들이 모여들었다. 믿고 따라주는 아이들에게 따스한 감정이 밀려오지만, 아쉽게도 오늘 형은 놀아줄 시간이 없단다.

아이들에게 양해를 구하려는데 정면의 아이가 든 목걸이가 눈에 들어왔다.

철사와 식물 줄기로 짠 그것은 레이스(lace)처럼 기하학적 문양이 들어가 있었다.

보기 드문 높은 완성도라서 아이들에게 웬 것이냐고 물어보고 싶어졌다.

"잘 만들었구나. 대체 누구에게 배운 것이냐?"

"보호 구역 제일 안쪽에 사는 할머니들이요!"

"뭐든 다 알아요! 그런데 밖으로는 잘 안 나오세요."

그러고 보니 어제도 한 아이가 할머니에게 요리를 가져가겠다고 했었는데…….

흠, 할머니라면 보호 구역에서도 오래 살았겠지.

이야기를 들을 가치는 있겠다. 나는 아이들에게 안내를 부탁해 보호 구역 최심부로 걸음을 옮겼다.

지금까지 최심부라고 생각한 구역장 집 옆에는 잔해더미가 쌓여 있었다.

그런 잔해 틈새로 간신히 사람이 한 명 지나갈 정도의 통로가 있었다. 아이들은 망설임 없이 그곳으로 들어가 꼬불꼬불하게 이어진 안쪽으로 들어갔다.

보호 구역에 맞닿은 큰길 쪽 건물 뒤로 이어지는지, 벽에서는 생활 설비로 보이는 다양한 배관과 배선이 노출되어 있었다.

그런 것들의 방해를 받으며 마치 장애물 달리기를 하듯 골목을 나아갔다.

나도 어렸을 때라면 망설이지 않고 이런 좁은 길로 뛰어들었을 거라는 시답잖은 생각과 이 앞에 무엇이 있을지 희미한 기대를 품으며 아이들을 좇았다.

그리고 그 긴 것 같으면서도 짧은 골목을 빠져나오자 신기한 장소가 나왔다.

"이건…… 뭐지? 마치 이곳만 시간 속에서 떨어져 나온 것 같군……."

도시를 둘러싼 성벽과 다른 건물의 벽, 그리고 대량의 잔해로 사방이 막힌 공터였다.

마치 격리된 것 같은 그 장소는 시간의 흐름 속에 남겨진 것처럼 황폐했고, 깨진 바닥 블록 사이로는 잡초가 보였다.

어딘지 모르게 향수를 일으키는 적막한 공간에 건물 한 채가 덩그러니 서 있었다.

보호 구역의 다른 건물과 똑같이 잔해를 끼워 맞춰 만든 모습이었다. 그러나 자세히 보면 정성 들여 만든 티가 났다.

마치 처음부터 짜깁기한 듯한, 애정을 갖고 쌓아 올린 듯한…….

“저기가 할머니들 집이야!”

아이들이 집으로 달려가자 건물에 비해 투박하기 그지없는 문이 소리를 내며 열렸다. 아마 이것도 잔해를 재활용해 만든 것이리라.

“애들도 참. 오늘은 이미 끝났잖아. 여기 너무 자주 오면 안 된다고 했지?”

못 말린다는 투지만 애정이 가득한 목소리가 들렸다.

그렇게 나타난 사람은 놀랍게도— 장년 마족 여성이었다.

이마 가운데 작은 뿔이 난 그녀는 조금 까칠한 인상을 줬다.

종족의 수명이 인간과 달라 실제 나이는 모르겠지만, 얼굴을 보면 아마 마흔 정도일까?

그런 그녀가 아이들 뒤에서 기다리던 나를 보더니 얼굴을 찌푸렸다.

그녀가 아이들에게 뭐라고 속삭이자 아이들은 서둘러 이곳을 떠났다.

"무슨 일로 오셨어? 우리는 여기서 조용히 살아가는 은거자인데."

"하지만 방금 그 아이들에게 다양한 지식을 전해준다고 들었다. 그 점에 깊이 감사하고 싶다."

아이들을 돌려보낸 여성은 불쾌함을 고스란히 드러내며 자신들에게 관여하지 말아 달라는 거절의 뜻을 내비쳤다.

"오랜 세월 길을 헤매던 이웃이 드디어 들고 일어나려고 해. 정이 있는데 선물 정도는 줘야지. 할 말은 그게 다야? 우리는 이미 옛날에 끝났어. 지금 무대 위로 나가려는 사람이 와도 해줄 수 있는 건 없어."

"내가 누군지 아나 보군."

"흥, 그렇게 요란을 피우고 다녔는데 어떻게 몰라."

다른 사람처럼 공경하지도, 두려워하지도 않고 의연한 태도로 나를 똑바로 바라보는 여성은 아직 어린이들에게 『할머니』라고 불릴 나이로는 보이지 않았다.

하지만 그 다정함과 엄격함이 공존하는 태도에서 아이를 엄하게 가르치는 할머니가 연상되기는 했다.

"어머, 아직 손님이 있어? 옌, 들어오시라고 해."

"루이, 이야기하는 데 끼지 마. ……후우, 들어와."

건물 안에서 또 다른 목소리가 들렸다. 마음을 포근하게 하는 상냥한 목소리에 이끌려 건물로 한 걸음씩 다가갔다.

……정말로 소중하게 사용된 건물이구나. 그냥 짜깁기가 아니라 전부 보강과 보수의 흔적 같았다.

계단에는 철판이 깔렸고, 나무 울타리는 아마 의자나 탁자의 다리로 만든 것일까? 온갖 물건을 재활용한 건물 같았다. 그리고 지붕을 올려다보자—.

"아…… 그랬었군……."

『그것』을 보고 나는 진심으로 이곳에 오길 잘했다고 생각했다.

"어머나, 세상에…… 상위 마족 손님은 처음이야. 옌, 뭘 내드려야 할까? 그래, 차…… 홍차가 있었을 거야."

"필요 없으니까 앉아 있어! 카이본 님도 앉고 싶은 곳에 앉고."

나를 맞이한 것은 흔들의자에 앉아 들뜬 표정을 지은 노부인이었다.

루이라는 부인이 신이 나서 일어나려고 하자 옌 씨가 제지하고 직접 찻장에서 찻잎을 꺼냈다. 그 찻장에는 찻잎 말고도 많은 병들이 놓여 있었다. 그녀는 카운터석 같은 긴 테이블 위에 티 세트를 차렸다.

아니, 『카운터석 같은』이 아니다. 아마 옛날에는 카운터석이었을 것이다.

작은 술집이나 식당이었겠지. 옛 흔적이 느껴지는 집 안에는 지난날의 추억이 남아 있었다. 수많은 사진과 연극 전단지의 색 바랜 잉크가 많은 이야기를 들려주는 것 같았다.

"그래서, 아무런 힘도 없는 늙은이들에게 무슨 볼일이야?"

회의적인 시선과 호기심을 품은 시선이 모였다.

루이 씨는…… 그녀도 마족이었다. 백발 사이로 작은 날개가 보였다.

"두 사람도 마족이니 이 도시에 오래 살았을 것 같군. 이 도시의 정세…… 과거부터 현재에 이르기까지 기억되지 않은 역사를 알지 않을까 해서 왔다."

"그거 안 됐네요. 우리는 이 도시로 이주해 온 사람이야."

"아니, 그건 거짓말이군. 휴먼 주민이 『오랜 세월 길을 헤맸다』고 했었지. 그들의 처지를 과거부터 알던 말투였다. 게다가 마족의 수명은 사람보다 길다. 줄곧 지켜본 게 아닌가?"

허풍이었다. 수명은 종족에 따라 다르지만, 그 인물의 힘에 따라서도 달랐다. 개중에서도 마족은 그런 경향이 현저하게 드러나며 개인에 따라 노화 정도나 능력의 강약에 큰 차이가 있었다.

그래서 『마족』, 『상위 마족』이란 식으로 종족명도 달랐다.

"우리 수명은 휴먼과 큰 차이가 없어. 피가 섞였거든."

"이렇게 보여도 나랑 옌은 동갑이에요. 놀랍죠? 종족은 절대적 기준이 아니랍니다."

"……그랬나. 하지만—."

내가 말을 잇기 전에 홍차를 마시던 옌 씨가 조금 거칠게 잔을 놓는 소리를 내며 견제했다.

"그것보다…… 이제 그만 그 복장은 때려치우시지? 네가 마족이 아닌 걸 누가 모를 줄 알아! 그런 모습으로 사람들을 부추겨서 뭘 어쩌려는 거야?"

그리고 갑자기 내 약점인 진실을 들추었다.

이 세계에 와서 아직 류에밖에 간파하지 못한 사실을 어떻게……?!

예상하지 못한 사태에 순간 변명이 나오지 않았다. 치명적인 불신감을 주고 말았다.

나는 액세서리 세트를 해제했다. 더 이상 거짓말을 했다가는 더 큰 불신을 사리라.

"제 종족을 간파한 사람은 옌 씨가 두 번째입니다."

"흥! 난 옛날부터 민감했어. 그래서, 무슨 속셈이었어? 휴먼 꼬맹이."

"어머나! 옌은 대단하네. 휴먼 손님이었구나."

"루이는 조용히 있어! 홍차나 한 잔 더 마셔!"

"어머, 고마워. 카이본 씨도 한 잔 더 어때요?"

"아, 고맙습니다."

마이페이스 할머니, 감사합니다. 긴장이 조금 풀렸어요.

그럼 어떻게 한다……. 이대로 질문을 계속해도 제대로

답해줄 것 같지 않았다.

아마 그녀들은 이 도시의 변화를 누구보다 가까운 곳에서 봐 왔을 것이다. 그리고— 만약 이 도시에서 영주에게 거스를 사람이 있다면 그건 어떤 인물인가.

답은…… 옛날을 알고 이 일그러진 변화를 계속 지켜봤던 휴먼 외의 주민이었다.

자신들과 같은 시대를 산 주민들의 후손이 억압받는 모습을 옆에서 지켜본 이들이었다.

그것을 어떻게든 해주고 싶다고 바라는 것은, 엔 씨의 말을 빌리자면 『정(情)』이었다.

그렇기에 그녀들도 하다못해 아이들이 살아갈 수 있도록 기술을 가르쳤으리라.

"……저는 아캄과 그의 영향까지도 없애려고 합니다."

"흥, 어떻게 믿으라고. 네 그 모습을 보면 그야 사람들도 기대하겠지. 그렇지만 나는 어디서 갑자기 튀어나온 인간, 그것도 변장한 휴먼을 믿을 만큼 녹록한 인생을 살지 않았어."

"어머나…… 미안해요, 카이본 씨. 우리도 살면서 본 게 있어서 그래요."

나를 믿지 못한다는 점 정도는 안다. 그래도 두 사람의 믿음을 얻기 위한 수단은 이미 내 수중에 있었다. 그래, 처음부터 이 문답은 필요 없었다.

그래도 이야기해보고 싶었다. 이 두 사람이 어떤 사람인지 알고 싶었다.

"……두 분은 좋아하는 요리가 있나요?"

생뚱맞게 화제를 바꿨다. 적어도 내가 영주의 하수인이 아니라는 믿음을 얻기 위해서.

어쩌면 이 두 사람은 반항 세력과 무관한 단순한 은거자일지도 모른다. 하지만 나는 이 두 사람이 믿어주길 바랐다. 다른 사람도 아닌 그녀들에게 신뢰를 얻고 싶었다.

그리고 이곳의 이야기를, 그녀들이 걸어온 길을 알려주길 바랐다.

"뜬금없이 웬 요리 타령이야? 얼렁뚱땅 넘기려고 수작 부리지 마!"

"어머, 좋아하는 요리? 음, 홍차와 과자도 좋지만……."

대조적인 두 사람이었다. 루이 씨는 허공으로 멍한 시선을 돌렸다. 마치 그곳에 그녀의 추억이, 많은 기억들이 떠 있는 것처럼.

그리고 발견했나 보다. 자신이 가장 좋아하는 요리, 기억 속에서 가장 빛나는 그것을.

"그래, 내가 가장 좋아하는 요리는—."

기쁘게 말하는 그녀의 말에 겹치도록 나도 그 이름을 입에 담았다.

"라타투유."

"라타투유— 어머, 카이본 씨도 좋아해요? 우연이네."

"너…… 아는 게 있나 보지? 정체가 뭐야?"

옌 씨가 경계심을 드러냈다. 하지만, 그게 아니다. 그런 게 아니다.

나는 아이템 박스에서 냄비 하나를 꺼내 보여줬다.

류에의 창고에서 옮겨 온, 어떤 요리가 든 그것을.

밤에 혼자 지내는 적적함을 달래고자 그녀를 생각하며 먹던 그것을.

"어머! 지금 아무것도 없는 곳에서 냄비가 나왔어! 그리워라…… 또 그 신기한 마법을 보다니, 정말로…… 그리워."

"……! 그 마법……."

아이템 박스 안에서는 시간이 멈추는지 냄비는 아직 열을 유지하고 있었다. 뚜껑을 열자 향과 함께 시간의 흐름이 되돌아왔다.

그녀가— 이제는 없는 아이들을 그리며 만든 추억과 함께…….

그릇을 빌려 냄비의 내용물, 라타투유를 담아 두 사람에게 건넸다.

이거면 된다. 이거 하나면 충분하다. 말은 필요 없다. 분명 기억할 것이다.

"드셔 보세요. 이건 어떤 사람이 만든 겁니다."

"점심을 아직 안 먹었지? 옌, 먹어 보자."

"루이……. 이런 걸 꺼내서 대체 어쩌자는 거야?"

이 냄비도 이 장소와 같았다. 다양한 추억이 당시 그대로 멈춰 있었다.

벽에 걸린 사진에 한 번 더 눈길을 보냈다. 세피아 색 세계에는 많은 아이들이 찍혀 있었다.

기가 세 보이는 마족 소녀와 상냥해 보이는 마족 소녀.

엘프 자매와 휴먼 어린이. 많은 아이들이 이쪽을 바라보며 웃고 있었다.

그리고 아이들 뒤에는—.

"아! 이거, 이 맛, 알아요! 그리워. 정말로 그리워……."

"윽! 잠깐, 너 이거…… 이거……. 어디야? 어디 있어?"

미각은 어린 시절 형성된다고 한다. 그것이 성장함에 따라 서서히 변하며 언젠가 쓴맛이나 강한 냄새를 풍미나 악센트로 받아들이게 된다.

하지만 어린 시절 기억한 맛은 결코 잊지 않는다.

흔히 말하는 『어머니의 손맛』이었다. 아무리 나이를 먹고 다양한 미식을 즐겨 혀가 까다로워져도 잊지 못하는 특별한 맛. 그것이— 그녀들에게는 라타투유였다.

그리고 사진에 찍힌 그 인물. 아이들 뒤에서 자애로운 표정을 지은 여성.

지금 같은 화려한 의상이 아니라 촌스러운 스웨터를 입은 그 인물.

—지금과 조금도 변함이 없는 그녀는 레이스였다.

건물에 들어오기 전 지붕 위에 있는 『그것』을 봤을 때부터 알고 있었다.

아이들이 만들어 모양새는 조금 볼품없는, 이 장소의 이름이 새겨진 간판.

그곳에는 선명하게 이렇게 적혀 있었다. ……『프로미스 메이든』이라고.

"이걸 만든 사람은 어디 있냐고! 말해줘, 제발!"

"나도 알고 싶어요. 카이본 씨, 부탁할게요."

두 사람의 그릇에서 요리가 사라져 있었다. 두 사람이 눈물을 머금고 다가왔다.

"저는, 어떤 여성의 소원을 이루기 위해 이 땅에 왔습니다."

자, 들려주자. 지금 이곳에서 싸우는 그녀들의 어머니에 관해…….

§§§

레이스가 나에게 맡긴 소원. 그리고 한때 그녀가 이곳에서 본 광경.

죄책감과 살아남은 딸. 어떤 심정으로 살아왔는지.

어떤 소원을 빌며 그 요리를 만들어 공양했는지.

그 이야기를 모두 끝마쳤을 때, 이미 두 사람은 대화를 할 상황이 아니었다.

나보다 연상, 어머니뻘 되는 여성이 목 놓아 우는 모습을 보고 나도 더는 말을 할 수 없었다.

"……오늘은 일단 돌아가겠습니다. 내일 다시—."

"잠깐. 잠깐만 기다려."

그 목소리가 밖으로 나가려는 나를 불러 세웠다.

"네가 여기 온 건…… 늙은이에게 듣고 싶은 게 있어서라고 했지."

"……네. 이 영지의 체제에 불만을 가진 사람을 찾고 있습니다."

옌 씨가 고개를 숙인 채 조용히 말했다.

"우리는 정말로 아무 힘도 없어. 도망치고도 이곳이 마음에 걸려서 다시 돌아왔지. 그렇지만— 이곳에 남아서 아직도 싸우는 사람도 있어."

"옌…… 하지만 그 애는—."

"알아. 카이본이라고 했었나? 네가 어머니를 위해 행동한다면…… 어떤 사람에게 데려가 주지. 하지만, 소원이 하나 있어."

뭔가 사정이 있나 보다. 루이 씨가 슬픈 표정을 지으며 옌 씨를 봤다.

그리고 옌 씨 또한 괴롭게 입을 벌려 그 소원을 말했다.

"지금부터 만나러 갈 사람도, 제발 구해줬으면 해."

루이 씨에게는 집을 보게 하고 옌 씨와 함께 다시 그 좁은 골목을 빠져나왔다.

두 사람에게 있었던 일을 듣고 싶기도 했지만, 그녀는 「그걸 이야기하는 건 우리 역할이 아니다」라며 나를 그 인물에게 데리고 갔다.

그 인물은 이 땅을 구하고지 비밀리에 동지를 모은다고 했다.

과거를 아는 사람이나 누군가를 지키고 싶다는 마음이 영주에 대한 공포를 앞선 사람, 들고 일어날 결의가 된 사람을 남몰래 모으고 있었다.

보호 구역을 빠져나와 큰길을 피해 좁고 구불구불한 골목을 나아갔다.

이윽고 옌 씨는 한 건물의 뒷문 앞에 멈춰 섰다.

그 흰 목조 건물에서는 먹음직한 냄새가 풍겨져 나왔다. 혹시 레스토랑인가?

옌 씨는 뒷문을 강하게 여섯 번 노크했다. 그러자 문이 조용히 열렸다.

"옌 님이십니까? 무슨 일로 이쪽 입구를 쓰시는—."

나타난 사람은 엘프 남성이었다. 옌 씨와는 구면 같은데, 그는 나를 본 순간 표정이 굳으며 즉시 피부를 찌르는 살기를 뿜었다.

"그만둬. 믿어도 되는 사람이야."

"……옌 님이 그렇게 말씀하신다면…… 틀림없겠죠."

그렇게 말한 그는 우리를 건물 안으로 들여보냈다.

문은 직원 공간으로 이어졌고, 우리는 객석이 있는 가게 앞쪽으로 안내받았다.

아직 개점 시각이 아닌지 의자가 모두 테이블 위에 올라가 있었다.

옌 씨가 그 의자들 중 두 개를 내려 나에게 앉도록 권했다.

자리에 앉자 가게 주인으로 보이는 엘프 남성이 한 여성을 데리고 왔다.

"옌, 오랜만이야. 우리에게 관여하지 않는다더니 어쩐 일이야?"

"그야 난 너처럼 젊게 살아갈 수 없으니까. 오늘은 이 사람을 너한테 소개하려고 왔어."

그 인물은 무심코 넋을 놓고 보게 되는 미녀였다.

긴 금발을 깔끔하게 땋았고 심녹색 눈동자에 날카로운 눈매를 가진 엘프 여성이었다.

나는— 이 인물을 어디서 본 것 같은 기분이 들었다.

"옌. 이곳에 데리고 왔다면 그만한 이유가 있겠지? 최악의 경우 내가 없애야 할지도 몰라."

"……그러고 보니 모습을 돌려놓은 상태였지. 잠깐 아까 모습으로 변해 봐."

아, 참. 지금은 마왕 세트를 해제한 상태였다.

시키는 대로 다시 장비들을 장착했다. 그리고 그건 확실히 효과가 있었다.

두 사람의 표정이 빠르게 변했다. 의구심에서 놀라움, 놀라움에서 경계심으로.

"카이본이다. 사정이 있어 그녀에게 이곳을 소개받았다."

"세상에…… 설마 이런 식으로 접촉하게 될 줄은……."

가게 주인이 이마를 짚고 천장을 보며 중얼거렸다. 그리고 다른 한 여성은 오히려 궁금증이 풀린 것처럼 작게 중얼거렸다.

"어쩐지 영주에게 정보가 올라오지 않더라니……."

그녀는 나에게 다가와 손을 내밀었다.

"카이본 님, 처음 뵙겠습니다. 제 이름은 이크스라고 합니다."

그 순간, 나도 경계심을 키우고 거리를 두며 탈검을 꺼냈다.

그 이름을 들은 적이 있었다. 그리고 정보와 합치하는 종족이었다.

"움직이지 마라. 아캄의 집사."

칼에 마력을 불어넣었다. 겉만 그럴싸한 위협이었다. 하지만 흑염(黑炎)에 휩싸인 검은 분명히 위압감을 발산했다.

패기로 압도하고자 무작정 기운을 끌어올렸다.

"그만해! 이크스가 집사란 건 나도 알아!"

그 말을 듣고 내 판단이 섣불렀음을 깨달았다.

……역시 나도 긴장했나 보다. 마음에 여유가 없었다.
나는 바로 검을 내리고 그녀에게 사과했다.
"미안하다. 칼을 들이댄 것에 사과하마."
"당연한 반응입니다. 오히려 당신 같은 사람이라야 저도 마음이 놓입니다."
"그건 대체…… 옌 님, 설명해주시겠습니까?"
"……이크스는…… 우리들의 언니야."

이크스 씨는 레이스가 말하던 장녀였다. 바꿔 말하면 스펠 씨의 친언니였다.
한때 레이스와 함께 싸우고— 가게에 남은 인물이었다.
"어머니의 판단은 틀리지 않았습니다. 제가 없었으면 옌이나 다른 아이들이 모두 인질이 됐거나 죽었겠죠."
"그래. 실제로 우리가 모두 무사히 도망치진 못했어. 목숨을 잃은 자매도 있었지. 그래도 우리는 이크스가 싸워준 덕분에 도망친 거야."
옌 씨는 언니의 업적을 자랑스럽게 말했다. 그렇지만 정작 본인은 굴욕스럽게 얼굴을 구겼다.
그녀라고 아캄의 집사가 되고 싶어 되지는 않았겠지.
"아이들이 모두 도망친 것을 확인하고 저도 떠나려고 했습니다. 하지만, 아무리 기다려도 승전보가 오지 않아 인내심이 바닥났던 거겠죠. 이미 힘을 소모했던 제 앞에—."

아캄이 나타났다. 그리고 패배한 그녀의 힘과 처지를 이용하기 위해 놈이 계약으로 목줄을 채웠다.

계약 파기도 불가능해 그녀는 놈이 명하는 대로 모든 마도 지식을 넘기고 이 일그러진 통치에 한몫 거들게 됐다.

그리고 계약으로 행동할 수 있는 범위의 경계선에 있는 이 가게에서 몰래 전력을 모으고 있었다.

"사실 저도 이크스에게 부탁 받아 이곳에 가게를 열었습니다."

가게 주인도 레이스 아래에서 자란 아이 중 한 명이었다.

나는 그녀를 묶고 있는 계약이 무엇인지 알아내려고 어빌리티를 발동했다.

【Name】 이크스%&·#ll¶·Å✖%8

【종족】 엘프(혼박(魂縛))

【직업】 마도사(36), 마법사(50)

【레벨】 123

【칭호】 타락한 빛의 날개

영원을 바라는 자

번개의 사수

이건…… 이름을 수정당한 건가?

스테이터스 화면을 엿보는 행위가 어떤 의미를 가지는지

는 모른다.

하지만 본래 스테이터스란 본인만의 전유물이다. 상태 이상에 걸릴 수는 있겠지만 수정도 당할 수 있는 것일까?

신경 쓰이는 부분은 그것만이 아니었다. 이크스 씨의 레벨과 능력치가 눈길을 끌었다.

강했다. 아기다르에서 단련한 레이스조차 능가하는 레벨과 마도 특화형 직업 구성.

게임 시절 국민 조합이라고 불린 그것은 아마 전투법에 따라서는 류에에게도 필적할 것이다.

……이토록 강한 사람도 아캄에게 이기지 못하는가?

"우리는 카이본 님이 궐기하는 타이밍에 들고 일어날 생각이었습니다. 하지만 한 가지 걱정거리가 있습니다."

스테이터스를 살피는 사이 이크스 씨가 다시 말문을 열었다.

내가 움직인다고 선언한 후 그녀들 역시 움직일 예정이었다. 지금 이곳에서 그녀들과 연계할 수 있게 접선을 가진 것은 큰 행운이었다.

그렇다면 그 걱정거리란 대체 무엇인가?

"제 존재입니다. 아마도 최대의 장애 요소는 저일 겁니다. ……자랑은 아니지만, 제가 모은 병력과 모험가는…… 떼로 덤벼도 제게 못 이깁니다."

"계약 때문에 싸우게 된다는 말인가?"

이크스 씨의 전투 능력은 지니아의 이야기와 지금 본 스테이터스로 잘 알 수 있었다. 아마 마도 한 방으로 부대가 괴멸하리라.

"예. 하지만, 카이본 님이라면 저를 죽일 수도—."

"이크스!"

엔 씨가 비통하게 소리쳤다.

"살아 있는 한 저는 몇 번이고 일어설 겁니다. 계약은 풀리지 않아요."

"안심해라. 죽이지 않아도 못 움직이게 할 방법은 얼마든지 있다. 내 힘을 얕보지 마라."

누가 죽인단 말인가. 레이스가 가장 사랑하는 딸을 어떻게 죽인단 말인가.

게다가— 저택에는 류에도 있다.

"그것뿐만이 아니다. 만약 듣고 일어난다면 반드시 만나야 할 인물이 있다."

지금 이 도시에 와 있으며 아마 가장 믿을 수 있는 인물의 이름을 전했다.

그러자 세 사람은 입을 벌린 채 석상처럼 굳어 멍하니 나를 바라봤다.

이상하네. 내가 이 모습을 보였을 때보다 더 극적으로 반응하는데?

그 정도냐? 오잉크, 네가 그렇게 유명해?

"구국의 성녀가…… 정말로 이곳에?"

"설마……. 그럼 작전 성공률이 대폭 오릅니다. 오잉크 님이 설마 이 적진까지 와주시다니……."

"아아…… 됐어, 이제 됐어……. 드디어, 드디어 이곳도 구원 받게 될 거야……."

"……기뻐해 주니 다행이군."

이크스 씨는 이곳에서 더 멀리 나갈 수 없으며 저택을 오래 비울 수도 없다며 서둘러 돌아갔고, 대신 점주가 길드로 오게 됐다.

그러나…… 그 뒷모습을 바라보던 옌 씨가 문득 중얼거렸다.

"저택에 어머니가 계신다고 했지? 이크스는 그 얘기를 전혀 안 했어."

"……그러고 보니 그렇군. 무슨 이유라도 있나?"

이곳에 있던 이크스 씨는 계약에 묶여 있지 않았다. 그래도 그 화제를 꺼내지 않았다.

"……어쩌면 내가 괜히 걱정하지 않도록 말하지 않았거나, 혹은……."

"혹은?"

"이크스가 죄책감을 느끼는 건지도 몰라……."

왜냐고는 묻지 않았다. 설령 계약으로 묶였다고는 해도 자신들을 괴롭힌 인간의 수하가 된 모습을 레이스에게 보였다. 그런 이야기를 어떻게 제 입으로 할 수 있을까.

이번 싸움에 모이는 온갖 사람의 생각과 감정이 눈덩이처럼 뭉쳐 굴러가기 시작했다.

이제는 멈출 수 없었다. 배우는 모였고 막이 오를 시간은 머지않았다.

그리고— 회합을 위해 점주와 함께 길드로 돌아온 나를 기다린 것은 게시판 앞에 모인 인파였다.

그곳에는— 영주의 약혼 발표, 그리고 영주민을 약혼식에 초대한다는 글귀가 적혀 있었다.

4장 그 죽음을 뛰어넘어

그날 도시는 온통 기묘한 분위기에 휩싸여 있었다.

영지 전체에 알려진 『영주의 약혼식』은 한탕 벌 좋은 기회로 알려지며 많은 상인을 불러들였다.

또한, 한때 지배층이었던 전 영주들은 자신들이 지지하는 아캄을 축하하기 위해 선물을 지참했고, 행사의 격식을 높이고자 자신이 가진 힘을 과시하듯 많은 기사와 병사를 대동해 찾아왔다.

그러나 도시에 사는 주민들은 이 기쁨과 환영 분위기의 중심부에 있으면서도 살벌하고 긴장된 분위기를 내며 서로 얼굴을 마주하고 있었다.

멀리서 찾아온 한 행상인이 그런 주민에게 물었다.

『왜 주민들은 이 경사스러운 날을 축하하지 않는가?』라고.

질문 받은 사람은 무기는 휴대하지 않았지만 척 보기에도 모험가 같은 삼인조였다. 휴먼, 마족, 엘프로 구성된 특이한 조합의 파티였다.

『오늘 이 도시와 이 영지의 역사가 바뀔지도 모르니까.』

그들의 대답을 들은 행상인은 이제야 알겠다는 반응을 보였다.

『그건 그렇다. 역시 당사자들은 받아들이는 방식도 다르구나.』

영주의 약혼으로 이 지방에 한층 활기가 돌 테니 진지하게 미래를 생각한다. 상인은 그 정도로만 생각했다.

상인이 떠나길 기다린 삼인조는 길드로 향했다.

말 그대로 이 땅의 역사를 크게 바꾸기 위한, 새로 태어나기 위한 마지막 작전을 위해서.

§§§

"그럼 지금부터 작전을 설명하겠습니다."

길드 홀에서 오잉크가 낭랑한 목소리로 선언했다.

도시에 사는 모든 모험가의 이목이 일제히 그녀에게 집중됐다. 그 수는 고작 200명 전후였다. 하지만 그 힘은 일반 병사나 아캄의 병력과는 질적으로 달랐다.

나는 길드 위층에서 홀로 그들의 모습을 내려다보고 있었다.

지휘 체계는 단순할수록 좋다는 오잉크의 의견에 따라서 나는 단순한 얼굴마담이 됐다. 지금은 이야기가 끝나길 가만히 기다리며 아래층에 펼쳐진 작전 개요를 재확인하고 있었다.

그날, 노린 것처럼 발표된 영주의 약혼 소식.

그것을 들은 오잉크는 바로 행동에 나섰다.

그녀는 엔드레시아에서 혼자 넘어온 것이 아니었다.

노스아르에 대기 중인 오잉크의 직속 부하인 정예 길드원과 엔드레시아 왕에게 빌린 병사, 그리고 도중에 끌어들인 대륙의 모험가들이 함께였다.

오잉크는 이곳으로 모여들 아캄 파의 병력을 도시 밖에서 붙잡아 두기 위해 직접 나설 예정이었다.

아무리 아캄 파에 속한 인물이어도 오잉크와 직접 맞붙을 수 있는 자는 없었다. 의원들 중에도 엄연히 서열이 존재하니까.

그리고 그 서열에는 옛 전쟁의 전공이 그대로 반영됐다고 해도 과언이 아니었다.

전 공작이자 전쟁을 승리로 이끈 주역 아캄.

그리고 혁명의 선도자이자 나라를 지배에서 해방한 구국의 성녀 오잉크.

민주주의를 제창하면서도 구시대의 권력이 이어지는 현재 상황을 오잉크 본인도 좋게 생각하지 않았다. 그러나 지금은 그것을 이용하겠다고 마음먹었다. 과거의 권력으로 사람들을 찍어 누르겠다고 벼르고 있었다.

그렇게 하면 아캄에게 집결할 외부 병력의 발은 묶을 수 있었다.

그리고 다음으로 이 도시의 주민들. 그들의 역할은 말하자면 퍼포먼스였다.

오잉크가 막을 수 있는 것은 어디까지나 파벌에 속한 자의 병력뿐이었다.

오잉크라도 정식 초대 손님을 이유도 없이 막을 수는 없으며, 사실 그럴 필요도 없었다.

아캄의 신봉자들에게는 나와 놈의 싸움을 보여줘야만 하니까.

그리고 많은 주민들이 내 편에 선 광경을 보여줘야만 하니까.

마지막으로 이크스 씨 아래에 모인 레지스탕스. 그들은 이 도시의 옛 주민들이었다.

대적했다가 제거당한 줄 알았던 사람들을 그녀가 보호하고 있었다.

예를 들면 죽었다고 생각한 아이들의 아버지, 아캄의 의뢰를 받아 산에서 행방불명된 모험가 등 표면적으로는 이 도시, 이 세상에서 사라졌다고 생각하던 이들을 모아 놈을 쓰러뜨리기 위한 힘을 키웠다는 것이었다.

그들은 만약의 사태를 위해 아캄의 사병을 마크할 예정이었다.

물론 사병 대부분도 이미 제 기능을 상실했지만…….

"……죽일 각오는 진작 했었지만…… 남의 부모를 죽인다,

라…….”

사병을 통솔하던 지니아와 리네아, 아캄의 자식인 그 두 사람도 이번 작전에 협력하겠다고 나섰다. 물론 무턱대고 믿을 수도 없으므로 두 사람에게는 무기를 주지 않았다. 그러나 그들은 큰 성과를 냈다.

두 사람은 사병들 사이에서 인망이 두터웠던 터라 저택에서 쫓겨났다는 사실이 그들에게 적잖은 영향을 주고 있었다. 그런 와중에 두 사람은 도시 경비병을 통해 그들과 연락을 취하는 데 성공했다.

거기서 전한 내용은 단순했다. 『우리는 카이본 님을 따른다』였다.

원래 도시의 변화를 가까운 곳에서 지켜봤던 그들은 이 말만으로 우리 쪽에 붙었다.

모든 사람이 넘어오지는 않았지만, 지금 모인 사람들 중에서는 사병의 모습도 보였다.

그리고 대미를 장식하는 것은 도시 밖에 대기 중인—.

“카이본, 내려오세요. 작전 개시 전에 한말씀 해주세요.”

그때, 아래층에서 오잉크가 불렀다. 벌써 그런 시간인가.

이 세계에 오고 몇 번이나 싸웠다. 많은 목숨을 빼앗았고, 많은 목숨을 구한 것도 엄연한 사실이었다.

그런 경험을 해 온 나라도 지금 일어서려는 사람들 앞에 나서려니 솔직히 몹시 긴장됐다.

이번 사건에는 우연히 끼어든 게 아니었다. 처음부터 주민들의 기대를 모으며 주도한 계획이었고, 이런 경험은 내게도 처음이었다.

사람들이 승리를 염원하며 나를 믿고 따른다. 내 발로 큰 변혁을 가져올 승부, 그리고 소중한 사람을 다시 이 팔로 끌어안기 위한 싸움에 나선다.

어떻게 긴장되지 않으랴. 어떻게 무섭지 않으랴. 하지만— 그와 동시에 기분이 고양됐다.

온몸에 샘솟는 이 감각을 나는 알고 있다. 절대로 질 수 없는 싸움. 누군가를 구하고자 큰 결의를 한 전투. 그래, 나는 이 감각을 기억하고 있다.

"……이번에는 레이스 차례야. 진정한 의미로 그녀를 저주에서 풀어주기 위해—"

나는 일어나서 계단을 내려갔다. 모두의 시선, 희망의 표정, 결의가 나에게 집중됐다.

오잉크가 평소 입는 제복이 아닌 전투복을 입었다.

암 가드와 팔꿈치 보호대가 달린 코트— 게임 시절과 같은 복장이었다.

오잉크가 옆으로 비켜 자리를 양보하고 나는 단상에 올랐다.

기대가, 희망이, 염원이 어깨를 무겁게 짓눌렀다. 하지만 극도의 압박감은 명확한 목적과 이유, 그리고 믿을 수 있는 동료가 있으면— 반전한다.

모든 것이 내 마음을 고취하는 재료가 되어 정신을 최고조로 끌어올렸다.

어디 한번 취해 보자. 이 분위기에, 이 싸움에, 나 자신에게.

모두의 얼굴을 돌아봤다. 나와 함께 일어설 동지들의 얼굴을…….

"……길게 말하지 않겠다. 오늘 나는 아캄을 친다. 너희는 그것을 바라보기만 하면 된다. 죽지 마라. 단 한 명의 죽음도 용납하지 않겠다. 이곳의 미래를 이어갈 사람은 너희여야 한다."

신기하게도 말이 저절로 흘러나왔다. 이건 연기인가, 아니면 본심인가.

하지만 적어도 나는 이곳 주민들에게 있어 마왕이었다. 그 점에 거짓은 없었다.

그 찰나, 함성이 터졌다. 건물이 떠나갈 것 같은 성량에 몸이 찌릿찌릿하게 떨렸다. 태어나 처음으로 받는 그 성원에 취해 곱씹듯이 고개를 들었다.

천장을 넘어 그 앞에 있는 승리의 길을 확인하기 위해서.

"……본본. 이건 전쟁이에요. 저는 옆에 없을 거예요. 하지만—"

오잉크가 주변 사람에게 들리지 않게 목소리를 죽여 말을 걸었다.

나를 걱정하는 그녀에게 웃음으로 답해줬다. 안심해. 네 검은 누구에게도 지지 않아.

"……걱정할 필요는 없겠네요. 정말로 당신은 신기한 사람이에요."

"너만 하겠어? 내가 이럴 수 있는 것도 네가 여기 있는 덕분이야."

"후…… 정말 당신이란 사람은…… 어쩜 이렇게……."

왠지 한숨을 쉰 그녀가 먼저 길드를 나섰다.

아캄 파가 올 대륙 중앙으로 이어진 가도로 출발하려는 것이다.

우리 쪽도 호령했다. 선두에 선 사람은 내가 아니라 그 레스토랑 주인이었다.

그럼— 나도 가 볼까. 최고의 연출을 찾기 위해서.

§§§

방에서 나는 조용히 그때가 오기를 기다렸다.

침대로 눈을 돌리자 순백색 웨딩드레스가 준비되어 있었다.

여자라면 한 번은 입어보고 싶은 옷. 한눈에 고급이란 것을 알 수 있었다. 상황이 달랐다면 나도 입어보고 싶었을, 동경심을 품게 되는 물건이었다.

그렇지만— 그것을 입을 수는 없었다. 이것을 만든 사람에게는 미안하지만, 나는 지금 입은 드레스를— 진홍색으로 물든 그와의 인연을 절대로 벗을 수 없었다.

"……미안해요, 류에. 잠깐 손을 잡아주지 않을래요?"

내 전속 메이드가 되어 언제나 곁에 있어 주는 언니에게 조금 약한 모습을 보였다.

결의와 각오를 가슴에 품고 오늘을 맞이했건만, 불안감에 짓눌려 버릴 것 같았다. 불과 몇 주 동안 그와 떨어져 있었을 뿐인데 이렇게나 약해져 버렸다.

류에의 자그마한 손이 마치 모든 것을 감싸는 듯 불안한 나를 따뜻하게 품어줬다.

"……카이 씨는, 와주시겠죠?"

"당연하지. 분명히 우리는 상상도 못할 작전을 세웠을 거야."

류에는 절대적인 자신감을 가지고 단언했다. 사실 내가 버틴 것도 다 그녀 덕분이었다.

매일 밤 나는 잠드는 게 참을 수 없이 무서웠다. 그것은 아캄에 대한 공포 때문이 아니라— 눈을 떴을 때 세 명이 함께 지낸 그 나날들이 모두 환상이었고, 이 저택에서 지내던 내가 꾼 헛된 꿈이 아니었나, 하는 불안감 때문에…….

그래도 내가 눈을 뜨면 언제나 그곳에 류에가 있어 줬다.

나에게 「잘 잤어?」라고 말해줬다. 그 나날은 환상이 아니었다고 말해줬다.

내 손을 잡아주는 그녀의 손을 맞잡고 의자에서 일어났다.

이제 곧 시작이다. 자— 가자.

저택의 문을 열자 이미 연회장으로 꾸민 정원으로 길이 만들어져 있었다.

벌써 사람들이 대거 모여들었는지 웅성거리는 소음이 이곳까지 들려왔다.

그리고 연회장이 보이기 시작하자 많은 시선이 나에게 쏠리는 것이 느껴졌다.

"마님은 이 자리에서 기다려주십시오. 아캄 님께 말씀드리고 오겠습니다."

이곳을 감독하는 사람은 이크스였다. 오늘도 그녀는 나에게 감정이 보이지 않는 표정과 사무적인 말투로 담담하게 용건만 전하고 떠났다.

안다. 그것이 계약 때문이란 건. 그래도 내 마음에는 그림자가 드리웠다.

"레이스, 그럼 나는 일단 떨어질게. 다른 아이들과 같이 줄을 서야 하거든."

류에가 떠났다. 내 시야에서 사라지고 말았다. 그리고— 그것이 시작됐다.

마치 왕족이 입을 법한 예복을 차려입은 아캄이 단상 위에 나타났다.

이곳에 모인 수많은 참석객을 보고 만족스러운 표정을 짓고는 나를 힐끔 돌아보고 웃었다. 짐승 같은 욕망을 숨기려고도 하지 않는 웃음이었다.

그리고— 개식을 알리는 인사가 시작됐다.

§§§

그것은 흡사 마왕이었다.

단상에 나타난 그자는 달빛이 녹아든 듯한 장발을 한데 모아 어깨 앞으로 늘어뜨렸다.

관자놀이 부근에 난 칠흑색 뿔은 요사스러울 만큼 광택을 발했고, 달을 가둔 것 같은 은색 홍채가 깃든 두 눈은 무섭도록 아름다워 보는 이로 하여금 공포와 경외감으로 할 말을 빼앗았다.

그의 정원에 모인 주민들은 가슴에 품은 결의가 흔들리면서도 그를 쳐다봤다.

공포. 오랜 세월에 걸쳐 뿌리 내린 공포가 그들에게 깃든 불타는 결의를 흔들어 댔다.

아캄이 천천히 입을 열었다.

"내빈이 늦는 듯하나, 이 청명한 날씨를 놓치기는 너무나 아깝다. 그러므로 지금부터 식을 거행하겠다."

그렇게 말하며 아캄은 주민들에게 눈길을 돌리고 입꼬리를 씩 올렸다.

"격식에 맞지 않는 차림을 한 인간이 참으로 많군. 마치—

여기서 전쟁이라도 벌이려는 것처럼."

그렇다. 주민들은 모두 갑옷을 입고 허리에 검을 찬 채 긴장된 분위기를 내고 있었다. 그것은 아무리 좋게 봐도 축하의 말을 전하러 온 사람이 아니었다. 아캄의 말마따나 여기서 전쟁이라도 벌이려는 듯한 품새였다.

"……그래, 안다. 나도 나름대로 민초의 목소리에 귀를 기울일 줄 아는 어진 군주라고 자부하니까. 오늘 이 자리에서 나에게 어떤 **여흥**을 보여줄지 기대하마."

아캄은 한없이 거만하게 이 자리에 모인 사람들에게 말했다.

너희가 발버둥친들 나한테 손가락 하나 까딱할 수 없다고 은연중에 말하듯이.

하지만 모인 사람들은 누구 하나 검에 손을 대려고 하지 않았다.

그저 무언가를 기다리듯 가만히 아캄의 패기를 견디고 있었다.

온몸이 떨리고, 당장에라도 발길을 돌리고 싶은 다리에 억지로 힘을 주는 사람도 몇 명 보였다.

하지만 그래도 가만히 기다렸다. 『그』가 올 순간을.

한마디도 하지 않고 침묵만 지키는 영주민을 시시하게 생각했는지, 아캄은 식을 진행하려고 한숨과 함께 조소를 없애고 다시 거만하게 입을 열었다.

"그렇다면 먼저 소개하마. 나의 반려가 될 여성을. 와라,

레—.”

그리고 그녀의 이름을 입에 담으려고 한 순간, 그에게 『종말』이 찾아왔다.

세상이 무너지는 듯한 굉음이 일대에 울려 퍼졌다. 꽃과 풀이 휘날렸다. 나무들이 쓰러지고 주민들은 기쁨에 찬 표정을 지으며 충격에 몸을 맡겼다.

정원이, 식장이, 무대가 눈 뜨고 보기 힘들 정도로 망가졌다.

무슨 마도라도 깔아 뒀었나, 하고 아캄이 한순간 이 자리에서 유일하게 그것이 가능한 이크스에게 눈길을 보냈다. 하지만 그녀도 충격에 몸을 가누지 못하고 있었다.

아니다. 이크스가 아니다. 다른 누군가의 소행이다. 아캄은 그렇게 확신하고 이제야 지금 자신에게 정체를 알 수 없는 거대한 힘이 다가와 있다는 사실을 깨달았다.

§§§

누구보다 강하게 햇빛을 받는 곳에 서서 아득히 아래에서 떠드는 녀석의 모습을 봤다.

연회장으로 마차 무리가 다가가는 것이 보였다. 아마 오잉크가 보낸 전 귀족, 전 영주리라. 그렇다면—.

『그렇다면 먼저 소개하마. 나의 반려가 될 여성을.』

그때, 청각을 강화한 귀에 그 소리가 들려왔고— 정신이

들자 나는 그곳으로 급강하하고 있었다.

허공을 가르는 소리가 귀를 때렸다. 볼이 찢어질 것 같은 풍압에 눈을 찌푸렸다. 그래도 주먹을 꽉 쥐고 놈이 선 곳으로 가서 낙하의 기세를 그대로 담은 일격을 날렸다.

느껴본 적 없는 충격이 전신을 관통하고 어마어마한 격통에 목소리가 샐 뻔했다.

그래도 순식간에 모든 상처가 치유되며 통증이 사라졌다.

눈에 먼지가 들어갔다. 입에 흙 맛이 퍼졌다. 심장이 이렇게까지 뛴 적이 없었다. 귀가 화끈하게 열을 내며 주위 소리와 함께 고동 소리를 들었다.

하지만— 내 알 바가 아니다. 나는 일어서야만 한다. 크게 날갯짓해 시야를 가린 모래 먼지를 단번에 날려 버렸다. 시야가 트이자 내 정면에 그 남자가 서 있었다.

아— 그렇군. 너는 마왕이다. 틀림없이 마왕이다.

내가 마음에 그렸던, 내가 되고 싶었던 마왕과 아주 닮았다.

타천사 같은 칠흑색 날개. 황소를 닮은 흑요석처럼 검은 뿔.

너무 아름다워 무서운 그 얼굴. 그리고 인간이 아닌 것 같은 광채를 발하는 두 눈.

그것은 공포를 넘어서 아름다움마저 느낄 정도의 용모였다.

아아, 그래. 지니아와 리네아는 분명히 이 녀석의 아이다.

아마 이 남자의 특징을 두 사람이 반씩 나눠 받은 것이리라.

"그래. 너는 마왕으로서 부족함이 없어."

찬사를 보냈다. 내가 바라던 모습을 천성적으로 가지고 태어나 강자로 군림한 자에게.

"이 얼마나 아름답고 위압적인가. 태생이 달랐다면 왕으로서 이보다 어울릴 수 없는 모습이다."

전신에서 피가 끓었다. 틀림없이 이 녀석은 지금까지 만난 존재 중 최강의 적이다.

용신과는 또 달랐다. 같은 눈높이에서 싸우는 상황에서 이 녀석은 틀림없이 최강이다.

"하지만— 미안하군. 네가 가진 것은 전부— 내가 가져가겠다!"

부르짖었다. 격앙된 감정에 맞춰 테라 보이스가 울려 퍼졌다.

시야에 검은 불이 일렁거렸다. 마력이 흘러넘친 탓일까?

나를 보는 아캄의 표정이 빠르게 일그러져 갔다. 그것은 공포나 분노가 아니라 재미있는 장난감을 발견한 아이 같은 웃음이었다.

"오오, 이건 멋진 선물이군. 좋다, 아주 좋아. 확실히 이건 무섭구나. 어찌 이리도 무시무시한 모습이 있는가. 황금 뿔, 두 쌍의 날개. 칠흑의 마안. 인정하마. 그 모습은 나에게 비할 수 없이 무시무시하고 위압적이다. 아름다움마저 느껴져."

내 찬사를 되돌려 주듯 놈도 찬사를 보냈다.

그러나 그 순간, 공기가 진동할 정도의 패기가 온몸에 쏟아졌다.

노기 서린 목소리가 울려 퍼지고 주위에서 비명이 퍼졌다.

"시시하다! 이따위 가짜를 믿고 나에게 거스르다니! 누구냐? 누가 이런 멍청이를 추대했나? 네놈인가? 아니면 너희들이냐? 누구 한 사람이라도 보았나? 이 가짜가 힘을 쓰는 모습을! 경외하고 따를 만한 무언가를 증명한 모습을!"

그건 틀림없이 내 정체를 깨달았기에 나온 말이었다.

옌 씨에게 들켰을 때부터 어쩌면 다른 사람에게도 들키지 않을까 걱정했었다. 그런데 설마 이 녀석에게 들킬 줄이야. 이 또한 운명이란 말인가?

그래. 네 말이 맞다. 너는 그 가짜에게— 모든 것을 빼앗긴다.

그 순간 땅을 박차고 육박했다. 놈이 놀라는 얼굴을 눈에 담으며 목을 노려 팔을 내질렀다.

네가 떠들면 다들 무서워하거든. 그러니까 닥쳐.

하지만 내가 붙잡은 것은 금색 실 한 가닥. 놈의 머리카락뿐이었다. 피해 버렸다.

나는 이제야 어빌리티 구성을 변경해 [상세 감정]을 발동했다.

【Name】 아캄 피나르 란드실트

임페리얼 데몬
【종족】 최상위 마족

【직업】 검성(50), 마검사

【레벨】237

【칭호】검은 검성

마검을 짊어진 자

살육의 마왕

인심(人心) 지배자

처녀를 먹어치우는 자

【스킬】극검술, 살육 가속, 검섬 간파, 불 마도, 혼박의 마안

……이게 뭐야? 이게 플레이어가 아니라 처음부터 이 세계에 살던 인간이라고?

종족 때문인지 레벨뿐만이 아니라 스테이터스가 어처구니없이 높았다.

이러니까 오잉크가 못 이겼지. 일인 군단 정도가 아니다. 혼자서 말 그대로 나라를 무너뜨릴 정도가 아닌가.

"흠, 단순한 사기꾼이나 광대는 아닌가 보군. 그래서 넌 무얼 하러 왔지? 내 영주민을 선동하고 이 지위를 찬탈하러 왔나? 제 주제를 모르는구나."

"……내가 가장 원하는 건— 그딴 게 아니다."

머리카락이든 뭐든 붙잡기 위해 다시 놈을 향해서 팔을 뻗었다.

하지만 또다시 주먹은 허공을 잡았다. 그렇다면—.

"『강함권쇄아(剛陷拳碎牙)』."

궤도를 틀어 땅을 내리쳤다. 새롭게 크레이터가 만들어지고 산탄처럼 튀는 흙이 맹렬한 기세로 아캄에게 날아갔다.

아캄은 두 팔을 교차해 날아드는 흙덩이를 막으려고 했지만— 막을 수 있을 줄 알았냐?

네가 아무리 괴물 같은 능력치를 가졌어도 진짜 괴물한테 이길 수 있을 줄 알았냐?

총알 같은 속도로 날아간 무수한 흙과 모래는 순식간에 놈의 두 팔에 끔찍한 상처를 냈다. 그리고 놈의 신음이 확실히 들렸다.

"—피하진 말아라. 내 것이 될 저택이 엉망이 되잖나."

창문, 벽, 지붕, 실내가 고폭탄이라도 맞은 것처럼 엉망으로 망가졌다.

내 주먹질 한 번에 이 참상이 벌어졌다는 사실이 이곳에 있는 모든 이의 뇌리에 각인됐다. 자, 보여줬다. 네가 말하는『경외하고 따를 만한 무언가』를.

……웃기는군. 영주민을 공포와 힘으로 따르게 해서 어쩌자는 거냐?

나도 남을 비난할 자격은 없다. 처음에는 공포의 힘으로 사상을 억지로 뜯어고쳤으니까.

그래도 나는 언제나 주민 곁에 있었다. 이해할 수 없으면 이해될 때까지 대화했다. 내가 힘을 쓰는 경우는 어쩔 수 없는 경우뿐이었다. 나에게 반발해 남을 해치는 것을 자랑스럽게 여기는 인간을 없앨 때뿐이었다.

나는 계기를 만들 때만 힘을 썼다. 누가 보여줄 것 같으냐. 폭력을 휘두른 사실을 부정하지는 않겠지만, 그것을 단순한 복종을 위해서 과시할 성싶으냐.

"……그만 됐다. 충분히 즐겼다."

교차한 팔을 내리고 마침내 적의를 드러낸 아캄이 조용히 허리춤에 찬 칼을 뽑았다.

남색과 보라색이 섞여 마치 우주를 가둬 놓은 것 같은 무척 아름다운 검이었다.

그 풍격, 위압감, 기운을 보아 틀림없이 평범한 무기는 아니었다.

놈의 직업에는 『마검사』가 존재했다. 나의 예전 직업인 『탈검사』와 마찬가지로 특수한 무기를 얻어야 전직 가능한 그 직업은 게임 시절 『최강』 중 하나로 꼽혔다.

지금부터가 중요하다. 허튼 짓을 하기 전에— 끝낸다.

다시 달려가 기세를 그대로 실어 한 번 더 땅을 쳤다.

무수한 흙덩이가 눈으로 확인하기도 힘든 속도로 날아갔고, 그 순간 푸른 궤적이 춤췄다.

그것은 이글거리는 푸른 불꽃이었다. 그 불이 주위에 열풍을 일으키며 흙덩이를 휩쓸자 흙은 용암으로 변해 떨어졌다.

변모해 흩어진 그것들이 바닥을 태우며 불길이 퍼졌다.

탄내와 열이 올라오고 식은땀 같은 물방울이 떨어졌다.

이 자식…… 그러고 보니 아까 스테이터스에 『불 마도』란 게 있었지.

이게 말이 돼? 마도까지 사용하게 해주는 마검이라고? 그딴 건 듣도 보도 못했다.

"……그 곡예는 질렸다. 더 보기 싫으니 그만 타 죽어라."

놈의 모습이 사라졌다. 눈을 크게 떴을 때는 이미 놈의 검이 내 눈앞으로 와 있었다. 뜨겁다. 피부가 타드는 감각. 인체 발화가 아니라 아예 증발할 것 같다.

피할 수도 없어 몸이 녹아내리는 감각을 맛봤다.

최악의 결말이 눈앞을 스쳤다. 아— 이 얼마나…… 매력적인 무기인가!

"……엄청나군. 얼마나 수련을 쌓아야 이런 실력을 얻을 수 있지?"

"아니, 어떻게?!"

『극검술』은 자신이 습득한 검술의 소비 MP를 낮추고 위력과 범위, 속도를 한 단계 높이는 스킬이다.

이 세계에서 그 경지에 이른 노력에는 솔직히 경의를 표한다.

그 기술은 분명히 피할 수 없었고, 내 몸에 닿았다.

그렇지만, 안타깝게도, 그 기술은, 슬플 정도로—.

"위력이 부족하군. 쇄골 하나 부러지지 않다니."

"마, 말도 안 된다! 뭐냐! 네놈은 뭐냐!"

진짜 괴물을 얕보지 마라. 내 갑옷은 약하고 겉만 번지르르하지만— 내 몸은 그렇지 않아. 스테이터스 차이란 잔인하다.

HP와 방어력은 곧 체력과 맷집으로 직결한다.

그 맹렬한 충격과 열량에 뼈에 금이 가고 피부가 녹았다. 피가 번져 옷을 적셨다.

……그래서 그게 뭐 어쨌는가. 나는 이미 고통조차 느끼지 않는데.

레이스가 바로 옆에 있었다. 지금 당장 눈물을 쏟을 것 같은 얼굴로 날 보고 있었다.

내가 질 리 없는데 네가 어중간하게 강하니까— 걱정을 끼쳐 버렸단 말이다.

"왜 그러지? 왜 물러나나? 더 해 봐라. 네놈은 강하다고 하지 않았나, 아캄."

희미하게 느끼던 얼얼함이 사라졌다. 이 몸에 깃든 [생명력 극한 강화]가 작용한 결과였다.

"……네 목적은 내 죽음과— 그렇군. 레이스인가."

"몇 번이나 충고했을 터……. 부하의 보고와 진언을 끝까지 무시한 결과가 이거다."

"크크크…… 정말이지 마성의 여자로군. 이런 괴물을 끌고 오다니."

그렇게 웃으면서 또 엄청난 속도로 거리를 벌렸다.

거만한 태도는 여전했다. 아직 자신의 승리를 의심하지 않는 놈에게 경계심을 품었다.

"힘이란 자신이 소유한 모든 것을 일컫는다. 네놈은 강하다. 인정하마."

잔해 위에 선 아캄이 싸움에 휘말리지 않게 피난한 주민들에게 들리도록 말했다.

"잔챙이를 아무리 긁어모아도, 내 병사를 아무리 빼앗아도 그딴 건 의미가 없다. 마음만 먹으면 지금 당장 모조리 없애 버릴 수 있으니까."

"여기 있는 네 신봉자들도 함께 말이냐? 퍽이나 어진 영주님이시군."

"그래, 상관치 않는다. 수하로 부릴 힘도 없는 자에겐 아무런 가치도 없다."

아캄은 그렇게 말하며 검을 휘둘렀다. 불을 두른 검광이 영주민들에게 뻗어 나갔다.

그렇지만— 그것은 닿지 않았다. 내가 막지 않아도 막아 줄 사람이 있었다.

정원에 돌연 희미하게 빛을 반사하는 투명한 벽이 솟았다.

벽은 여러 장이 겹쳐지며 이 저택 부지 전체를 덮는 결계가 됐다.

그 이름은『헌드레드 월』. 성검사가 습득하는 광역 봉쇄 결계였다.

장벽은 아캄의 참격을 맞고도 단 한 장도 부서지지 않은 채 버티고 있었다.

"얼음벽이면 녹을 거 같아서 말이야. 정말로 푸른 불이란 게 있었구나. 대단한 온도야."

"윽?! 넌…… 류에!"

"그래, 나야. 이제 넌 도망칠 수 없어. 엉뚱한 생각 하지 말고 카이 군이랑 싸우기나 해."

천연덕스럽게 웃으며, 대피한 메이드 무리 속에서 그녀가 나타났다.

"이크스! 결계를 해제해라!"

"이미 시도하고 있습니다. ……하지만 이 술식은…… 제 실력으로는 해제할 수 없습니다."

"미안해, 이크스 씨. 당신이 아캄의 지배를 받는 동안은 난 네 적이야."

류에는 당당하게 웃으며 결계를 아무 저항 없이 통과해 내부로 들어왔다.

그 손에 단단히 쥔 검이 당장에라도 싸우겠다는 의지를 보여줬다.

……그녀의 말투로 보아 이크스 씨의 상황은 이해하는 듯했다.

그렇다면 이크스 씨는 류에에게 맡기면 되겠지.

"류에는 내가 보낸 인간이다. 크크크, 매일 『천국』을 봤다지?"

"너냐! 네 소행이었나, 류에!"

"이야~, 아침마다 멋지게 울더라니까. 덕분에 탑에 있는 우리가 늦잠 자지 않아도 됐어."

자기 몸에 일어난 이상, 절대로 남에게 말할 수 없는 추태의 원흉을 안 놈의 얼굴이 분노로 점철되고 다짜고짜 칼을 휘둘렀다.

하지만 또다시 즉각 생성된 빛의 장벽에 막히고 말았다.

"아캄. 네 상대는 나다. 그게 아니면— 포기할 건가?"

다시 놈의 모습이 사라졌다. 그렇지만— [오감 강화]가 그 미세한 바람 소리를 감지했다.

등 뒤로 날린 백 너클이 놈의 검과 격돌하며 경쾌한 소리를 퍼뜨렸다.

놈은 공격을 멈추지 않았다. 날카롭고 정확한 참격이 두세 번 이어지더니 이내 열 번에 이르렀다.

건틀릿 너머로 퍼지는 충격에 손의 감각이 마비되고 차츰 그 공격이 나에게 전해졌다.

……역시 그랬어. 스테이터스가 우월해도 이렇게 되는군.

"네놈 같은 가짜에게 내 패도가 가로막힐쏘냐!"

"안타깝지만 그 길은 나락행이다."

주먹으로 강타하고자 힘을 실었다.

하지만 놈이 검을 물린 탓에 힘을 싣던 몸이 앞으로 기우뚱 기울었다.

그 한순간의 틈이 나에게 큰 타격을 입혔다.

뜨거운 기름을 끼얹은 것 같은 뜨거움과 미칠 듯한 통증이 퍼졌다.

"그 팔, 받아가마!"

팔이, 떨어진다. 목소리가, 들린다. 비통한 외침이, 메아리친다.

"카이 씨! 카이 씨—!"

류에의 결계로 분단된 바깥쪽에서 레이스가 필사적으로 달려오려고 했다.

괜찮아. 난 괜찮아. 이런 건 아무것도 아니야.

고통을 머릿속에서 몰아내는 의지가 깃들었다. 걱정시켜서 어쩌자는 거냐. 압도해라.

죽여라. 확실하게 죽여라. 가차 없이 힘의 차이를 보여주지 않고 뭐 하는가.

땅에 떨어진 오른팔을 발로 차올려 잡고 바로 절단면에 꾹 들이밀고 뒤로 훌쩍 물러났다. 괜찮아, 이미 붙었다.

주먹을 쥐었다 폈다 하며 감촉을 확인하고 드디어 등에 있는 검을 꺼내 들었다.

이런 제길. 굳이 칼을 쓰지 않아도 충분하다고 도발하고 싶었는데…… 그럴 수도 없겠군.

무엇보다 『검섬 간파』가 성가셨다. 이건 검 공격에 회피 보정이 붙는 스킬인데, 이 세계에서 어떤 효과를 낼지 조금 불안했다.

"드디어 뽑았—."

"닥쳐."

자세를 잡음과 동시에 검을 크게 횡으로 휘둘렀다. 『대지열섬』이 땅을 타고 질주했다.

그러나 내가 검을 다 휘두르기도 전에 놈의 모습이 사라졌다.

역시 검 공격은 불리하다는 생각에 도달했을 때, 등 뒤에서 공기가 움직였고— 배를 찢으며 놈의 칼날이 튀어나왔다. 그리고 폭발하듯 터진 맹화가 몸을 태웠다.

아프고 뜨겁고 고통스러운데도 이상하게 이 몸에서는 비명 하나 나오지 않았다. 그저 분노와 투쟁심만이 내 의지에 따라 몸을 움직였다.

배에서 튀어나와 지금도 불타는 칼날을 잡고 고개를 뒤로 돌려 말했다.

"아팠어…… 제법!"

그대로 몸을 회전시켜 검을 배에 꽂은 채로 놈을 돌아봤다. 그리고 배에 남은 검을 뽑아 보란 듯이 들었다.

"상처가…… 사라져?"

"하는 김에 네 검도 없애주마."

아이템 박스에 넣어 버리자. 무기 파괴는 기본. 받을 건 전부 받는 것도 기본.

그리고 무기를 잃는다면 놈은 마검사 능력, 그리고 불 마도까지 잃는 셈이다.

이크스 씨는 지금 류에와 싸우느라 이쪽에 낄 여력이 없다.

네 앞에 모일 병력도 현재 통행금지 상태다. 자, 어떻게 할 거냐?

"내 검을…… 네 이놈, 용서받을 생각은 버려라!"

"네가 쓰기엔 과분한 물건이다. 차라리 나무 몽둥이나 휘두르는 게 어떠냐?"

욕보인다. 깔본다. 가능한 한 놈의 권위를 깎아내리는 언동을 반복했다.

너는 이미 졌다고, 격이 다르다고.

그리고— 슬슬 너도 고통이란 걸 알아야 할 때다.

놈의 정신 나간 스피드에 대응할 수 있도록 어빌리티를 갈아 끼웠다.

그러자 그 속도에 몸이 반응할 수 있었다. 그렇다면 내 이동 속도만 강화하면 충분히 따라잡을 것이다.

초조함이 느껴지는 놈에게 이번에는 아까보다 훨씬 빠르게 접근했다.

또 사라지려는 그 몸의 윤지인이 미지믹까지 내 눈에 비쳤다.

도망치려는 날갯죽지를 붙잡고 놈의 자세를 무너뜨려 바닥에 자빠뜨렸다.

그리고 즉시 어둠 마법으로 날카로운 가시를 만들어 날개에 쑤셔 박았다.

하나, 둘— 셋넷다섯여섯일곱여덟아홉.

절규하는 입을 발로 밟아 틀어막고 날개를 땅에 고정시켰다.

마치 표본 같다. 아니, 비유가 아니라 정말로 표본이었다.

발을 치우고 한 걸음 물러나 그 추태를 내려다보며 선언했다.

"봐라! 이것이 너희가 떠받들던 영주, 마왕 시늉을 하며 오만하게 굴던, 인간 된 도리를 벗어난 자의 말로다!"

"이 자식이이이이이이이이이이이이이이이이이이이이이이이!!!"

이곳에 모인 놈의 신봉자들에게 아캄의 비참한 모습을 보여줬다.

……편하게 죽을 생각은 하지도 마라. 넌 몇 명이나 죽였지? 몇 사람의 인생을 망가뜨렸지?

점차 증오로 물드는 그 두 눈이 어디를 향하는지 좇아 봤다.

그곳에는…… 지니아와 고개 숙인 리네아, 자신의 혈육이 있었다.

"네놈들이 왜 여기 있지?! 키워준 은혜도 모르느냐, 버러지만도 못한 것들!"

"자기가 버린 아이에게 목숨을 구걸하지 마라!"

차마 들어줄 수 없어 반사적으로 검을 내리쳤다. 둔탁한 소리가 나며 절규가 끊겼다.

바닥에 흩어진 칠흑색 파편— 놈의 염소 같은 오른쪽 뿔이었다.

"네…… 네 이놈…… 레이스냐. 레이스가 그렇게 소중하더냐?"

"그래. 소중하고말고. 너는 자기 자신보다 소중한 사람을 가져 본 적이 없겠지."

아캄은 체념한 듯 조용하게 내씹었다.

드디어 포기했나. 조금이나마 긴장이 풀렸다.

그러나— 끈질긴 놈이었다. 놈의 눈동자가 강한 빛을 내며 마력이 터져 나왔다.

"그렇다면! 다른 자라면 어떻게 되든 상관없을 테지!"

그 순간, 일대에 그림자가 깔렸다. 무슨 일인가 싶어 하늘을 보자 그곳에는 무수한—.

"힘은 자신이 소유한 모든 것을 일컫는다. 하지만 네가 가진 건 족쇄에 불과하구나!"

아캄은 땅에 박힌 날개를 찢고 맹렬한 속도로 저택 지붕으로 뛰어올랐다.

그 뒤에는 어마어마한 수의 익룡이 하늘을 뒤덮고 있었다.

……이것이 산속에 숨겨 뒀다는 이 녀석의 사역 마물인가?

"너는 레이스가 소중하다고 했지? 그렇다면 나머지는 포기해라!"

결계 밖에서 찾아든 용들이 곧장 영주민들에게 날아갔다.

그러나 그것들의 움직임이 도중에 우뚝 멈췄다. 마치 거기서 더 앞으로 가면 죽는다고 본능적으로 깨달은 것처럼.

제아무리 계약으로 묶여 있어도 생물의 본능에는 거스를 수 없는 걸까.

우리는 처음부터 마물의 존재를 알고 있었다. 대책을 세우지 않았을 리 없잖은가?

여유로운 웃음을 짓던 아캄의 표정이 이번에는 완전히 무너졌다.

"우연이군, 아캄. 나도 용을 부리는데 말이야."

그때 저택 전체를 덮어 버릴 정도로 커다란 날개를 펼친 거대한 흑룡이 나타났다. 우리 집 드래곤님이시다.

하하하…… 잠깐 방목한 사이에 많이도 컸구나.

다른 용이 어린애로 보일 정도의 거구에 모든 용들이 전율하더니 흑룡 뒤에 붙어 따르기 시작했다. 하하하, 인간보다 본능에 충실해 정말로 알기 쉬워.

"저, 저것들이! 싸워라, 산개해라!"

"포기하시지. 미안하지만, 그것들은 이미 내 거다."

놈이 자랑하는 힘을 더 빼앗았다. 자, 어떻게 할 거냐? 이렇게 철저하게 빼앗기고 꼴사나운 모습으로 변한 네가 뭘 더 보여줄 테냐?

"이크스, 마력을 모두 해방해라! 죽음을 불사하고 싸워라!"

"큭! 알겠습니다."

다시 뭔가가 갈라지는 소리와 함께 류에가 고통을 참는 목소리가 들렸다.

그쪽을 돌아보자 류에는 이크스 씨의 주먹을 검으로 막으며 점차 밀리고 있었다.

이크스 씨의 몸에서 어떤 연기 같은 것이 새어나오는 것처럼 보였다. 그건 생명의 유출이었다. 그것을 본 류에가 급박한 얼굴로 외쳤다. 안 돼! 라고.

아마 정말로 목숨을 갉아먹는 공격인지, 류에는 결계를 해제하고 마력을 모두 자기 보조에 할당해 한쪽 주먹으로 이크스 씨를 밀어냈다.

팔다리를 얼음으로 묶고 그녀의 몸을 끌어안아 회복 마도를 발동했다.

"카이 군, 결계가 없으니까 빨리 끝내!"

고개를 끄덕이고 끝장을 보기 위해 아캄에게 시선을 되돌렸다.

그러나— 그럼 그렇지. 너라면 그렇게 나오겠지.

"……너도, 레이스를 원하는 게 아니었나?"

"이제는 됐다. 가질 수 없다면, 네놈에게 승리의 여운을 안겨줄 바에야……"

아캄은 레이스의 뒤에 서 있었다. 힘을 쥐어짜 팔을 높이 치켜들어 그녀의 목숨을 거두려는 모습에 내 참을성이 마침내 한계에 달했다.

"……정말로 구제할 도리가 없는 사람이네요."

"닥쳐라. 네가 초래한 결과이니."

붙잡힌 레이스가 중얼거렸다. 검을 쥔 내 손에 힘이 들어갔다.

"네가 레이스에게 손을 댄 순간, 죽음보다 무서운 경험을 하게 될 거다."

"그럴 리가. 네놈은 정에 너무 약하다. 힘을 가졌으면서 타인에게 지나치게 정을 주는구나. 그 허점이 있으면 충분하다."

그래. 네 말이 맞다. 레이스를 잃으면 분명 나는 제대로 움직일 수도 없겠지.

"전원에게 명해라. 이곳에서 움직이지 말라고."

"……그러지."

류에 쪽으로 눈을 돌리자 이크스 씨는 이미 정신을 잃어 바닥에 쓰러졌고 팔다리를 얼음으로 구속당했다. 나는 류에에게 움직이지 말라고 눈짓했다.

그리고 영주민들을 돌아보자 신봉자들은 어떻게 해야 할지 모른 채 모험가에게 포위당해 있었다. 그쪽 모험가들에게도 가만히 있으라고 손짓했다.

……이제 그만 이 짓거리도 끝내야겠군.

"레이스! 조금 무서울지도 모르지만, 나를 믿어줘."

마지막으로 레이스에게 말을 걸었다. 염기가 아니라 마음에서 우러나오는 말을.

"……! 믿어요! 저는, 카이 씨의 모든 것을 믿어요!"

그녀의 눈동자가 결의로 빛났다. 겁먹은 표정이 승리를 확신하는 얼굴로 바뀌었다.

내가 레이스의 결의와 신뢰를 흔드는 볼썽사나운 모습을 보인 게 잘못이었다.

이래선 안 된다. 본래 목적을 잊고 영주민에게 많이 배려한 결과가 이거다.

검을 들었다. 그에 아캄이 움직였다. 그 팔이 레이스의 목숨을 거두려고 한다.

그리고— 한목숨이 사라졌다.

§§§

가슴으로 튀어나온 팔을 보고 나는 내 남은 목숨이 길지 않다는 것을 깨달았다.

그래도 믿었다. 그에 대한 믿음이 고통을 잊게 해줬다.

그런데 카이 씨가 무릎을 꿇고 말았다.

왜? 괜찮아요. 카이 씨가 저를 구해준다고, 저는 믿어요.

귓가에서 미친 듯한 웃음소리가 울렸다. 그리고 나는 바닥에 내팽개쳐졌다.

"정말로, 설마 정말 이대로 무너지는가! 방금 말은 뭐였지? 믿어? 믿어줘? 어처구니없군. 믿은 결과가 이거다!"

그는 무릎을 꿇고 고개를 숙인 카이 씨를 보고 진심으로 우습다는 듯 떠들었다.

……왠지 이상해요. 아프지 않아요. 그러니까 카이 씨도 일어나주세요.

"레이스! 카이 군!"

류에가 달려왔다. 나를 끌어안아 줬다.

괜찮아요. 전 정말로 안 아파요. 그러니까 울지 말고, 카이 씨를—.

"……어? 레이스, 상처는?"

"네……?"

아까부터 통증이 없는 가슴을 머뭇머뭇 손으로 만져 봤다.

……그러자 분명 그곳에 상처는 없었다. 드레스의 구멍조차 없었다.

그럴 리가, 아캄의 팔이 내 가슴을 뚫고 나온 걸 봤는데.

이해할 수 없는 현상에 고개를 갸웃거렸다. 류에도 「어? 어어?」 하며 내 가슴을 살펴봤다.

카이 씨가 준 가호에 비밀이 있지 않을까. 그 결론에 도달했을 때였다.

아까부터 이쪽으로 눈길도 주지 않고 미친 듯이 웃던 아캄의 목소리가 묻히고 말았다. 더 크고, 몸이 떨릴 정도의 광기 어린 웃음소리에 의해서.

"너는 그냥 죽이기만 해서는 성에 안 차. 그래서 압도해서 천천히 고통스럽게 죽이려고 했어."

카이 씨가 평소 말투대로 이야기하며, 천천히 일어났다.

그 모습이 무언가를 억지로 참는 것 같아서 너무나도…… 안쓰러웠다. 상처는 없는데 그가 선 모습을 보고 있자니 가슴이 아파 울음이 터질 것 같았다.

"레이스…… 이크스 씨를 데리고 여기서 떨어져."

"카이 씨는 대체 뭘……."

"몰라. 그래도— 이상해. 카이 군이 카이 군이 아니야."

그때 나는 처음으로 봤다. 류에가, 류에가 카이 씨를 두려워하는 모습을.

어떤 때라도 카이 씨를 믿고 전폭적인 신뢰를 보내던 그녀가…….

그 정도인가요? 그렇게나 당신은 분노에 눈이 머셨나요……?

류에에게 부축 받아 일어나 쓰러진 이크스를 안아 들었다.

나는 눈을 감은 이크스의 얼굴을 한번 어루만진 후 함께 저택 부지로 뛰었다.

이미 저택에서 일하는 사람, 그리고 예복을 입은 마족 전 귀족들이 아연실색한 채 광경을 바라보고 있었다.

무슨 일인가, 하고 나도 천천히 저택 쪽을 돌아봤다.

"다들 물러나! 다시 한 번 결계를 칠게!"

류에가 소리쳤다. 동시에 다시 투명한 벽이 생성되고, 그

건너편에서 나는 봤다.

진짜 공포의 구현을, 아캄이 불쌍하게 생각될 정도의 참상을…….

§§§

그녀에게 육체적 고통은 조금도 없었다. 전부, 모조리 내가 넘겨받았으니까.

심장을 꿰뚫는 일격은 생물의 구조상 일격으로 목숨을 빼앗는다.

HP나 회복이라는 요소가 끼어들 여지도 없이 생명은 순식간에 소멸한다.

하지만— [새크리파이스] 효과로 레이스의 죽음을 내가 넘겨받았다.

무릎이 꺾이고 의식이 끊겼다. 그리고— 정신이 들자 내 시야에는 바닥이 펼쳐졌고 귀에는 놈의 목소리가 울려 퍼졌다.

검 어빌리티를 확인했다. 그리고 이제 세팅해도 의미 없는 어빌리티를 해제했다.

[재기], 그리고 [윤회전생]을……. 분명 내가 죽을 수 있었던 건 그 한순간뿐이었다.

그래도 레이스에게 한순간이라도 내가 죽었다는 공포를 안겨줬다고 생각하자 미안함과 한심함에 미쳐 버릴 것 같았다.

그렇지만 그것을 감안해도 이 전능감(全能感)은— 참을 수 없이 멋졌다. 황홀할 지경이었다.

【웨폰 어빌리티】
[민첩 +50%]
[민첩 +25%]
[민첩 +15%]
[공격력 +35%]
[공격력 +25%]
[공격력 +15%]
[공격력 +10%]
[모든 능력치 +3%]
[모든 능력치 +5%]
[어빌리티 효과 2배]

[커스 기프트] 발동
대상 카이본
[생명력 극한 강화] 부여

어빌리티를 교체했다. [윤회전생]으로 모든 스테이터스가 배가된 지금은 특수 어빌리티를 사용하기보다 순수 능력치를 강화하는 쪽이 효과적일 테니까.

이 스테이터스는 뭐지? 아무리 싸움에 익숙하고, 많은 경험을 쌓고, 노력하고, 설령 역사를 만들어 왔다고 해도, 그것들을 전부 코웃음 칠 정도다.

분하지만, 아캄이 나보다 경험에서 앞서고 있었다.

스테이터스 차이가 무색해질 만큼 나는 미숙했고 놈은 숙련자였다.

그렇지만— 이미 그런 요소를 무시할 수준으로 강화된 스테이터스에 내 가치관, 윤리관, 이성이 무너질 것만 같았다.

아아, 보인다. 내가 일어나자 두려워하고 다리에 힘을 준 놈의 일거수일투족이.

내빼려고 발이 땅을 박차고 흙이 튀는 순간까지 천천히 보였다.

뭐 하나? 나는 바로 네 뒤에 있다. 빨리 움직여라.

"도망쳐 보시지."

찢어져 피가 흐르는 날갯죽지를 잡아 아까 했던 것처럼 똑같이 바닥에 눕히자 그 충격으로 땅이 파였다.

하하하, 이게 뭐냐? 힘을 조금 넣었을 뿐인데 이렇게 되나?

비명이 터졌다. 피를 토하고 눈이 충혈된 놈의 몰골을 내려다봤다.

"그 다리가 귀찮군."

다시 절규가 퍼졌다. 다리가 비틀려 뼈가 튀어나왔다. 이제는 도망치지 못하겠지.

나는 결계 밖에 있는 모든 사람에게 고했다.

이제 이 녀석은 살아날 수 없다고. 하지만 거기에 반론하는 것처럼 물소리 섞인 호흡음을 내며 놈이 절규했다.

"전해라! 여기에, 악(惡)이 있다고! 찬탈자, 이 대륙을 위협할 절대 악이 있다고! 내가 죽으면 동포들이 일어날 거다. 그뿐만이겠는가! 이 대륙에 있는 모든 의원이 네놈의 적이 될 거다! 각오해라! 각오해라!"

놈이 부르짖었다. 피를 토하며 부르짖었다. 자신이 죽으면 나는 대륙 전체의 적이 된다고 부르짖었다.

그래, 그렇겠지. 대륙 의원을 살해하면 당연히 죄인이 되어 처벌받고 많은 적에게 둘러싸일 것이다. ―하지만 나에게는 그녀가 있다.

이 타이밍을 노린 것처럼 이 참극의 땅에서 그 목소리가 울려 퍼졌다.

끝까지 올바른 의지를 관철하려는 당당한 목소리가.

"아뇨. 그렇게는 안 돼요. 절대 악은 당신입니다, 아캄."

웅성거리는 소리가 들렸다. 인파를 가르고 그녀가 나타났다.

높이 도약해 류에의 결계를 넘어온 그녀의 표정은 마음속 깊은 곳에서 상대를 내려다보는 듯한, 내가 본 적 없는 얼굴을 하고 있었다.

"네놈이었나아아아! 나를, 나를 방해한 건, 이 음모의 원흉은―!"

다음 순간, 피를 토하며 통곡을 닮은 절규가 고막을 강하게 때렸다.

다리를 잃고도 일어서려고 몸부림치는 모습은 집념을 불태워 움직이는 망가진 목각인형 같았다. 소름 끼치게 흉악한 망집에 표정이 굳어 버릴 정도였다.

"글쎄요. 마음대로 생각하세요. 그렇지만 안 됐군요. 이 사람은 죄인이 되지 않아요."

오잉크가 옆에 서서 내게 귀띔했다. 그래, 나도 안다.

"이 사람은 엔드레시아 왕에게 인정받은 차기 공작입니다. 단죄 집행권을 가진, 친선국 엔드레시아의 정식 사자니까요."

그 선언과 함께 나는 엔드레시아 왕에게 받은 임명서를 보여줬다.

이것이 지금 어떤 의미를 가지는지 나는 알고 있었다. 이 모습과 이 땅에 전해지는 전승이 원래 가질 리 없는 의미를 부여해줬다.

『일찍이 마족은 엔드레시아에서 건너왔다. 그곳에는 마왕이라고 불리는 선도자가 있었다.』

그렇다. 그 엔드레시아에서 국왕에게 인정받은 차기 공작, 마왕다운 모습을 한 내가 찾아왔다. 굳이 말하지 않아도 모두 이해해 줬다.

『아아— 진짜 마왕이 왔다』라고.

"헛소리…… 거짓말이냐! 그 녀석은, 그 녀석은 마족조차 아니다! 속고 있는 거다, 너흰 다 속고 있어! 그 녀석은 마족이 아니다. 나는 알 수 있다!"

"그래. 아니지. 나는 마족이 아니야. 마족 정도가 아니지!"

자, 쇼를 시작할 시간이다. 나는 가면을 벗고 빈 액세서리 칸에 차례대로 다른 액세서리를 착용했다.

검은 불꽃을 두른 날개, 흰 불꽃이 일렁이는 꼬리, 용의 날개, 괴물의 두 팔, 천사의 날개, 형용할 수 없는 촉수 같은 것 등 옛날에 손에 넣은 액세서리들을 차례대로 장비해 보여줬다.

"마족조차 아니다. 너무 많이 집어삼켜 내가 뭐였는지조차 잊었다."

"지, 집어삼켜…… 마물을, 잡아먹었다고……?"

주위에서도 경악하는 소리가 들렸다. 그리고— 뭘 같이 놀라, 류에! 앗, 레이스까지?!

"백염요호의 꼬리…… 히히이로센키의 팔에…… 더스터 드래곤의 날개까지……."

"류, 류에, 저게 뭔지 알아요……?"

"모…… 모두 초대 칠성의 신체 부위야……."

……그러고 보니 류에는 신예기를 기억하지. 나중에 오해를 풀어야겠다.

이대로 가면 류에가 나를 유사 인간, 아니, 키메라라고 생각할지도 모른다.

그렇지만 결과적으로 내가 마족이 아니라 종족마저 초월한 존재임을 주위에 알렸고, 드디어…… 놈의 마음을 꺾을 수 있었다.

"그런, 존재가…… 왜 지금 엔드레시아에……."

아캄은 감정이 빠져나간 눈으로 멍하니 나를 올려다보며 중얼거렸다.

이미 살아남을 가망은 없다고, 아무것도 할 수 없다고, 한 방 먹일 수조차 없다고 단념한 아캄은 자기 죽음을 받아들인 것처럼 저항을 포기하고 몸에서 힘을 뺐다.

"……죽여라. 강자가 위에 서는 것이 세상의 이치지. 설마, 너 같은 존재가 있을 줄이야."

달관한 것처럼 말하는 그 얼굴이…… 짜증났다. 너는 마지막까지 절망해라.

"아니, 너는 죽지 않아. 잡아먹히는 거지. 보지 않았나? 나는 먹어치우며 여기까지 왔다. 거기에는 유종의 미도, 무인의 긍지도 없다. 그저 한 끼 식사로 먹히고 배설될 뿐이지. 그게 네 운명이다!"

추가타는 기본. 정신 공격도 기본.

오버킬은 로망이고 시체 패기는 매너.

복수는 의무이고 더럽다는 말은 칭찬이다.

빚은 후손에게라도 받아내고 이자는 영원히 불어난다.

약해졌으면 죽을 때까지 패고 용서를 구하면 웃으면서 침을 뱉는다.

포기한다 싶으면 희망을 보여주고 다시 일어나려는 다리를 부러뜨려 땅에 처박는다.

그것이 나다. 내 미학이며, 내가 인간쓰레기라고 자각하는 이유다.

절대로 용서하지 않는다. 한 번 적대하면 누가 한 명 죽을 때까지 이어진다.

"……싫다, 먹히는 건 싫어……. 죽음을, 하다못해 죽음을……."

"나는 윙레스트에서 처음에 이렇게 전했을 거다. 『모든 것을 빼앗아주겠다』고."

너는 거듭된 경고를 무시하고 파멸의 길을 골랐다.

"너는 자기가 잡아먹힐 줄도 모르고 착각 속에서 자유를 누리던 생선이다. 물이 담긴 냄비 속에서 아무것도 모르고 헤엄치던 멍청이에 지나지 않아."

"……그만, 그만둬!"

"서서히 수온이 오르는 줄도 모르지. 그걸 깨달았을 때는—."

몸을 숙여 놈의 눈앞까지 입을 가져가 속삭였다.

"……맛있는 생선찜 완성이다."

"아…… 으아아아아아아아아아아아!!!"

마음을 죽인다. 죽음의 순간까지 공포를 준다. 이제 마무리하자.

다시 모인 사람들에게 쩌렁쩌렁하게 선언했다. 그 사상을, 가치관을 부수기 위해.

"거짓 왕에게 철퇴를! 우리 마족의 긍지를 먹칠하고 부정한 길로 유혹한 죄인에게 죽음을!"

검을 양손으로 들고 아직 누그러들지 않는 격정을 드러내듯 그 마력을 하늘로 방출했다.

검은 불길이 치솟았다. 마치 화염회오리처럼 하늘로 뻗어 퍼져나가며 태양을 가렸다.

불기둥은 구름을 불러들이고 사라졌다. 천재지변을 넘어 세상의 종말을 보는 것 같은 광경이었다.

"이것이 마왕을 사칭한 자의 말로다! 절대로 잊지 마라, 이렇게 되고 싶지 않다면!"

분명 이것이 폭력을 사용하는 올바른 방법일 것이다.

이제는 말조차 꺼내지 못하고 입을 미세하게 움직이는 놈에게 검은 회오리와 함께 그 기술을 발동했다. 그날, 그녀를 해방하기 위해 썼던 것과 같은『천단(극)』을.

막강한 위력을 품은 그것은 정원을 꺼뜨리고 대지에 깊고 거대한 구덩이를 만들었다.

그리고— 몇 초 후에 구덩이 바닥에서 하늘을 향해 엄청난 크기의 불기둥이 솟구쳤다.

굉음에 주위 소리가 사라지고 여파로 날린 잔해가 류에의 결계를 때렸다.

모든 것이 끝난 그곳에는 분화구가 생겼다.

그 참상을 바라보는데 머릿속에 어빌리티 습득 알림이 울렸다. 이것으로 완전히 아캄을 해치웠음을 확신하고 뒤를 돌아봤다.

나를 보던 모든 주민들이 무릎을 꿇고 머리를 조아리고 있었다.

그것은 공포로 인한 일시적 사상 통일일지도 몰랐다.

이 광경을 보고도 레이스가 말한 『아캄의 영향까지 없애 달라』는 소원이 이루어졌는지는 판단할 수 없었다. 어쩌면 앞으로도—.

그렇지만 무언가가 변했을 것이다. 그 소원으로 이어지는 초석이 되었다면, 지금은 그걸로 봐주지 않을래? 레이스.

결계 밖에서 보호받으며 나를 바라보는 그녀 곁으로 천천히 걸어갔다.

울리고 말았다. 레이스의 볼에 눈물 자국이 남아 있었다. 자세히 보자 눈 밑에 옅은 다크 서클이 생겨 있었다. 레이스가 제대로 자기는 했을까? 무섭지는 않았을까?

아아…… 더는 못 참겠다. 걸어갈 생각이었던 발이 빨라지고, 정신을 차리자 달리고 있었다.

저 드레스를 입고 눈망울이 촉촉해진 그녀를, 나는—.

"레이스…… 데리러 왔어."

강하게, 정말로 강하게 두 팔로 끌어안았다. 머리에 팔을 두르고 머리를 쓰다듬었다.

그녀의 온기를 온몸으로 느끼면서 그녀의 향기를 맡고자 숨을 들이켰다.

안 놓아줄 거다. 두 번 다시 그녀를 놓아주지 않을 것이다.

어느새 내 볼을 타고 뜨거운 것이 흐르고 있었다. 품 안에 있는 그녀가 떨면서 소리 죽여 울고 있었다.

끝났어. 이제 전부 끝났어. 그러니까 제발 그쳐줘. 어루만지는 손을 멈추지 않으며 그저 그녀의 마음이 풀리길 기도했다.

그때, 내 등에 누군가의 손이 닿았다. 그건— 레이스와 함께 나를 끌어안은 류에의 작은 팔이었다. 우리를 하나로 뭉쳐주듯 강하게 힘이 실렸다.

"……카이 군, 정말 열심히 했어."

작게 속삭이는 소리가 믿어지지 않을 만큼 깊숙이 내 마음속에 울렸다. 좋지 않은 것을 녹여 몸이 가벼워진 것 같았다. 류에는 계속해서 말을 이었다.

"괴로웠지? 레이스만큼이나, 무서웠지?"

류에의 손이 등을 문질렀다. 위로하고, 사랑으로 보듬듯이…….

"……류에, 그만해. 지금 여기서 울 수는 없어."

"응. 그랬지."

감정이 눈꺼풀이라는 둑을 무너뜨리고 쏟아질 것 같았다.

류에는 우리를 품은 팔을 풀고 옆에 있던 오잉크에게 말했다.

“오잉크. 오늘은, 오늘만은 그만 돌려보내 주지 않을래? 부탁할게.”

“……알겠어요. 두 사람을 부탁할게요.”

아아, 두 사람 모두 고마워. 오늘은 나도, 지쳤어.

쭉 이어온 긴장의 끈을 놓고 겨우 힘을 뺄 수 있게 됐어. 정신을 놓으면 당장 이 자리에서 잠들어 버릴 것 같아.

앞으로 할 일을 생각하면 나나 오잉크나 격무에 시달릴 것이다.

그렇지만 오늘만은 돌아가게 해줘. 이 두 사람과 함께.

그렇게 나는 레이스의 악몽이 시작된 이곳을 뒤로했다.

§§§

여관방. 매일 밤 홀로 지내던 이 방에서 다시 그녀를 끌어안았다.

“……무서웠어?”

“……네.”

“아직도, 무서워?”

“……네.”

힘겹게 말을 짜낸 레이스가 공포를 긍정했다. 그토록 무서운 선택을 하도록 한, 무서운 방법을 고르게 한 후회가 몰려왔다.

그저 사과할 수밖에 없어 계속해서 그녀의 귀에 속삭였다.

"그게 아니에요……. 저는…… 이게 꿈이 아닐까…… 이게 윙레스트에 있는 내가 꾸는 한낱 꿈이 아닐까…… 아캄의 저택에서 꾸는 꿈이 아닐까…… 이 온기가, 당신의 팔이, 고동이 전부 환상이 아닐까, 하고 생각하면……."

그랬었나……. 레이스는 너무 오래 기다렸다.

그래서 이 수개월 동안 있었던 일이 아직 꿈만 같았고 불안했다.

거기에 새로운 시련이 더해져 정서가 조금 불안정해졌나 보다.

나는 레이스를 강한 여성이라고 단정하고 있었다. 아니, 레이스는 강하지만, 항상 그렇지는 않았다.

어떻게 하면, 어떻게 하면 그녀의 불안을 걷어줄 수 있을까.

"레이스. 소원을 말해 봐. 그 불안을 없애기 위해 뭐든 소원을 하나 들어줄게."

한 번 더 네 소원을 이뤄줄게. 이번에는 미래로 나아가기 위해서.

그리고— 나를 지탱해준 그녀에게도 그 말을 전했다. 레이스를 지키고, 내 불안함을 거두기 위해 홀로 적진에 들어간 그녀에게.

"류에. 들어주길 바라는 소원 있어? 내가 할 수 있는 일이라면 뭐든 좋아."

"……응. 그럼 생각해 둘게."

레이스가 품속에서 고개를 들었다. 눈두덩이 붉게 부은 그녀가 천천히 한 걸음 물러났다.

미래를 위해, 새로운 한 걸음을 내딛기 위한 소원을 생각하고 있으리라.

그런 그때, 류에가 들뜬 표정으로 레이스에게 다가갔고―.

"무슨 소원을 빌까! 뭐든 들어준대!"

"네? 그런 뜻이었나요? 그건…… 좀, 고민되네요."

잠깐, 아니야! 뭔가 미래를 향한 포부 같은 거 말이야!

류에, 그게 아니잖아? 너 사리사욕을 채우는 속물적인 소원을 생각하고 있지?

아, 망했다. 둘이서 상담한다. 레이스까지 시시덕거리며 생각에 빠졌다.

……그래, 됐어. 그렇게 해서 눈물이 사라진다면, 두 사람이 즐겁다면 됐어.

어떤 소원을 말할까 조금 기대하면서 두 사람을 바라보자, 먼저 소원이 생각났는지 레이스가 침대에 앉은 나에게 쭈뼛쭈뼛 다가왔다. 자, 어떤 어려운 부탁이라도 해 봐. 내가 들어줄 테니까.

"저기…… 여기서 할 얘기는 아니고, 사실은 언젠가 다른 형태로 했으면 하지만, 그게……."

레이스치고는 드물게 말을 머뭇거리면서 필사적으로 무언가를 전하려고 했다.

평소와 달리 우물쭈물하는 모습이 귀여워서 최근 겨우 내성이 생긴 내 심장 고동이 빨라지고 얼굴이 뜨거워졌다.

"저, 저를 안—."

"로스트비프! 카이 군, 나한테 로스트비프를 만들어줘! 아캄 저택에서 그 녀석이 매일 밤마다 먹더라고. 이렇~게, 이렇~게 커다란 걸~."

레이스가 뭐라고 말하려던 타이밍에 류에도 소원이 정해진 것처럼 끼어들었다. 참, 놀라울 만큼 어린애 같은 소원이다.

"알았어. 진정되면 만들어 줄게."

"후훗, 그 녀석은 종잇장처럼 얇게 썰어서 먹었지만, 나는 그렇게 쪼잔하게 안 먹어. 엄청 두껍게 썰어서 물고 뜯을 거야."

그 솔직하기 그지없는 소원이 왠지 우스워서 끙하게 미래를 생각하던 내가 바보 같아지고 자연스럽게 웃음이 나왔다.

"하하하…… 레이스, 말을 끊어서 미안해. 소원을—."

눈앞에 있던 레이스가 왠지 아주 오묘한, 정말로 오묘하다는 말로밖에 표현할 수 없는 표정을 지으며 조용히 류에 곁으로 다가갔다.

"레이스도 저택에서 반곡스럽게 못 먹었지? 후후, 레이스는 고기를 좋아하니까 같이 배 터지게 먹— 하히후흐하~!"

레이스 씨? 무슨 일인지는 모르겠지만, 그쯤에서 용서해 주시죠.

류에 씨 볼이 오잉크만큼 늘어났잖아요.

"……후. 그렇죠…… 제가 어떻게 됐나 봐요. 언젠가, 때가 올 때까지……."

"아야야…… 레이스, 왜 그래?"

"후후, 조금 심술부려 봤어요. 카이 씨, 그럼 저도 부탁이 하나 있어요."

묘한 부담감이 사라졌는지, 레이스는 평소처럼 미소를 지으며 돌아봤다.

조금 아쉬운 표정을 지은 레이스가 다가와서— 날 밀어 넘어뜨렸다.

"……매일 밤, 불안해서 잠을 설쳤어요. 오늘 밤은 제 베개가 되어 주세요."

"……그건 정말…… 남자 입으로 두 말은 못 하지. 오늘 밤은 각오할게."

그리하여 레이스의 소원을 이뤄주기 위해 나는 자제심을 총동원하겠노라 각오를 다졌다.

쓰러진 자세 그대로 익숙한 천장을 바라보며 이 도시에서 보낸 나날을 회상했다.

처음에는 모두 레이스를 위해서였다. 레이스와 여행을 계속하기 위해, 레이스의 가족에게 붙은 병마 아캄을 없애기 위해서만 생각하고 행동했다.

그렇지만…… 레이스는 달랐다. 나와는 달리 다른 사람도 구해 달라며 주위에도 눈을 돌려 나에게 소원을 빌었다.

그리고 의무감으로 움직이기 시작한 나도 언제부터인가 주민들에게 정이 붙어 이렇게 먼 길을 돌아오고 말았다.

……나답지 않았다. 그렇지만 후회는 없었다. 해냈다는 만족감이, 레이스의 소원을 이루기 위해 전력을 다한 자신이 마냥 자랑스러웠다.

내일부터 사후 처리에 쫓기는 분주한 나날이 시작되겠지.

게다가 아직 해결되지 않은 문제도 있었다. 레이스에게 만나게 해 줄 사람들도 있었다. 게다가 이크스 씨 일도 남았다.

그래도 지금은 잊자. 이 부드러운 침대에 안겨 잊자.

오늘만은, 지금만은 돌아온 그녀들만을 생각하자.

내일부터 기다릴 최대의 시련에 대비해 마음을 씻어 내자.

한숨과 함께 지금까지 이어진 긴장과 피로를 모두 토했다.

조금 이르지만…… 둘 다 잘 자.

“아, 먼저 잠드실 생각인가요? 그렇게는 안 돼요. 자, 제 옆으로 오셔야죠.”

신이 난 것처럼 잠옷으로 갈아입은 레이스가 침대를 푹 꺼뜨리며 옆에 잘싹 붙었다.

퇴로는 막혔다. 남자 입으로 두 말은 하지 않겠다. 정말로…… 정말로 열심히 버텨라, 내 이성!

에필로그

좋은 향기가 났다. 아주 좋아하는, 마음이 차분해지는, 나를 안심시켜주는 향기.

나는 그 향기를 껴안았다. 실체를 가진 그것을 세게 가슴으로 품었다.

잠결에 흐리멍덩한 머리로 생각했다. 이 멋진 건 뭘까?

눈을 살짝 떠 봤다. 눈에 들어온 것은 내가 누구보다 좋아하는 사람. 아, 역시 그랬다.

잠에 취한 채 그를 계속 끌어안았다. 정말로 감미로운 꿈이다. 이렇게 행복한 꿈을 꾸는 건 처음이다. 이 꿈에서 깨지 않도록 조심조심 다시 눈을 감았다.

"—스, 그만 일어나. 제발……."

상냥하게 속삭이는 소리가 귀를 간지럽혔다. 묘하게 감미로운 자극에 몸이 오싹하고 떨렸다.

향기를 즐기고 감촉을 즐기고 귀에 울리는 소리를 즐긴다. 더할 나위 없이 멋진 꿈이었다.

아아…… 꿈이라면 더 많은 걸 바라도 되리라. 꿈을 받아들이고 이성을 내던진 나는 다시 눈을 뜨고 사랑하는 그의 입술을—.

"잘 먹겠습니다…… 카이 씨."

"이래도 안 일어나? 어쩔 수 없지."

그러자 갑자기 몸이 붕 뜨는 느낌과 함께 엎드려 있던 몸이 뒤집혔다.

눈을 뜨자 그가 나를 내려다보고 있었다. 이상하네…… 내가 위에 있었을 텐데…….

힘이 들어가지 않는 팔을 위로 뻗어 그의 볼을 쓰다듬었다.

"……후후, 그럼…… 카이 씨가 해주세요."

눈을 감고, 나는—.

§§§

"류에. 레이스가 안 일어나."

"으음…… 요즘 내가 특수한 방법으로 깨워서 더 둔해졌나?"

아침. 이미 눈을 떴으면서 나를 깔아뭉개듯 올라타 끌어안은 레이스가 잠결에 선을 넘으려고 해서 도망쳐 왔다. ……절대로 싫어서 도망치지는 않았다. 내 이성이 사라지면 위험하니까 피했을 뿐이다.

이래 봬도 매일 온 정신력을 동원해 자제하고 있다고. 아마 한번 넘어 버리면 정말로 걷잡을 수 없이 타락한 삶을 보낼 것 같단 말입니다.

"특수한 방법? 그럼 부탁해도 될까?"

"나만 믿어. 비기! 잠 깨기 힐! 잠에서 깨어나라, 레이스~."

힘 빠지는 소리와 함께 류에의 손끝에서 가느다란 레이저가 나갔다.

그것이 레이스의 몸에 닿자 어렴풋한 빛의 막이 그녀를 감쌌고, 그 직후— 레이스의 등이 활처럼 휘며 움찔 경련했다.

"으흥! 아…… 앗…… 앗!"

"……류에, 스톱. 역시 평범하게 깨우자."

"음? 왜? 기분 좋게 일어날 수 있다고 평판이 좋은데."

이거 남에게 보여주거나 들려주면 안 되는 거죠?

그 기분 좋다는 건 상쾌하다가 아니라 쾌감이죠?

안 돼, 안 돼. 이런 걸 동네 사람들이 보면 이 오빠도 위험하다고!

그 결과, 팔을 당겨 일으켜서 겨우 깨우는 데 성공했다.

참고로 레이스는 비몽사몽 울 것 같은 얼굴로「멋진 꿈을 꿨는데……」라고 중얼거렸지만…… 그건 현실입니다, 누님.

몸단장을 마치고 여관 주인에게 식사 3인분을 주문하려고 하자, 그는「이미 알고 있습니다. 식당에서 손님이 기다리십니다」라며 우리 세 사람을 안내했다.

이렇게 이른 아침부터 찾아올 사람이라고는 한 명밖에 없었다. 아직 조금 흐릿한 정신을 깨우기 위해 고개를 흔들고 또렷해진 머리로 문을 열었다.

창가 자리에서 햇살을 받으며 우아하게 식사를 즐기는 옆얼굴.

지적인 모습에 순간 눈길을 빼앗기지만, 그게 왠지 분해서 평정을 유지하며 그녀 곁으로 갔다.

"안녕하세요, 카이본. 와주셨네요?"

"이런 아침부터 여관으로 올 줄은 몰랐어."

"이렇게라도 찾아오지 않으면 당신은 말도 없이 도시를 떠날지도 모르니까요."

"그렇군. 지금부터라도 늦지 않았겠지?"

"안 돼요. 지금부터 해야 할 일이 산더미처럼 쌓였어요."

입을 열자마자 서로 밉살스러운 말을 두세 마디 나눴다.

사무적인 표정으로 담담하게 말하는 사람은 물론 우리의 총수님 오잉크였다.

기분이 언짢아 보이는 그 태도는 남의 관심을 거부하는 듯 까칠했다.

"……일이야 하겠지만, 그건 주민을 위해서지 너에게 따르기 위해서가 아니야."

"정말로 까다롭게 구네요. 좋아요, 당신과 저는 대등하니까요."

오잉크는 밀리지 않겠다고 웃으며 자리에 앉으라고 권했다.

나는 그녀와 마주앉았고 레이스와 류에는 내 옆에 앉았다. 그리고—.

"그래서, 뜬금없이 일촉즉발의 상황을 연출하는 이유는?"

주위에 들리지 않도록 목소리를 죽여 그녀에게 물었다. 그러자 오잉크는 한숨과 함께 식사를 위해 위로 묶었던 머리를 풀고 어이없다는 표정으로 나를 봤다.

"왜 그걸 군이 말하나요……. 보는 사람이 있으면 어느 정도 위엄은 지켜야 해요. 아무튼 잘 잤나요? 카이본."

"아하. 내가 네 아래에서 움직이는 것처럼 보이면 안 좋다는 뜻이군."

"네. 당신은 지금 이 영지에서 실질적인 지배자로 인식되니까요."

소곤소곤 진실을 밝힌 오잉크의 노고를 위로하듯 빈 잔에 오렌지 주스를 따라줬다. ……그래, 앞으로 오잉크에게 폐를 끼치게 되겠군.

그러자 옆자리에 있던 류에가 당장에라도 울음을 터뜨릴 것처럼 오잉크 옆에 섰다.

"미, 미안. 어제 내가 전부 떠넘기고 돌아가서 화났어……?"

"아…… 아니에요. 그런 게 아니고…… 이건 일종의 연기예요."

"용서해줘……. 카이 군, 사과하자. 오잉크한테 미안하다고 해."

"아니, 그게 아니라…… 카이본, 도와주세요."

"봐, 『본본』이라고 안 부르잖아……. 어떻게 하면 용서해 줄래?"

우리 류에 아가씨는 순진무구했다. 오잉크가 진심으로 화났다고 착각했나 보다.

이런 류에 앞에서는 꿀돼지도 쩔쩔맬 뿐이었다. 강하다! 꿀돼지가 밀리고 있어!

"아…… 으…… 보, 본본, 도와주세요. 도움, 도움!"

"하하하하하! 류에, 오잉크는 화난 게 아니니까 안심해."

류에는 겨우 이해했는지 자리로 돌아왔다. 하지만 맞은편에 앉은 레이스가 작은 목소리로 뭐라고 중얼대는 것 같았다. 뭐지? 귀를 기울여 봤다.

그러자 레이스는 「이름을…… 이름을……」이라고…… 무감정하게 되풀이하고 있었다.

그때 레이스가 소리 없이 일어나 오잉크 앞으로 갔다.

마치 처음 레이스의 가게에서 만났을 때처럼, 등줄기에 철심이라도 박은 것처럼 당당한 자세로, 늠름한 목소리에 위압감을 담아 조용히 입을 열었다.

"처음 뵙겠습니다. 구국의 성녀, 오잉크 님이시죠?"

그 인사가 나에게는 마치 선전포고처럼 들렸다.

워, 워, 그렇게 경계하지 마시죠. 겉모습은 누님처럼 『미인』으로 분류되지만, 실상은 『마스코트』니까. 꿀돼지니까.

「오호~!」 하고 우니까.

하지만 무슨 까닭인지 오잉크까지 일어나서 대항하듯 위풍당당하게, 자신의 직함에 부끄럽지 않은 자세로 레이스와 눈높이를 맞췄다.

"레이스 씨죠? 윙레스트를 배후에서 감독하던 당신과 한 번 만나보고 싶다고 생각했어요. 하지만 설마 이런 식으로 뵙게 될 줄은 꿈에도 몰랐네요."

"감독이랄 것까지야……. 그렇지만 오잉크 님께서 관심을 가져 주셨다는 건 영광이네요."

우호적인 대화인데 왜 이렇게 등이 싸늘할까.

미인들이 나누는 인사란 게 이렇게 무서운 거였나?

"……당신에게는 해야 할 이야기, 사과해야 할 게 얼마나 많은지 몰라요. 하지만…… 먼저 이것만은, 이거 하나만은 전해 둘게요."

오잉크의 목소리가 누그러들며 표정도 자애롭게 변했다.

그렇겠지. 너는…… 누구보다 동료를 아끼니까.

오잉크는 레이스의 손을 잡고 양손으로 사랑스럽게 감쌌다.

느닷없이 손을 잡힌 레이스는 오잉크가 왜 이토록 자신에게 호의를 보내는지 이해하지 못하는 눈치로 나에게 당혹스러운 표정을 보냈다.

"……레이스. 오잉크는 그 드레스가 분명 너한테 어울릴 거라며 나와 함께 뛰어다니고 너를 위해 최고의 무기를 준비하려고 백방으로 손을 썼던 사람이야."

"저를 기억하지 못한다고 들었어요. 제가 일방적으로 그립게 느끼는 것뿐이라서 실례라고 생각하지만…… 저는 당신과 재회해서 기뻐요."

그 사실을 전하자 레이스도 한쪽 손을 오잉크의 손등에 올렸다.

레이스에게 정확한 기억은 없었다. 그래도 어렴풋이 기억했다.

누군가가 자신에게 선물을 보낸 사실. 누군가가 아름답다고 칭찬해 준 사실.

레이스도 그 상대가 지금 눈앞에 있는 오잉크라고 깨달았다.

"아아…… 아직 제게도, 연결고리가 남아 있었군요……."

"새롭게, 또 새롭게 친구가 될 수 있을까요?"

오잉크의 물음에 레이스는 얼굴 가득 웃음을 피우며 고개를 끄덕였다.

식사를 마치고 여관 현관에서 오잉크의 이야기를 들었다.

굳이 이런 시간에 왔다면 아마 향후 계획을 의논하러 왔을 것이다.

"본본, 길드로 돌아와 아캄 파 마족들과 면회를 해주셨으면 해요."

"내가 이럴 줄 알았지. 그것들, 강경파 마족 우월주의자지? 최악의 경우 죽일지도 모르는데 괜찮아?"

"……참고 평화롭게 처리해주세요. 이런 말 하기는 싫지만, 당신이 처분했던 사람들은 얼마든지 제거할 수도, 대체할 수도 있는 사람이었어요. 하지만 그들은 적어도 전 영주예요."

그것도 어느 정도 예상했었다. 그들은 구심점을 잃고 새롭게 추대할 인물로 나를 지목한 것 같았다.

어제 참극을 본 그들이 무슨 말을 할까. 조금 불안하지만 승낙했다.

"오잉크. 나도 부탁이 있어."

그때, 웬일로 류에가 이런 화제에 끼어들었다.

"저택 탐색을 허락해줘. 아캄의 심복…… 이크스 씨의 계약을 풀고 싶어."

아캄은 이미 죽었다. 하지만 류에는 아직 계약이 풀리지 않았다고 확신했다.

그리고 레이스도 고개를 떨구고 조용히 머리를 숙였다.

"……그곳은 이미 길드와 중앙 의회가 통제 중이지만, 친구들의 부탁이라면 어쩔 수 없네요. 제가 감독으로 붙는다는 조건으로 허가할게요."

"고마워, 오잉크. 그럼 나랑 레이스가 함께 갈게."

"그렇게 하세요. 어차피 레이스는 한번 부를 생각이기도 했으니까요."

갑자기 생각하지 못한 말이 나왔다. 통제 중인 곳에 왜 레이스를?

하지만 이어진 말은 류에의 예감을 긍정하는, 썩 좋지 않은 소식이었다.

“이크스 씨라고 했었나요? 그녀가 저택에서 나오길 거부하고 있어요.”

“……그런가요. 제가 설득하면 되나요?”

“네. 미안하지만…… 우리도 신상을 조사했어요.”

나는 레이스에게 말없이 고개를 끄덕였다. 마무리 짓고 오라는 뜻을 담아서.

그리고 나는 오잉크를 따라 저택으로 가는 그녀들을 배웅했다.

§§§

하루가 지나고도 그 전투의 흔적이 여전히 남아 있는 저택 앞에서 나는 숨을 크게 들이마셨다.

참극 속에 맴도는 재와 흙의 냄새. 고작 하루 사이에 모든 것이 변하고 말았다.

그토록 무섭던 이곳이 지금은 단순한 폐허가 되어 덩그러니 서 있었다. 그게 너무 비현실적이어서 마치 처음부터 이랬던 것 같은 착각마저 들었다.

"……정말로, 끝났군요."

"레이스, 괜찮아요? 저…… 제가 꺼낸 말이지만, 배려가 조금 부족했어요. 아직 마음의 정리도 덜 됐을 텐데……."

오잉크 씨. 나와는 다른 차원에 사는 사람이라고 생각했던 그녀가 진심으로 나를 걱정하는 표정으로 곁에 다가왔다. 그것이 어쩐지 송구스럽고 그리웠다.

"괜찮아요……. 가죠……."

다시 이곳에 돌아왔다. 이번에는, 되찾기 위해서…….

저택 앞은 역시 바닥이 꺼져 사람이 드나들기 어려운 상태였다.

그래도 안쪽 객실 구역은 피해가 적어 류에의 안내를 따라서 이크스의 방으로 향했다. 얼마 가지 않아 우리는 방 앞에 도착했다.

"……저는 자리를 비킬게요. 나갈 때는 저와 동행하지 않아도 돼요."

"오잉크 씨…… 고맙습니다."

"여러분 **세 명**이 돌아오길 길드에서 기다릴게요."

그녀 나름의 격려겠지. 나를 믿어주는 말이 용기를 줬다.

……맡겨주세요. 나갈 때는 분명히 세 명일 테니까요.

우리를 이곳으로 데리고 온 오잉크 씨에게 머리를 숙이고 배웅했다.

그 후, 류에가 문의 잠금을 풀었다. 내가 노크하고 그 문을 열었다.

당신은…… 옛날부터 그랬죠. 동생과 달리 무슨 일이 있으면 제 방으로 오지 않고 반대로 자기 방에 틀어박히는 버릇이 있었어요.

"이크스…… 저예요. 이야기를, 하러 왔어요."

방 내부는 그녀의 성격을 보여주듯 간소하게 필요 최소한의 물건만 놓여 있었다. 사용하기 불편해 보이는 화장대와 보관 공간이 얼마 안 되어 보이는 수납장. 그리고 자다가 몸을 뒤척이면 바로 떨어질 것 같은 좁은 침대.

옛날부터 그랬다. 「제일 싼 거면 된다」며 언제나 동생들을 위해 참곤 했었다. 그래서 나는 하다못해 그런 당신의 가장 가까운 곳에 있어 주고자 함께 길드에 들어갔다.

"이크스…… 함께 저택을 나가요. 이곳은 이미 끝났어요."

"……안 나갑니다. 저는, 이곳과 함께 사라질 생각입니다."

거절. 그리고 죽음을 선택하려는 그녀에게 깊은 분노를 느꼈다.

어떻게, 어떻게 그런 소리를 하나요? 저도 참을 수 없는 말이 있어요!

거친 말이 나올 것 같은 그때, 나를 말리듯 류에가 손을 잡았다.

"이크스 씨. 무슨 생각으로 그러는 거야? 『전부, 알려줘』."

류에도 조용히 설득을 시도했다. 어떤 신비한 힘을 품은 말과 함께.

그러자 그 순간, 완고하게 돌아보지 않고 등을 보이던 이크스가 돌아봤다.

"아…… 저는, 그럴 자격이 없으니까요. 얼굴을 들 수, 없으니까요."

완강히 거절하던 그녀가 말문을 텄다. 류에의 물음에 답하는 모습이 마치 내 말은 듣지 않겠다고 말하는 것 같아서 가슴이 강하게 옥죄었다. 그렇지만—.

"어떻게…… 왜……."

어떻게 된 영문인지 모르겠다며 당혹스러운 표정을 지은 이크스가 필사적으로 자기 입을 막았다.

그리고 류에는 다시 신비한 힘이 담긴 말을 보냈다.

"두 사람끼리 잘 이야기해 봐. 전부 다, 마음을 터놓고."

류에는 등을 돌려 방 밖으로 나갔다. 떠나면서 「미안, 이크스 씨」라고 중얼거리며…….

그렇게 나와 이크스만 방에 남았다. 분명히 지금이라면 말해 줄 것이다. 그런 예감과 함께 나는 그녀에게 한 발 더 다가가 다시 질문했다.

"……얼굴을 들 수 없다는 게 무슨 뜻인가요? 당신 얼굴을, 더 자세하게 보여주세요."

"저, 저는…… 집도 못 지키고…… 우리를 괴롭힌 남자에게 복종했습니다. 어머니를 괴롭히기 위해…… 저 또한 협력했습니다. 작전을 세우고, 싸움을 건 것도— 왜! 왜 말이 나오는 거야!"

자기 의지가 아닌 것 같았다. 울먹이는 얼굴로 진실을 전하는 그녀가 너무나 안쓰러워 또 한 발 다가갔다. 이제는 팔을 내밀면 닿을 거리까지.

"더러워졌어요. 몸도 마음도. 이런 제가— 어머니 손을 어떻게 잡아요!"

포기했는지, 이크스는 절규처럼 말을 쏟아냈다. 아름다운 얼굴에 눈물 흔적이 남았다.

……아니야, 이크스. 당신은 더럽지 않아요. 줄곧 혼자 싸워 왔잖아요.

저는 그걸 자랑스럽게 생각해요. 당신은 나보다 괴로운 곳에서 계속 싸워 왔어요.

그런 당신을 보고 누가 더럽다고, 자격이 없다고 그러죠?

"……왜 그런 식으로 생각하죠? 비난받아야 할 사람은 나인데. 당신을 못 지키고 혼자 이 땅에 남긴 건 나인데. 만날 자격이란 게 만약 있다면 나야말로 자격이 없어요. 당신은 누구보다 자랑스러운 내 딸이에요! 나쁜 사람은 나야, 당신은 아무 잘못도 없어, 더럽혀지지도 않았어! 누구보다 고결하게 살아온 내 딸이야!"

그녀가 전부 토해 낸다면, 나도 토해 내겠다. 이 마음을,

내 죄를!

"아니에요! 저는…… 저는 어머니를……."

"저를 원망했다는 거죠? 가족이라도 미울 때는 있어요."

정답을 맞혔는지, 그녀의 어깨가 떨렸다. 당연하다. 새로운 도시에서 가족을 만든 나를 알았을 때 기분이 좋았을 리 없다. 그리고 그렇게 원망 받는 것은 당연하다.

"이크스, 돌아가요. 얼마든지 원망해도 되니까, 함께 돌아가요. 당신이 바란다면…… 저는…… 설령 지금의 행복을 포기하더라도 당신을 기다릴게요."

카이 씨, 미안해요. 어쩌면 저는 이대로 이곳에…….

그때, 이크스가 내 곁으로 다가왔다. 그리고 손을 잡아줬다.

"그건 안 돼요! 비겁하잖아요. 제가…… 제가 누구보다 어머니의 소원을 잘 아는데! 그건, 그건 절대로 안 돼요!"

이제는 놓아주지 않을 거다. 나는 그대로 이크스의 몸을 강하게 껴안았다.

반드시 데리고 돌아가겠다고 이크스의 귓가에 몇 번이고 속삭였다. 이 의지가 전해질 때까지, 이크스가 포기할 때까지 꽉 쥔 손을 풀지 않겠다고 결심했다.

몇 시간이든 며칠이든 계속 안고 있겠다고 마음속으로 맹세했다.

"비겁해요……. 어머니는 옛날부터, 고집스럽고……."

"네, 저는 한번 정하면 절대로 양보하지 않으니까요."

이크스가 웃었다. 체념한 것처럼 얌전히 안겼다.

"함께, 돌아가요."

한 번 더, 이번에는 코와 코가 닿을 정도로 가까이서 눈을 바라보며 말했다.

……오잉크 씨. 당신의 기대에 부응할 수 있겠어요.

§§§

뒤쪽 문에서 이야기 소리가 들렸다. 잘 풀렸구나. 다행이야.

나는 아캄의 저택에서 얻은 물건을 정리하던 중 낯선 이름을 발견했다.

『혼백의 보주』라는 이름을 가진 그것을 꺼내 보자 그날 아캄의 금고에서 발견한 커다란 진주가 나왔다.

해석해 보니 복잡한 술식이 들어간 물건임을 처음으로 알았다.

나는 그것의 소유권을 바꿨다. 공백이 된 부분에 내 이름을 새긴 것이다.

"이게 있으면 저주를 바로 풀 수도 있지만…… 미안."

그냥 저주를 풀기만 해서는 일이 잘 풀리지 않을 거라고 생각했다. 어쩌면 정말로 레이스가 이곳에 남겠다고 말하는 게 아닐까, 하고…….

"나는…… 이기적인 언니야."

괜찮아. 저주는 내가 책임지고 풀 테니까. 그 전에 잠깐만 사용했어.

방에서 나온 **두 사람**을 반기며 보주를 은근슬쩍 주머니에 숨겼다.

두 사람에게 머리를 숙이고 우리는 함께 오잉크와 카이 군이 기다리는 길드로 돌아갔다.

§§§

"……지쳤어. 왜 하나같이 똑같은 소리만 하는 거야?"

"형씨, 수고하셨어. 옆에서 듣던 나도 지긋지긋하더라."

길드장 방에서 마족들과 면회를 끝낸 나는 보는 사람이 없다는 이유로 칠칠찮게 늘어졌다. 고트는 괜찮냐고? 이 사람은 됐어.

면회 상대는 모두 전 귀족이나 그들의 자제였다. 그리고 어제 참극을 목격했음에도 불구하고 「카이본 님 아래에서 비원을 이루고 싶습니다」라느니 뭐라느니 과거에도 주장했을 마족 복권을 맹세하기까지…….

누구 하나 예외 없이 내가 휴먼을 복속시켜 지배할 거라고 믿어 의심치 않았다. 이거 한 번 더 큰 충격을 주든가 해야지 원.

아무튼 잠시 더 이곳에 머무를 것 같으니까 그럴 기회도 있을 것이다.

“고트, 잠깐 나갔다 올게. 기분 전환을 해야겠어.”

고트에게 그렇게 둘러대고 답답한 분위기가 흐르는 방을 빠져나왔다.

사실…… 이크스 씨를 데리고 나왔는지 궁금해서 아까부터 일이 손에 잡히지 않았다. 나도 걱정이 많아서 탈이야.

“이 언덕길도 무너질 위험이 있군. ……역시 지나쳤나?”

저택으로 이어진 언덕을 오르며 전투의 여파가 얼마나 강했는지 새삼스럽게 깨달았다. 어쩌면 기슭 쪽 가게까지 피해가 미쳤을지 모른다고 생각하자 미안한 마음이 밀려왔다.

하룻밤이 지나도 아직 떠도는 연기 냄새와 처참하게 파괴된 정원.

그곳을 바라보며 정말로 싸움이 끝났다는 실감에 깊은 한숨이 나왔다.

그때 마침 잔해더미가 된 현관을 넘어서 두 사람…… 아니, 세 사람이 나타났다.

“아, 카이 군이다. 여기야~, 데리러 왔어?”

“그래. ……무사히 데리고 나왔나 보네.”

잔해를 넘은 이크스 씨가 돌아보며 레이스의 손을 잡았다.

그 모습을 본 순간 따뜻한 감정이 몸 안으로 퍼졌다.

"……잘 왔어, 레이스. 이크스 씨."

"네……. 돌아왔어요, 카이 씨."

"카이본 님, 폐를 끼쳐 죄송합니다. 다시 한 번 이번 일에 감사드립니다."

"나야말로 고맙지……. 레이스의 아이들을 지켜줘서."

"네……?"

레이스가 의아해했다. 아직 모르는 걸까?

나는 이번 작전으로 만난 두 여성, 옌 씨와 루이 씨에 관해 말해줬다.

그리고 그곳을, 따뜻한 시절의 흔적이 남아 있는, 그녀의 출발점을 알려줬다.

그 말을 들은 직후 레이스는 번개처럼 사라졌다. 그녀는 믿기지 않는다는 표정을 지으며 달려가 버렸다.

레이스를 쫓아, 많은 주민들이 부르는 소리를 들으면서 그곳으로 향했다.

길은 옛날과 변해 버렸지만, 자신의 집이 어디 있는지는 잊을 수 없다.

레이스는 순간 발을 멈추고 그 장소, 휴먼 보호 구역으로 들어갔다.

"레이스, 진정해. 안내할게."

"……네."

이곳은 이미 다른 길에 비해 손색이 없을 만큼 사람이 오가는 곳이 되었다.
아이들이 만든 약을 사들이는 상인의 마차. 즐겁게 아이들을 마중 나오는 모험가.
마족이 선물했는지 바구니 가득 채소를 가지고 오는 사람도 보였다.
활기가 넘치고 희망이 가득한 장소가 됐다.
"와~! 이 도시에 이런 곳이 있었구나! 활기차서 좋은데?"
"……그렇게 말해줘서 기뻐."
이곳의 존재를 몰랐던 류에가 천진난만하게 평가를 내려줬다.
"……이곳이…… 설마 이렇게까지……."
이 장소를 오래 봐 왔던 이크스 씨는 놀라서 눈을 크게 떴다.
그리고 레이스도…….
"……똑같아요. 옛날과, 똑같아……. 저는 드디어, 돌아온 거군요……."
주민들이 모두 말을 걸어 왔다.
그에 대답하며 안쪽으로, 안쪽으로, 이 새롭게 태어난 보호 구역 안으로 들어갔다.
도중에 낯익은 얼굴이 놀라는 표정을 짓거나 왠지 류에가 많은 여성들에게 둘러싸이는 소동도 있었지만, 겨우 그곳에 도착했다.

레이스는 잔해 사이로 이어진 좁은 골목을 불안하게 바라봤다.

괜찮아. 틀림없이 이 앞에 있으니까. 나는 앞장서서 그곳으로 비집고 들어갔다.

그리고— 다시 이곳에 도착했다. 마치 시간이 정지한 것 같은 이 장소에…….

그때, 내 바로 옆으로 부드러운 향기를 실은 바람이 스치고 지나갔다.

레이스가 평소에는 보이지 않는 조금 단정하지 않은 모습으로 달려갔다.

치마를 입었으면서 다리를 크게 뻗으며 단숨에 그 문으로 달려갔다.

"……어쩐지 레이스까지 아이로 돌아간 거 같아."

"그러게. 이크스 씨는 안 가도 돼?"

"저는, 어머니가 진정되면 가겠습니다."

달려가는 레이스의 뒷모습을 세 사람이 지켜봤다.

아이들을 두고 그녀가 떠난 후로 20년 만이었다.

그리고 쭉 전하지 못했던 말을 전했다.

한 번은 포기하고 절망의 늪에 빠졌을 때 삼켰던 말을…….

"얘들아! 돌아왔어!"

옌 씨와 루이 씨뿐만이 아니었다. 많은 어른들이 그녀를 맞이했다.

레스토랑의 주인부터 다른 도시에서 달려왔는지 많은 어른들이 레이스를 맞이했다.

그리고 류에가 이크스 씨의 등을 밀었다. 「다녀와」라고 말하듯이…….

“류에, 나는 일단 길드로 돌아갈게. 사람들을 부탁해도 될까?”

“응. 일 열심히 해.”

오랜만에, 정말로 오랜만에 가족이 상봉했다. 저 자리에 내가 낄 수는 없지.

§§§

다시 길드 지부장실로 돌아와 고트와 내일부터 있을 면담에 관해 이야기하던 때였다.

이미 모든 면회를 끝낸 방에 노크 소리가 들렸다.

그리고 문 너머로 조심스러운 목소리가 들려왔다.

“카이본 님. 지니아입니다. 면회를 희망합니다.”

어딘지 모르게 사고관이 어긋난 그 아이가 찾아왔다. 다른 의미로 지칠 것 같다고 생각하면서 입실을 허가했다. 하지만 문이 열리고 나타난 것은—.

“처음 뵙겠습니다, 카이본 님.”

불타오르듯 붉은 머리카락을 가진 마족 여성이었다.

귀에 달라붙는 오싹한 목소리. 왠지 갑자기 온몸에 꿀을 뒤집어 쓴 것 같은 불쾌함이 밀려왔다. 이 질척하고 끈적거리는 느낌은 대체…….

"넌 누구냐."

"이 아이의 엄마인 로즈라고 합니다. 저는 그 저택에 오랫동안 갇혀 있었어요. 하지만…… 이렇게 해방되어 감사를 드리고자 찾아 왔습니다."

그렇게 말한 여성은 몸을 살랑살랑 흔들며 다가왔다. 그것이 무슨 이유에선지 몹시 불쾌했다.

어떻게 된 일인지 지니아에게 눈길을 보내도 그녀는 고개를 숙인 채 바닥을 볼 뿐이었다.

"카이본 님. 제게도 정을 주실 수는 없을까요……? 바라신다면 제 딸도……. 아들도 그것의 피를 이어받아 분명 힘이 될 거예요."

아아, 알았다. 난 이 불쾌함을 알고 있다. 『그 세계』에서 겪을 일이 많았던 새까만 감정이다. 그래…… 원래 세계에서.

폭력 대신 마음이 썩어 빠진 생각으로 뒤엉키고, 사람이면서 사람이 해선 안 될 짓을 아무렇지 않게 자행하는, 인간의 도리를 벗어난 자들의 생각과 행동.

이 로즈라는 인간의 감언은 그것을 떠올리게 했다.

"아, 하지만 만약 그 피를 용서할 수 없으시다면……."

이번에는 귓가에 대고 나직하게 속삭였다. 마치 독을 흘려보내듯 엄청난 혐오감이 몰려와 무심결에 소스라칠 뻔한 것을 가까스로 참았다.

"—카이본 님께서 처분하셔도 상관없어요. 대신 저와 새 아이를 만드시는 건…… 어떠신가요?"

……더는 못 참겠다. 그래, 그렇게 된 거였어. 지니아가 그렇게 비뚤어진 건 도시와 아캄만의 잘못이 아니었던 거군. 더 근본적인 문제가 있었어.

너 같은 어머니가 곁에 있으니까…… 지니아는 이렇게까지 비뚤어진 거였어.

이번에는 나냐? 아캄 다음에는 나를 새 숙주로 기생할 생각이냐?

불쾌하다. 속이 매스껍다. 여자를 떠밀었지만, 그녀는 가면 같은 웃음을 짓고 다시 달라붙었다. 소름 돋는 집착과 역한 색욕이 흘러나왔다.

당장 이곳에서 쫓아내기 위해 고트에게 지시를 내리려고 했다.

그러나…… 나는 보고 말았다.

그녀의 뒤에서 어디선가 꺼낸 나이프를 든 지니아가 처음으로 감정다운 감정을 드러낸 얼굴을…….

고트에게 지시했다. 가만히 보고 있으라고. 그리고 나도 그저 그것을 지켜봤다.

내 쪽으로 다가왔던 여자가 갑자기 책상에 쓰러졌다. 무슨 일이 일어났는지 모르는 표정으로 나를 올려다보고, 다시 놀란 얼굴로 지니아를 돌아봤다.

양손을 피로 물들인 지니아가 아이처럼 눈물을 흘리고 있었다.

아아, 난 쓰레기다. 그녀가 부모를 살해하는 걸 보고만 있었다.

"너…… 무슨 짓을…… 왜, 내가……."

정확하게 급소를 찔렀는지 말 도중에 대량의 피가 쏟아졌다. 그 피를 뒤집어쓰며 지니아가 눈물 흘렸고, 자신의 어머니가 쓰러지는 모습을 바라봤다.

"잘했다, 지니아. 그러면 된다. 명령을 잘 수행했다."

"윽?! 무슨, 왜…… 끄……으……."

내 손을 더럽히지 않았으니까, 적어도 죽을 때의 원망만은 내가 대신 받자.

증오로 점철된 그 얼굴이 악령처럼 나를 돌아봤다. 핏발이 선 눈으로 나를 잡아먹을 듯이 쳐다봤다.

"왜…… 내가…… 카이보……."

"그건 저세상에서 생각해라. 인과응보다."

마지막 목숨이 다하는 순간, 증오에 찬 눈빛과 인생 모든 것을 바친 저주를 대신 받았다.

머리가 헝클어지고 피를 뿌리며 기어오르는 몸을 대신 받았다.

"왜! 내가! 내가 선택받지 못해! 사랑받지 못하냐고!"

그녀의 팔이 무시무시한 힘으로 내 목을 잡았다. 하지만 다시 피를 왈칵 토하고 힘이 서서히 빠졌다. 그 눈동자가 빛을 잃어 갔다. 몸을 지탱하지 못하고 쓰러져 갔다. 생명이, 꺼져 갔다.

"……지니아. 그 나이프를 버려라."

"싫어요. 이건 제 물건입니다."

"그럼 네 몸으로 나이프를 돌리지 마라."

지니아는 모든 것이 끝날 때까지 지켜보다가 스스로 목숨을 끊으려고 했다.

그러자 내 의도를 파악한 고트가 재빨리 달려가 나이프를 압수했다.

"지니아…… 네가 죽으면 곤란하다. 무엇이 가능할지, 어떤 역할을 부여할지 아직 못 정했어. 하지만, 내가 곤란하니까 죽지 마라."

모르겠다. 어떤 말을 해줘야 할지 모르겠다. 그래도— 누가, 누구 한 명이라도 그녀가 필요하다고 말해주면…… 그녀는 분명히 살아갈 수 있을 거라고 생각했다.

"……알겠습니다. 그럼 저는 다시 감옥으로 돌아가 처벌을 기다리겠습니다."

"……그래라. 고트, 만약을 위해 지니아를 따라가라. 그리고 직원을 몇 명 부르도록."

두 사람을 보내고 잠시 이 시체와 함께 있었다.

이봐, 너. 아이들을 추방하고 저택으로 돌아갔다며?

이 여자는 저택에서 한 번 쫓겨났으면서도 아이들을 버리면서까지 지위에 매달렸다.

그것은 아캄을 사랑해서가 아니었다. 그냥 커다란 권력과 힘에 빌붙기 위해, 강한 지배자의 여자가 되어 옆에 서기 위해. 요컨대 너는— 아이도 남편도 사랑하지 않고, 오직 자신만 사랑했을 뿐이야. 그러니까— 너는 아무에게도 사랑받지 못해.

"……아캄도 이 인간도, 어쩌면…… 내가 맞이했을 미래였는지도 모르지."

그 후 길드로 돌아온 오잉크에게 모든 사실을 전했다.

뻔한 거짓말인 「내가 죽이게 시켰다」는 이야기도 오잉크는 별말 없이 받아들여 줬다.

무슨 생각으로 벌인 행동인지, 그리고 지니아를 둘러싼 환경이 어땠는지 그녀는 모른다.

그저…… 말없이 내 눈을 들여다보는 오잉크의 표정이 인상적이라서 머릿속에서 떠나지 않았다.

내 행동에 잘못은 없었다고 믿어준 것일까?

아니, 이건 내 이기적인 망상이다. 하지만 또 오잉크에게 큰 빚을 지고 말았다.

그래서 나는 오잉크가 주는 벌을 달갑게 받기로 하고 이 일을 마무리 지었다.

그 내용은 이 도시에 머무르며 피해 복구를 돕는 것. 오잉크가 이제 됐다고 판단할 때까지 이 도시의 지도자가 되어 주민을 지킬 것. 그것이 내게 내려진 벌이었다.

솔직히 솜방망이 처벌이었다. 아마 빚은 더 많아졌을 것이다.

한쪽에는 가족을 되찾고 다시 미래로 걸어 나가는 여성, 레이스.

한쪽에는 마지막까지 부모의 사랑을 받지 못하고 이용당하다가 끝내 손을 더럽힌 지니아.

……도시를 복구할 때까지 나에게 무엇이 가능할까.

이 도시는 이미 스스로 나아갈 수 있게 됐다. 그리고 믿음직한 오잉크도 있었다.

그렇다면 나는 가까운 사람이 앞으로 나아갈 수 있게끔 제 분수에 맞는 사명을 다하자.

내가 깊게 연관된 두 가족을 떠올리며 마음속으로 그렇게 다짐했다.

■작가 후기

(´·ω·`) 읽어주셔서 감사합니다. 저자인 돼지 아이아츠시입니다.

벌써 5권이 발매됐군요. 흔히 말하는 4권의 벽을 넘어서서, 3권부터 이어진 레이스 편이 결말을 맞이했습니다. 어떠셨나요?

완벽한 해피엔딩은 아니지만, 분명 세상은 이런 법이라는 저자의 생각에 따라 불행한 결말을 맞은 아이도 있습니다(앞으로 좋은 일이 있을 수도 있겠지만).

아무튼 긴박한 여행도 일단락되어 또 다시 느긋한 여행 이야기로 돌아갈 수 있겠네요.

그나저나 이건 또 다른 이야기지만, 만화 연재가 시작됐습니다.

시도 선생님께서 본편의 일상적인 에피소드를 그림으로 옮겨 마음이 훈훈해지는 작품을 그려 주셨습니다. 매달 27일 발매하는 『코믹 얼라이브』에서 연재 중이므로 만약 기회가 있으시다면 재미있게 봐주시기 바랍니다.

마지막으로 이 자리를 빌려 이 책을 내기 위해 도와주신 모든 분, 또 이야기를 만들어 나갈 자극을 준 많은 친구들에게 감사를 전하며 마무리하겠습니다.

(´･ω･`) 이번에도 감사했습니다. 그럼 또 다음 권에서 뵙겠습니다.

추신 다들 빛의 전사[#3]가 돼서 란란 심심해.

#3 빛의 전사 게임 『파이널 판타지14』의 유저를 칭하는 용어. 참고로 저자는 『판타지 스타 온라인2』 유시니.

백수, 마왕의 모습으로 이세계에 5

초판 1쇄 발행 2019년 5월 10일

지은이_ Aiatsushi
일러스트_ Yoshiaki Katsurai
옮긴이_ 김장준

발행인_ 신현호
편집국장_ 김은주
편집진행_ 최은진 · 김기준 · 김승신 · 원현선 · 권세라
편집디자인_ 양우연
국제업무_ 정아라 · 전은지
관리 · 영업_ 김민원 · 조인희

펴낸곳_ (주)디앤씨미디어
등록_ 2002년 4월 25일 제20-260호
주소_ 서울시 구로구 디지털로 26길 111 JnK디지털타워 503호
전화_ 02-333-2513(대표)
팩시밀리_ 02-333-2514
이메일_ lnovelpiya@naver.com
L노벨 공식 카페_ http://cafe.naver.com/lnovel11

ISBN 979-11-278-5041-8 04830
ISBN 979-11-278-4210-9 (세트)

값 7,000원